月牙兒

經典新版

老舍

老舍——著

月牙兒

目錄

總序

文學星座中，最特立獨行的那一顆星

秦懷冰

上世紀三十年代，由於適值新舊文化、中西思想處於強烈對接和震盪的不安時期，又是白話文學和現代藝術的創作剛好進入多元互激的豐收時期，所以，當時的文壇湧現了一波又一波令人目眩神迷的重要作家和作品。那個時代的文學星空，簡直可謂燦爛輝煌，極一時之盛。

有人認為魯迅、周作人兄弟是那個文學星空中的啟明星與黃昏星，撐起了一整個時代的文采與氣象；也有人認為胡適、徐志摩、梁實秋等「新月派」作者群係屬當時讀者公認的文壇主幹；更有人認為後起的巴金、茅盾、曹禺等左派前衛作家才是那個時代的主流與健將。

然而，無論是日後撰寫現代華人文學史的書齋學者們，或是稍為熟悉三十年代文藝實況的當今讀者們，恐怕沒有人會否認：那個總是刻意避開浮名虛譽，習慣於孑然一身、特立獨行的作家老舍，乃是當時的文學星空中持久熠熠發光的一顆恆星。他的作品所煥發的光輝和熱力，在洶湧起伏的潮流激盪中，撐起了一片人文的、鄉土的、人道的文學園圃。有了老舍的作品，現代華文小說才算是已走向鮮活與成熟。

眾所周知，本名舒慶春的老舍，是世居北京的正紅旗滿洲人，自幼喪父，家境貧寒。正因曾經家世不凡，出生時卻已淪為社會底層，所以他對世態炎涼、人情冷暖的現實社會，早有深刻而切膚的體會。憑著自己特異的天賦和不懈的努力，他青年時代即抓住機會赴英國留學並任教，同時開始文學創作。在英國，他時常尋訪當時的人文重鎮牛津、劍橋，親身接觸了西方現代文藝思潮與技法的奧妙，並與當時炙手可熱的「百花園作家圈」有過互動，故而日後他的創作中極自然地融入了諸多前衛的西方文學因素。返國後，他一往無前地投身文學創作，終身不渝。

老舍的作品，風格相當鮮明而獨特，這是因為：首先，他的語言非常鮮活，正宗北京話中又帶有胡同廝混的鄉土腔，令人一讀之下即難以忘懷。其次，他筆下的人物形象生動，往往只消寥寥幾個場景或動作，即令人如見其人，如聞其聲。尤其，他所抒寫的主角都是社會底層飽經生活折磨的辛苦人，每日須遭風刀霜劍摧折，甚至受傷害、受侮辱，但往往只為了一絲微弱的希望、或一個掛心的人，就不惜忍氣吞聲地活下去。他對人性的深刻挖掘，即是從對都市平民、弱勢群體的理解與同情出發的。

老舍的長篇名著《駱駝祥子》，抒寫從農村來到都市的破產青年祥子，一次又一次掙扎著在現實而勢利的社會中求生存、求上進的艱辛過程，卻因環境和命運的播弄，一次又一次跌倒，其間情節，令人鼻酸。這種人道主義的關懷和刻畫，正是老舍作品最動人的特色。他的短篇名作《月牙兒》，描述一位天真可愛的小姑娘，從七歲起就生活顛沛困頓，與母親相依為命，然因母親患病，她不得不面對人世間種種的冷眼和苛待，最終陷入不堪的命運；這篇小說，近年被拍成電視劇，播出後萬千觀眾為之淚奔。

至於老舍的長篇小說《四代同堂》，刻畫一個大家族內種種相煦以濕、相濡以沫的人際呵護，以及椿椿利益傾軋、誤會齟齬的恩怨情仇，猶如一幅有倫有脊、大開大闔的都市生活風情畫，委實是大師手筆。而他的話劇名著《茶館》，透過一個歷經清末戊戌變法流血、民初北洋軍閥割據、國民政府施政失敗這三大時代鉅變的古舊茶館，反映了半個世紀中國動亂與傾覆的情狀；藉由茶館裡人來人往、匯聚了三教九流各路人馬的場景，以高度的藝術概括力，生動地展示了中國近代史和現代史滄桑變幻的社會縮影。老舍早年在英國曾悉心觀摩和鑽研西方現代話劇的展演，他的《茶館》更融合了他對華人社會與歷史的反思，精采迭出，無怪乎成為歷久不衰的名劇，直到現在，老舍的《茶館》每次演出，仍然轟動遐邇，觀眾人山人海。

老舍在瘋狂的文革時代，為了保持一己基本的人性尊嚴，不惜自沉於北京太平湖，以示無言的抗議。時至今日，他已被公認是大師級的作家，同時被定位為華人文學中「都市平民的代言人」，因為老舍從來不願、也不屑去抒寫北京城裡的豪門富戶、達官貴人，他只關心活生生的、辛苦掙扎的底層平民。正是這種終身不渝的人道主義情懷，和由此情懷所陶冶、所匯聚出來的文學造詣與藝術感性，使我們認為，即使在出版文學作品在書市簡直可謂相當困難的當前時刻，仍一定要出齊老舍的代表作，以向文學星座中這顆特立獨行的閃亮星宿致意！

月牙兒

一

是的，我又看見月牙兒了，帶著點寒氣的一鉤兒淺金。多少次了，我看見跟現在這個月牙兒一樣的月牙兒；多少次了。它帶著種種不同的感情，種種不同的景物，當我坐定了看它，它一次一次的在我記憶中的碧雲上斜掛著。它喚醒了我的記憶，像一陣晚風吹破一朵欲睡的花。

二

那第一次，帶著寒氣的月牙兒確是帶著寒氣。它第一次在我的雲中是酸苦，它那一點點微弱的淺金光兒照著我的淚。那時候我也不過是七歲吧，一個穿著短紅棉襖的小姑娘。戴著媽媽給我縫的一頂小帽兒，藍布的，上面印著小小的花，我記得。我倚著那間小屋的門垛，看著月牙兒。屋裡是藥味，煙味，媽媽的眼淚，爸爸的病；我獨自在台階上看著月牙，沒人招呼我，沒人顧得給我作晚飯。我曉得屋裡的慘淒，因為大家說爸爸的病……可是我更感覺自己的悲慘，我冷、餓，沒人理我。一直的我立到月牙兒落下去。什麼也沒有了，我不能不哭。可是我的哭聲被媽媽的壓下去；爸，不出聲了，面上蒙了塊白布。我要掀開白布，再看看爸，可是我不敢。屋裡只有那麼點點地方，都被爸佔了去。媽媽穿上白衣，我的紅襖上也罩了個沒縫襟邊的白袍，我記得，因為不斷的撕扯襟邊上的白絲兒。大家都很忙，嚷嚷的聲兒很高，哭得很慟，可是事情並不多，也似乎值不得嚷：爸爸就裝入那麼一個四塊薄板的棺材裡，到處都是縫子。然後，五六個人把他抬了走。媽和我在後邊哭。我記得爸，記得爸的木匣。那個木匣結束了爸的一切：每逢我想起爸來，我就想到非打開那個木匣不能見著他。但是，那木匣是深深的埋在地裡，我明知在城外哪個地方埋著它，可又像落在地上的一個雨點，似乎永難找到。

三

媽和我還穿著白袍，我又看見了月牙兒。那是個冷天，媽媽帶我出城去看爸的墳。媽拿著很薄的一羅兒紙。媽那天對我特別的好，我走不動便背我一程，到城門上還給我買了一些炒栗子。什麼都是涼的，只有這些栗子是熱的；我捨不得吃，用它們熱我的手。走了多遠，我記不清了，總該是很遠很遠吧。在爸出殯的那天，我似乎沒覺得這麼遠，或者是因為那天人多；這次只是我們娘兒倆，媽不說話，我也懶得出聲，什麼都是靜寂的；那些黃土路靜寂得沒有頭兒。天是短的，我記得那個墳：小小的一堆兒土，遠處有一些高土崗兒，太陽在黃土崗兒上頭斜著。媽媽似乎顧不得我了，把我放在一旁，抱著墳頭兒去哭。我坐在墳頭的旁邊，弄著手裡那幾個栗子。媽哭了一陣，把那點紙焚化了，一些紙灰在我眼前捲成一兩個旋兒，而後懶懶的落在地上；風很小，可是很夠冷的。媽媽又哭起來。我也想爸，可是我不想哭他；我倒是為媽媽哭得可憐而也落了淚。過去拉住媽媽的手：「媽不哭！不哭！」媽媽哭得更慟了。她把我摟在懷裡。眼看太陽就落下去，四外沒有一個人，只有我們娘兒倆。媽似乎也有點怕了，含著淚，扯起我就走，走出老遠，她回頭看了看，我也轉過身去：爸的墳已經辨不清了；土崗的這邊都是墳頭，一小堆一小堆，一直擺到土崗底下。媽媽嘆了口氣。我們緊走慢走，還沒有走到城門，我看見了月牙兒。四外漆黑，沒有聲音，只有月牙兒放出一道兒冷光。我乏了，媽媽抱起我來。怎樣進的城，我就不知道了，只記得迷迷糊糊的天上有個月牙兒。

四

剛八歲，我已經學會了去當東西。我知道，若是當不來錢，我們娘兒倆就不要吃晚飯；因為媽媽但分[1]有點主意，也不肯叫我去。我準知道她每逢交給我個小包，鍋裡必是連一點粥底兒也看不見了。我們的鍋有時乾淨得像個體面的寡婦。

這一天，我拿的是一面鏡子。只有這件東西似乎是不必要的，雖然媽媽天天得用它。這是個春天，我們的棉衣都剛脫下來就入了當鋪。

我拿著這面鏡子，我知道怎樣小心，小心而且要走得快，當鋪是老早就上門的。我怕當鋪的那個大紅門，那個大高長櫃檯。一看見那個門，我就心跳。可是我必須進去，幾乎是爬進

1. 但分：只要。

去，那個高門檻兒是那麼高。我得用盡了力量，遞上我的東西，還得喊：「當當！」得了錢和當票，我知道怎樣小心的拿著，快快回家，曉得媽媽不放心。

可是這一次，當鋪不要這面鏡子，告訴我再添一號來。我懂得什麼叫「一號」。把鏡子摟在胸前，我拚命的往家跑。媽媽哭了；她找不到第二件東西。我在那間小屋住慣了，總以為東西不少；及至幫著媽媽一找可當的衣物，我的小心裡才明白過來，我們的東西很少、很少。

媽媽不叫我去了。可是，「媽媽咱們吃什麼呢？」媽媽哭著遞給我她頭上的銀簪——只有這一件東西是銀的。我知道，她拔下來過幾回，都沒肯交給我去當。這是媽媽出門子時，姥姥家給的一件首飾。現在，她把這末一件銀器給了我，叫我把鏡子放下。

我盡了我的力量趕回當鋪，那可怕的大門已經嚴嚴的關好了。我坐在那門墩上，握著那根銀簪。不敢高聲的哭，我看著天，啊，又是月牙兒照著我的眼淚！哭了好久，媽媽在黑影中來了，她拉住了我手，嘔，多麼熱的手。我忘了一切的苦處，連餓也忘了，只要有媽媽這隻熱手拉著我就好。我抽抽搭搭的說：「媽！咱們回家睡覺吧。明兒早上再來！」媽一聲沒出。又走了一會兒：「媽！你看這個月牙；爸死的那天，它就是這麼斜斜著。為什麼它老這麼斜斜著呢？」媽還是一聲沒出，她的手有點顫。

五

媽媽整天的給人家洗衣裳。我老想幫助媽媽，可是插不上手。我只好等著媽媽，非到她完了事，我不去睡。有時月牙兒已經上來，她還哼哧哼哧的洗。那些臭襪子，硬牛皮似的，都是鋪子裡的夥計們送來的。媽媽洗完這些「牛皮」就吃不下飯去。我坐在她旁邊，看著月牙，蝙蝠專會在那條光兒底下穿過來穿過去，像銀線上穿著個大菱角，極快的又掉到暗處去。我越可憐媽媽，便越愛這個月牙，因為看著它，使我心中痛快一點。它在夏天更可愛，它老有那麼點涼氣，像一條冰似的。我愛它給地上的那點小影子，一會兒就沒了；迷迷糊糊的不甚清楚，及至影子沒了，地上就特別的黑，星也特別的亮，花也特別的香——我們的鄰居有許多花木，那棵高高的洋槐總把花兒落到我們這邊來，像一層雪似的。

六

媽媽的手起了層鱗，叫她給搓搓背頂解癢癢了。可是我不敢常勞動她，她的手是洗粗了的。她瘦，被臭襪子熏得常不吃飯。我知道媽媽要想主意了，我知道。她常把衣裳推到一邊，愣著。她和自己說話。她想什麼主意呢？我可是猜不著。

七

媽媽囑咐我不叫我彆扭，要乖乖的叫「爸」：她又給我找到一個爸。這是另一個爸，我知道，因為墳裡已經埋好一個爸了。媽囑咐我的時候，眼睛看著別處。她含著淚說：「不能叫你餓死！」嘔，是因為不餓死我，媽才另給我找了個爸！我不明白多少事，我有點怕，又有點希望——果然不再挨餓的話。

多麼湊巧呢，離開我們那間小屋的時候，天上又掛著月牙。這次的月牙比哪一回都清楚，都可怕；我是要離開這住慣的小屋了。媽坐了一乘紅轎，前面還有幾個鼓手，吹打得一點也不好聽。轎在前邊走，我和一個男人在後邊跟著，他拉著我的手。那可怕的月牙放著一點光，彷彿在涼風裡顫動。街上沒有什麼人，只有些野狗追著鼓手們咬；轎子走得很快。上哪去呢？是不是把媽抬到城外去，抬到墳地去？那個男子扯著我走，我喘不過氣來，要哭都哭不出來。那男人的手心出了汗，涼得像個魚似的，我要喊「媽」，可是不敢。一會兒，月牙像個要閉上的一道大眼縫，轎子進了個小巷。

八

我在三四年裡似乎沒再看見月牙。新爸對我們很好，他有兩間屋子，他和媽住在裡間，我在外間睡鋪板。我起初還想跟媽媽睡，可是幾天之後，我反倒愛「我的」小屋了。屋裡有白的牆，還有條長桌，一把椅子。這似乎都是我的。我的被子也比從前的厚實暖和了。

媽媽也漸漸胖了點，臉上有了紅色，手上的那層鱗也慢慢掉淨。我好久沒去當當了。新爸叫我去上學。有時候他還跟我玩一會兒。我不知道為什麼不愛叫他「爸」，雖然我知道他很可愛。他似乎也知道這個，他常常對我那麼一笑！笑的時候他有很好看的眼睛。可是，媽偷偷告訴我叫爸，我也不願十分的彆扭。我心中明白，媽和我現在是有吃有喝的，都因為有這個爸，我明白。是的，在這三四年裡我想不起曾經看見過月牙兒；也許是看見過而不大記得了。爸死時那個月牙，媽轎子前面那個月牙，我永遠忘不了。那一點點光，那一點寒氣，老在我心中比什麼都亮，都清涼，像塊玉似的，有時候想起來彷彿能用手摸到似的。

九

我很愛上學。我老覺得學校裡有不少的花，其實並沒有；只是一想起學校就想到花罷了，正像一想起爸的墳就想起城外的月牙兒——在野外的小風裡歪歪著。媽媽是很愛花的，雖然買不起，可是有人送給她一朵，她就頂喜歡的戴在頭上。我有機會便給她折一兩朵來；戴上朵鮮花，媽的後影還很年輕似的。媽喜歡，我也喜歡。在學校裡我也很喜歡。也許因為這個，我想起學校便想起花來？

十

當我要在小學畢業那年，媽又叫我去當當了。我不知道為什麼新爸忽然走了。他上了哪兒，媽似乎也不曉得。媽媽還叫我上學，她想爸不久就會回來的。他許多日子沒回來，連封信也沒有。我想媽又該洗臭襪子了，這使我極難受。可是媽媽並沒這麼打算。她還打扮著，還愛戴花；奇怪！她不落淚，反倒好笑；為什麼呢？我不明白！

好幾次，我下學來，看她在門口兒立著。又隔了不久，我在路上走，有人「嗨」我了：「嗨！給你媽捎個信兒去！」「嗨！你賣不賣呀？小嫩的！」我的臉紅得冒出火來，把頭低得無可再低。我明白，只是沒辦法。我不能問媽媽，不能。她對我很好，而且有時候極莊重的說我：「唸書！唸書！」媽是不識字的，為什麼這樣催我唸書呢？我疑心；又常由疑心而想到媽是為我才作那樣的事。媽是沒有更好的辦法。疑心的時候我恨不能罵媽媽一頓。再一想，我要抱住她，央告她不要再作那個事。我恨自己不能幫助媽媽。所以我也想到：我在小學畢業後又有什麼用呢？我和同學們打聽過了，有的告訴我，去年畢業的有好幾個作姨太太的。有的告訴我，誰當了暗門子[2]。

我不大懂這些事，可是由她們的說法，我猜到這不是好事。她們似乎什麼都知道，也愛偷

2. 暗門子：暗娼。

偷的談論她們明知是不正當的事——這些事叫她們的臉紅紅的而顯出得意。我更疑心媽媽了，是不是等我畢業好去作……這麼一想，有時候我不敢回家，我怕見媽媽。媽媽有時候給我點心錢，我不肯花，餓著肚子去上體操，常常要暈過去。看著別人吃點心，多麼香甜呢！可是我得省著錢，萬一媽媽叫我去……我可以跑，假如我手中有錢。我最闊的時候，手中有一毛多錢！在這些時候，即使在白天，我也有時望一望天上，找我的月牙兒呢。我心中的苦處假若可以用個形狀比喻起來，必是個月牙兒形的。它無倚無靠的在灰藍的天上掛著，光兒微弱，不大會兒便被黑暗包住。

十一

叫我最難過的是我慢慢的學會了恨媽媽。可是每當我恨她的時候，我不知不覺的便想起她背著我上墳的光景。想到了這個，我不能恨她了。我又非恨她不可。我的心像——還是像那個月牙兒，只能亮那麼一會兒，而黑暗是無限的。媽媽的屋裡常有男人來了，她不再躲避著我。他們的眼像狗似的看著我，舌頭吐著，垂著涎。我在他們的眼中是更解饞的，我看出來。在很短的期間，我忽然明白了許多的事。我知道得保護我自己，我覺出我身上好像有什麼可貴的地方，我聞得出我已有一種什麼味道，使我自己害羞、多感。我身上有了些力量，可以保護自己，也可以毀了自己。我有時很硬氣，有時候很軟。我不知怎樣好。我願愛媽媽，這時候我有好些必要問媽媽的事，需要媽媽的安慰；可是正在這個時候，我得躲著她，我得恨她；要不然我自己便不存在了。當我睡不著的時節，我很冷靜地思索，媽媽是可原諒的。她得顧我們倆的嘴。可是這個又使我要拒絕再吃她給我的飯菜。我的心就這麼忽冷忽熱，像冬天的風，休息一會兒，颳得更要猛；我靜候著我的怒氣沖來，沒法兒止住。

十二

事情不容我想好方法就變得更壞了。媽媽問我，「怎樣？」假若我真愛她呢，媽媽說，我應該幫助她。不然呢，她不能再管我了。

這不像媽媽能說得出的話，但是她確是這麼說了。她說得很清楚：「我已經快老了，再過二年，想白叫人要也沒人要了！」

這是對的，媽媽近來擦許多的粉，臉上還露出摺子來。她要再走一步，去專伺候一個男人。她的精神來不及伺候許多男人了。為她自己想，這時候能有人要她——是個饅頭鋪掌櫃的願要她——她該馬上就走。可是我已經是個大姑娘了，不像小時候那樣容易跟在媽媽轎後走過去了。我得打主意安置自己。

假若我願意「幫助」媽媽呢，她可以不再走這一步，而由我代替她掙錢。代她掙錢，我真願意；可是那個掙錢方法叫我哆嗦。我知道什麼呢，叫我像個半老的婦人那樣去掙錢?!媽媽的心是狠的，可是錢更狠。媽媽不逼著我走哪條路，她叫我自己挑選——幫助她，或是我們娘兒倆各走各的。媽媽的眼沒有淚，早就乾了。我怎麼辦呢？

十三

我對校長說了。校長是個四十多歲的婦人，胖胖的，不很精明，可是心熱。我是真沒了主意，要不然我怎會開口述說媽媽的……我並沒和校長親近過。當我對她說的時候，每個字都像燒紅了的煤球燙著我的喉，我啞了，半天才能吐出一個字。

校長願意幫助我。她不能給我錢，只能供給我兩頓飯和住處——就住在學校和老女僕作伴兒。她叫我幫助書記員寫寫字，可是不必馬上就這麼辦，因為我的字還需要練習。兩頓飯，一個住處，解決了天大的問題。我可以不連累媽媽了。媽媽這回連轎也沒坐，只坐了輛洋車，摸著黑走了。我的鋪蓋，她給了我。

臨走的時候，媽媽掙扎著不哭，可是心底下的淚到底翻上來了。她知道我不能再找她去，她的親女兒。我呢，我連哭都忘了怎哭了，我只裂著嘴抽搭，淚矇住了我的臉。我是她的女兒、朋友、安慰。但是我幫助不了她，除非我得作那種我決不肯作的事。在事後一想，我們娘兒倆就像兩個沒人管的狗，為我們的嘴我們得受著一切的苦處，好像我們身上沒有別的，只有一張嘴。為這張嘴，我們得把其餘一切的東西都賣了。我不恨媽媽了，我明白了。不是媽媽的毛病，也不是不該長那張嘴，是糧食的毛病，憑什麼沒有我們的吃食呢？這個別離，把過去一切的苦楚都壓過去了。

那最明白我的眼淚怎流的月牙這回沒出來，這回只有黑暗，連點螢火的光也沒有。媽媽就在暗中像個活鬼似的走了，連個影子也沒有。即使她馬上死了，恐怕也不會和爸埋在一處了，我連她將來的墳在哪裡都不知道。我只有這麼個媽媽、朋友。我的世界裡剩下我自己。

十四

媽媽永不能相見了，愛死在我心裡，像被霜打了的春花。我用心地練字，為是能幫助校長抄寫些不要緊的東西。我必須有用，我是吃著別人的飯。我不像那些女同學，她們一天到晚注意別人，別人吃了什麼，穿了什麼，說了什麼；我老注意我自己，我的影子是我的朋友。

「我」老在我的心上，因為沒人愛我。我愛我自己，可憐我自己，鼓勵我自己，責備我自己；我知道我自己，彷彿我是另一個人似的。我身上有一點變化都使我害怕，使我歡喜，使我莫名其妙。我在我自己手中拿著，像捧著一朵嬌嫩的花。我只能顧目前，沒有將來，也不敢深想。嚼著人家的飯，我知道那是晌午或晚上了，要不然我簡直想不起時間來；沒有希望，沒有時間。

我好像釘在個沒有日月的地方。想起媽媽，我曉得我曾經活了十幾年。對將來，我不像同學們那樣盼望放假、過節、過年；假期、節、年，跟我有什麼關係呢？可是我的身體是往大了長呢，我覺得出。覺出我又長大了一些，我更渺茫，我不放心我自己。我越往大了長，我越覺得自己好看，這是一點安慰；美使我抬高了自己的身分，可是我根本沒身分，安慰是先甜後苦的，苦到末了又使我自傲。窮，可是好看呢！這又使我怕：媽媽也是不難看的。

十五

我又老沒看月牙了，不敢去看，雖然想看。我已畢了業，還在學校裡住著。晚上，學校裡只有兩個老僕人，一男一女。他們不知怎樣對待我好，我既不是學生，也不是先生，又不是僕人，可有點像僕人。晚上，我一個人在院中走，常被月牙給趕進屋來，我沒有膽子去看它。可是在屋裡，我會想像它是什麼樣，特別是在有點小風的時候。微風彷彿會給那點微光吹到我的心上來，使我想起過去，更加重了眼前的悲哀。我的心就好像在月光下的蝙蝠，雖然是在光的下面，可是自己是黑的；黑的東西，即使會飛，也還是黑的，我沒有希望。我可是不哭，我只常皺著眉。

十六

我有了點進款：給學生織些東西，她們給我點工錢。校長允許我這麼辦。可是進不了許多，因為她們也會織。不過她們急於要用，自己趕不來，或是給家中人打雙手套或襪子，才來照顧我。雖然是這樣，我的心似乎活了一點，我甚至想到：假若媽媽不走那一步，我是可以養活她的。一數我那點錢，我就知道這是夢想，可是這麼想使我舒服一點。

我很想看看媽媽。假若她看見我，她必能跟我來，我們能有方法活著，我想——不十分相信。我想媽媽，她常到我的夢中來。有一天，我跟著學生們去到城外旅行，回來的時候已經是下午四點多了。為是快點回來，我們抄了個小道。我看見了媽媽！

在個小胡同裡，有一家賣饅頭的，門口放著個元寶筐，筐上插著個頂大的白木頭饅頭。順著牆坐著媽媽，身兒一仰一彎的拉風箱呢。從老遠我就看見了那個大木饅頭與媽媽，我認識她的後影。我要過去抱住她。可是我不敢，我怕學生們笑話我，她們不許我有這樣的媽媽。越走越近，我的頭低下去，從淚中看了她一眼，她沒看見我。我們一群人擦著她的身子走過去，她好像是什麼也沒看見，專心地拉她的風箱。走出老遠，我回頭看了看，她還在那兒拉呢。我看不清她的臉，只看到她的頭髮在額上披散著點。我記住這個小胡同的名兒。

十七

像有個小蟲在心中咬我似的，我想去看媽媽，非看見她我心中不能安靜。正在這個時候，學校換了校長。胖校長告訴我得打主意，她在這兒一天便有我一天的飯食與住處，可是她不能保險新校長也這麼辦。

我數了數我的錢，一共是兩塊七毛零幾個銅子。這幾個錢不會叫我在最近的幾天中挨餓，可是我上哪兒呢？我不敢坐在那兒呆呆的發愁，我得想主意。找媽媽去是第一個念頭。可是她能收留我嗎？假若她不能收留我，而我找了她去，即使不能引起她與那個賣饅頭的吵鬧，她也必定很難過。我得為她想，她是我的媽媽，又不是我的媽媽，我們母女之間隔著一層用窮作成的障礙。

想來想去，我不肯找她去了。我應當自己擔著自己的苦處。可是怎麼擔著自己的苦處呢？我想不起。我覺得世界很小，沒有安置我與我的小鋪蓋卷的地方。我還不如一條狗，狗有個地方便可以躺下睡；街上不准我躺著。是的，我是人，人可以不如狗，假若我扯著臉不走，焉知新校長不往外攆我呢？我不能等著人家往外推。這是個春天。我只看見花兒開了，葉兒綠了，而覺不到一點暖氣。紅的花只是紅的花，綠的葉只是綠的葉，我看見些不同的顏色，只是一點顏色；這些顏色沒有任何意義，春在我的心中是個涼的死的東西。我不肯哭，可是淚自己往下流。

十八

我出去找事了。不找媽媽，不依賴任何人，我要自己掙飯吃。走了整整兩天，抱著希望出去，帶著塵土與眼淚回來。沒有事情給我作。我這才真明白了媽媽，真原諒了媽媽。媽媽還洗過臭襪子，我連這個都作不上。媽媽所走的路是唯一的。學校裡教給我的本事與道德都是笑話，都是吃飽了沒事時的玩藝。同學們不准我有那樣的媽媽，她們笑話暗門子；是的，她們得這樣看，她們有飯吃。我差不多要決定了：只要有人給我飯吃，什麼我也肯幹；媽媽是可佩服的。我才不去死，雖然想到過；不，我要活著。我年輕，我好看，我要活著。羞恥不是我造出來的。

十九

這麼一想，我好像已經找到了事似的。我敢在院中走了，一個春天的月牙在天上掛著。我看出它的美來。天是暗藍的，沒有一點雲。那個月牙清亮而溫柔，把一些軟光兒輕輕送到柳枝上，院中有點小風，帶著南邊的花香，把柳條的影子吹到牆角有光的地方來，又吹到無光的地方去；光不強，影兒不重，風微微的吹，都是溫柔，什麼都有點睡意，可又要輕軟的活動著。

月牙下邊，柳梢上面，有一對星兒好像微笑的仙女的眼，逗著那歪歪的月牙和那輕擺的柳枝。牆那邊有棵什麼樹，開滿了白花，月的微光把這團雪照成一半兒白亮，一半兒略帶點灰影，顯出難以想到的純淨。這個月牙是希望的開始，我心裡說。

二十

我又找了胖校長去，她沒在家。一個少年的男子把我讓進去。他很體面，也很和氣。我平素很怕男人，但是這個少年不叫我怕他。他叫我說什麼，我便不好意思不說；他那麼一笑，我心裡就軟了。我把找校長的意思對他說了，他很熱心，答應幫助我。當天晚上，他給我送了兩塊錢來，我不肯收，他說這是他嬸母——胖校長——給我的。他並且說他的嬸母已經給我找好了地方住，第二天就可以搬過去。我要懷疑，可是不敢。他的笑臉好像笑到我的心裡去。我覺得我要疑心便對不起人，他是那麼溫和可愛。

二十一

他的笑唇在我的臉上，從他的頭髮上我看著那也在微笑的月牙。春風像醉了，吹破了春雲，露出月牙與一兩對兒春星。河岸上的柳枝輕擺，春蛙唱著戀歌，嫩蒲的香味散在春晚的暖氣裡。我聽著水流，像給嫩蒲一些生力，我想像著蒲梗輕快地往高裡長。小蒲公英在潮暖的地上生長。什麼都在溶化著春的力量，然後放出一些香味來。我忘了自己，像四外的花草似的，承受著春的透人；我沒了自己，像化在了那點春風與月的微光中。月兒忽然被雲掩住，我想起來自己。我失去那個月牙兒，也失去了自己，我和媽媽一樣了！

二十二

我後悔，我自慰，我要哭，我喜歡，我不知道怎樣好。我要跑開，永不再見他；我又想他，我寂寞。兩間小屋，只有我一個人，他每天晚上來。他永遠俊美，老那麼溫和。他供給我吃喝，還給我作了幾件新衣。穿上新衣，我自己看出我的美。可是我也恨這些衣服，又捨不得脫去。我不敢思想，也懶得思想，我迷迷糊糊的，腮上老有那麼兩塊紅。我懶得打扮，又不能不打扮，太閒在了，總得找點事作。打扮的時候，我憐愛自己；打扮完了，我恨自己。我的淚很容易下來，可是我設法不哭，眼終日老那麼濕潤潤的，可愛。我有時候瘋了似的吻他，然後把他推開，甚至於破口罵他；他老笑。

二十三

我早知道，我沒希望；一點雲便能把月牙遮住，我的將來是黑暗。果然，沒有多久，春便變成了夏，我的春夢作到了頭兒。有一天，也就是剛晌午吧，來了一個少婦。她很美，可是美得不玲瓏，像個磁人兒似的。她進到屋中就哭了。不用問，我已明白了。看她那個樣兒，她不想跟我吵鬧，我更沒預備著跟她衝突。她是個老實人。她哭，可是拉住我的手：「他騙了咱們倆！」她說。我以為她也只是個「愛人」。不，她是他的妻。她不跟我鬧，只口口聲聲的說：「你放了他吧！」我不知怎麼才好，我可憐這個少婦。我答應了她。她笑了。看她這個樣兒，我以為她是缺個心眼，她似乎什麼也不懂，只知道要她的丈夫。

二十四

我在街上走了半天。很容易答應那個少婦呀，可是我怎麼辦呢？他給我的那些東西，我不願意要；既然要離開他，便一刀兩斷。可是，放下那點東西，我還有什麼呢？我上哪兒呢？我怎麼能當天就有飯吃呢？好吧，我得要那些東西，無法。我偷偷的搬了走。我不後悔，只覺得空虛，像一片雲那樣的無倚無靠。搬到一間小屋裡，我睡了一天。

二十五

我知道怎樣儉省，自幼就曉得錢是好的。湊合著手裡還有那點錢，我想馬上去找個事。這樣，我雖然不希望什麼，或者也不會有危險了。事情可是並不因我長了一兩歲而容易找到。我很堅決，這並無濟於事，只覺得應當如此罷了。婦女掙錢怎這麼不容易呢！媽媽是對的，婦人只有一條路走，就是媽媽所走的路。我不肯馬上就往那麼走，可是知道它在不很遠的地方等著我呢。我越掙扎，心中越害怕。我的希望是初月的光，一會兒就要消失。一兩個星期過去了，希望越來越小。最後，我去和一排年輕的姑娘們在小飯館受選閱。很小的一個飯館，很大的一個老闆；我們這群都不難看，都是高小畢業的女子們，等皇賞似的，等著一個破塔似的老闆挑選。他選了我。我不感謝他，可是當時確有點痛快。那群女孩子們似乎很羨慕我，有的竟自含著淚走去，有的罵聲「媽的」！女子夠多麼不值錢呢！

二十六

我成了小飯館的第二號女招待。擺菜、端菜、算賬、報菜名，我都不在行。我有點怕。可是「第一號」告訴我不用著急，她也都不會。她說，小順管一切的事；我們當招待的只要給客人倒茶，遞手巾把[3]，和拿賬條；別的不用管。

奇怪！「第一號」的袖口捲起來很高，袖口的白裏子上連一個汙點也沒有。腕上放著一塊白絲手絹，繡著「妹妹我愛你」。她一天到晚往臉上拍粉，嘴唇抹得血瓢似的。給客人點煙的時候，她的膝往人家腿上倚；還給客人斟酒，有時候她自己也喝了一口。對於客人，有的她伺候得非常的周到；有的她連理也不理，她會把眼皮一搭拉，假裝沒看見。

她不招待的，我只好去。我怕男人。我那點經驗叫我明白了些，什麼愛不愛的，反正男人可怕。特別是在飯館吃飯的男人們，他們假裝義氣，打架似的讓座讓賬；他們拚命的猜拳，喝酒；他們野獸似的吞吃，他們不必要而故意的挑剔毛病、罵人。

我低頭遞茶遞手巾，我的臉發燒。客人們故意的和我說東說西，招我笑；我沒心思說笑。晚上九點多鐘完了事，我非常的疲乏了。到了我的小屋，連衣裳沒脫，我一直的睡到天亮。醒來，我心中高興了一些，我現在是自食其力，用我的勞力自己掙飯吃。我很早的就去上工。

二十七

「第一號」九點多才來，我已經去了兩點多鐘。她看不起我，可也並非完全惡意的教訓我：「不用那麼早來，誰八點來吃飯？告訴你，喪氣鬼，把臉別搭拉得那麼長；你是女跑堂的，沒

3. 手巾把：用熱水洗過再擰乾，以供客人拭面的熱毛巾。

讓你在這兒送殯玩。低著頭，沒人多給酒錢；你幹什麼來了？不為掙子兒嗎？你的領子太矮，咱這行全得弄高領子，綢子手絹，人家認這個！」

我知道她是好意，我也知道設若我不肯笑，她也得吃虧，少分酒錢；小賬是大家平分的。我也並非看不起她，從一方面看，我實在佩服她，她是為掙錢。婦女掙錢就得這麼著，沒第二條路。但是，我不肯學她。我彷彿看得很清楚：有朝一日，我得比她還開通，才能掙上飯吃。可是那得到了山窮水盡的時候；「萬不得已」老在那兒等我們女子，我只能叫它多等幾天。這叫我咬牙切齒，叫我心中冒火，可是婦女的命運不在自己手裡。又幹了三天，那個大掌櫃的下了警告：再試我兩天，我要是願意往長了幹呢，得照「第一號」那麼辦。

「第一號」一半嘲弄，一半勸告的說：「已經有人打聽你，幹嗎藏著乖的賣傻的呢[4]？咱們誰不知道誰是怎著？女招待嫁銀行經理的，有的是；你當是咱們低賤呢？闖開臉兒幹呀，咱們也他媽的坐幾天汽車！」

這個，逼上我的氣來，我問她：「你什麼時候坐汽車？」她把紅嘴唇撇得要掉下去：「不用你耍嘴皮子，幹什麼說什麼；天生下來的香屁股，還不會幹這個呢！」我幹不了，拿了一塊零五分錢，我回了家。

4.藏著乖的賣傻的：比喻心裡清楚卻假裝糊塗。

二十八

最後的黑影又向我邁了一步。為躲它，就更走近了它。我不後悔丟了那個事，可我也真怕那個黑影。把自己賣給一個人，我會。自從那回事兒，我很明白了些男女之間的關係。女子把自己放鬆一些，男人聞著味兒就來了。他所要的是肉，他所給的也是肉。他發散了獸力，你便暫時有吃有穿；然後他也許打你罵你，或者停止了你的供給。

女子就這麼賣了自己，有時候還很得意，我曾經覺到得意。在得意的時候，說的淨是一些天上的話；過了會兒，你覺得身上的疼痛與喪氣。不過，賣給一個男人，還可以說些天上的話；賣給大家，連這些也沒法說了，媽媽就沒說過這樣的話。

怕的程度不同，使我沒法接收「第一號」的勸告；「一個」男人到底使我少怕一點。可是，我並不想賣我自己。我並不需要男人，我還不到二十歲。我當初以為跟男人在一塊兒必定有趣，誰知道到了一塊他就要求那個我所害怕的事。

是的，那時候我像把自己交給了春風，任憑人家擺佈；過後一想，他是利用我的無知，暢快他自己。他的甜言蜜語使我走入夢裡；醒過來，不過是一個夢，一些空虛；我得到的是兩頓飯，幾件衣服。我不想再這樣掙飯吃，飯是實在的，實在的去掙好了。可是，實在掙不上飯吃，女子得承認自己是女子，得賣肉！一個多月，我找不到事作。

二十九

我遇見幾個同學，有的升入了中學，有的在家裡作姑娘。我不願理她們，可是一說起話兒來，我覺得我比她們精明。原先，在學校的時候，我比她們傻；現在，「她們」顯著呆傻了。她們似乎還都作夢呢。她們都打扮得很好，像鋪子裡的貨物。她們的眼溜著年輕的男子，心裡好像作著愛情的詩。我笑她們。是的，我必定得原諒她們，她們有飯吃，吃飽了當然只好想愛情，男女彼此織成了網，互相捕捉；有錢的，網大一些，捉住幾個，然後從容的選擇一個。我沒有錢，我連個結網的屋角都找不到。我得直接的捉人，或是被捉，我比她們明白一些，實際一些。

三十

有一天，我碰見那個小媳婦，像磁人似的那個。她拉住了我，倒好像我是她的親人似的。她有點顛三倒四的樣兒。「你是好人！你是好人！我後悔了，」她很誠懇的說，「我後悔了！我叫你放了他，哼，還不如在你手裡呢！他又弄了別人，更好了，一去不回頭了！」由探問中，我知道她和他也是由戀愛而結的婚，她似乎還很愛他。他又跑了。我可憐這個小婦人，她也是還作著夢，還相信戀愛神聖。我問她現在的情形，她說她得找到他，她得從一而終。要是找不到他呢？我問。她咬上了嘴唇，她有公婆，娘家還有父母，她沒有自由，她甚至於羨慕我，我沒有人管著。還有人羨慕我，我真要笑了！我有自由，笑話！她有飯吃，我有自由；她沒自由，我沒飯吃，我倆都是女人。

三十一

自從遇上那個小磁人，我不想把自己專賣給一個男人了，我決定玩玩了；換句話說，我要浪漫的掙飯吃了。我不再為誰負著什麼道德責任，我餓。浪漫足以治餓，正如同吃飽了才浪漫，這是個圓圈，從哪兒走都可以。那些女同學與小磁人都跟我差不多，她們比我多著一點夢想，我比她們更直爽，肚子餓是最大的真理。是的，我開始賣了。把我所有的一點東西都折賣了，作了一身新行頭，我的確不難看。我上了市。

三十二

我想我要玩玩，浪漫。啊，我錯了。我還是不大明白世故。男人並不像我想的那麼容易勾引。我要勾引文明一些的人，要至多只賠上一兩個吻。哈哈，人家不上那個當，人家要初次見面就摸我的乳。還有呢，人家只請我看電影，或逛逛大街，吃杯霜淇淋；我還是餓著肚子回家。所謂文明人，懂得問我在哪兒畢業，家裡作什麼事。那個態度使我看明白，他若是要你，你得給他相當的好處；你若是沒有好處可貢獻呢，人家只用一角錢的霜淇淋換你一個吻。要賣，得痛痛快快的，拿錢來，我陪你睡。我明白了這個。小磁人們不明白這個。我和媽媽明白，我很想媽了。

三十三

據說有些女人是可以浪漫的掙飯吃，我缺乏資本；也就不必再這樣想了。我有了買賣。可是我的房東不許我再住下去，他是講體面的人。我連瞧他也沒瞧，就搬了家，又搬回我媽媽和新爸爸曾經住過的那兩間房。這裡的人不講體面，可也更真誠可愛。

搬了家以後，我的買賣很不錯。連文明人也來了。文明人知道了我是賣，他們是買，就肯來了；這樣他們不吃虧，也不丟身分。初幹的時候，我很害怕，因為我還不到二十歲。及至作過了幾天，我也就不怕了。多咱[5]他們像了一灘泥，他們才覺得上了算，他們滿意，還替我作義務的宣傳。幹過了幾個月，我明白的事情更多了，差不多每一見面我就能斷定他是怎樣的人。有的很有錢，這樣的人一開口總是問我的身價，表示他買得起我。他也很嫉妒，總想包了我；逛暗娼他也想獨佔，因為他有錢。對這樣的人，我不大招待。他鬧脾氣，我不怕，我告訴他，

5.多咱：什麼時候。

我可以找上他的門去，報告給他的太太。在小學裡念了幾年書，到底是沒白念，他唬不住我。教育是有用的，我相信了。

有的人呢，來的時候，手裡就攥著一塊錢，唯恐上了當。對這種人，我跟他細講條件，幹什麼多少錢，幹什麼多少錢，他就乖乖的回家去拿錢，很有意思。最可恨的是那些油子，不但不肯花錢，反倒要佔點便宜走，什麼半盒煙捲呀，什麼一小瓶雪花膏呀，他們隨手拿去。這種人還是得罪不得，他們在地面上很熟，得罪了他們，他們會叫巡警跟我搗亂。我不得罪他們，我餵著他們；及至我認識了警官，才一個個的收拾他們。

世界就是狼吞虎嚥的世界，誰壞誰就有便宜。頂可憐的是那像中學學生樣兒的，袋裡裝著一塊錢，和幾十銅子，叮噹的直響，鼻子上出著汗。我可憐他們，可是也照常賣給他們。我有什麼辦法呢！還有老頭子呢，都是些規矩人，或者家中已然兒孫成群。對他們，我不知道怎樣好；但是我知道他們有錢，想在死前買些快樂，我只好供給他們所需要的。這些經驗叫我認識了「錢」與「人」。錢比人更厲害一些，人是獸，錢是獸的膽子。

三十四

我發現了我身上有了病。這叫我非常的苦痛，我覺得已經不必活下去了。我休息了，我到街上走去；無目的，亂走。我想去看看媽，她必能給我一些安慰，我想像著自己已是快死的人了。我繞到那個小巷，希望見著媽媽；我想起她在門外拉風箱的樣子。饅頭鋪已經關了門。打聽，沒人知道搬到哪裡去。這使我更堅決了，我非找到媽媽不可。在街上喪膽遊魂的走了幾天，沒有一點用。我疑心她是死了，或是和饅頭鋪的掌櫃的搬到別處去，也許在千里以外。這麼一想，我哭起來。

我穿好了衣裳，擦上了脂粉，在床上躺著，等死。我相信我會不久就死去的。可是我沒死，門外又敲門了，找我的。好吧，我伺候他，我把病盡力的傳給他。我不覺得這對不起人，這根本不是我的過錯。我又痛快了些，我吸煙，我喝酒，我好像已是三四十歲的人了。我的眼圈發青，手心很熱，我不再管；有錢才能活著，先吃飽再說別的吧。我吃得並不錯，誰肯吃壞的呢！我必須給自己一點好吃食，一些好衣裳，這樣才稍微對得起自己一點。

三十五

一天早晨，大概有十點來鐘吧，我正披著件長袍在屋中坐著，我聽見院中有點腳步聲。我十點來鐘起來，有時候到十二點才想穿好衣裳，我近來非常的懶，能披著件衣服呆坐一兩個鐘頭。我想不起什麼，也不願想什麼，就那麼獨自呆坐。那點腳步聲向我的門外來了，很輕很慢。不久，我看見一對眼睛，從門上那塊小玻璃看呢。看了一會兒，躲開了；我懶得動，還在那兒坐著。待了一會兒，那對眼睛又來了。我再也坐不住，我輕輕的開了門。「媽！」

三十六

我們母女怎麼進了屋，我說不上來。哭了多久，也不大記得。媽媽已老得不像樣兒了。她的掌櫃的回了老家，沒告訴她，偷偷的走了，沒給她留下一個錢。她把那點東西變賣了，辭了房，搬到一個大雜院裡去。她已找了我半個多月。最後，她想到上這兒來，並沒希望找到我，只是碰碰看，可是竟自找到了我。她不敢認我了，要不是我叫她，她也許就又走了。哭完了，我發狂似的笑起來：她找到了女兒，女兒已是個暗娼！她養著我的時候，她得那樣；現在輪到我養著她了，我得那樣！女兒的職業是世襲的，是專門的！

三十七

我希望媽媽給我點安慰。我知道安慰不過是點空話，可是我還希望來自媽媽的口中。世上的媽媽都最會騙人，我們把媽媽的誆騙叫作安慰。我的媽媽連這個都忘了。她是餓怕了，我不怪她。她開始檢點我的東西，問我的進項與花費，似乎一點也不以這種生意為奇怪。我告訴她，我有了病，希望她勸我休息幾天。沒有；她只說出去給我買藥。「我們老幹這個嗎？」我問她。她沒言語。可是從另一方面看，她確是想保護我，心疼我。她給我作飯，問我身上怎樣，還常常的偷看我，像媽媽看睡著了的小孩那樣。只是有一層她不肯說，就是叫我不用再幹這行了。我心中很明白——雖然有一點不滿意她——除了幹這個，還想不到第二個事情作。我們母女得吃得穿——這個決定了一切。什麼母女不母女，什麼體面不體面，錢是無情的。

三十八

媽媽想照應我，可是她得聽著看著人家蹂躪我。我想好好的對待她，可是我覺得她有時候討厭。她什麼都要管管，特別是對於錢。她的眼已失去年輕時的光澤，不過看見了錢還能發點光。對於客人，她就自居為僕人，可是當客人給少了錢的時候，她張嘴就罵。這有時候使我很為難。不錯，既幹這個還不是為錢嗎？可是幹這個的也似乎不必罵人。我有時候也會慢待人，可是我有我的辦法，使客人急不得惱不得。媽媽的方法太笨了，很容易得罪人。看在錢的面上，我們不應當得罪人。我的方法或者出於我還年輕，還幼稚；媽媽便不顧一切的單單站在錢上了，她應當如此，她比我大著好些歲。恐怕再過幾年我也就這樣了，人老心也跟著老，漸漸的老得和錢一樣的硬。

是的，媽媽不客氣。她有時候劈手就搶客人的皮夾，有時候留下人家的帽子或值錢一點的手套與手杖。我很怕鬧出事來，可是媽媽說得好：「能多弄一個是一個，咱們是拿十年當作一年活著的，等七老八十還有人要咱們嗎？」

有時候，客人喝醉了，她便把他架出去，找個僻靜地方叫他坐下，連他的鞋都拿回來。說也奇怪，這種人倒沒有來找賬的，想是已人事不知，說不定也許病一大場。或者事過之後，想過滋味，也就不便再來鬧了，我們不怕丟人，他們怕。

三十九

媽媽是說對了：我們是拿十年當一年活著。幹了二三年，我覺出自己是變了，我的皮膚粗糙了，我的嘴唇老是焦的，我的眼睛裡老灰淥淥的帶著血絲。我起來的很晚，還覺得精神不夠。我覺出這個來，客人們更不是瞎子，熟客漸漸的少起來。對於生客，我更努力的伺候，可是也更厭惡他們，有時候我管不住自己的脾氣。我暴躁，我胡說，我已經不是我自己了。

我的嘴不由的老胡說，似乎是慣了。這樣，那些文明人已不多照顧我，因為我丟了那點「小鳥依人」——他們唯一的詩句——的身段與氣味。我得和野雞學了。我打扮得簡直不像個人，這才招得動那不文明的人。我的嘴擦得像個紅血瓢，我用力咬他們，他們覺得痛快。有時候我似乎已看見我的死，接進一塊錢，我彷彿死了一點。

錢是延長生命的，我的掙法適得其反。我看著自己死，等著自己死。這麼一想，便把別的思想全止住了。不必想了，一天一天的活下去就是了，我的媽媽是我的影子，我至好不過將來變成她那樣，賣了一輩子肉，剩下的只是一些白頭髮與抽皺的黑皮。這就是生命。

四十

我勉強的笑，勉強的瘋狂，我的痛苦不是落幾個淚所能減除的。我這樣的生命是沒什麼可惜的，可是它到底是個生命，我不願撒手。況且我所作的並不是我自己的過錯。死假如可怕，那只因為活著是可愛的。我決不是怕死的痛苦，我的痛苦久已勝過了死。我愛活著，而不應當這樣活著。我想像著一種理想的生活，像作著夢似的；這個夢一會兒就過去了，實際的生活使我更覺得難過。這個世界不是個夢，是真的地獄。媽媽看出我的難過來，她勸我嫁人。嫁人，我有了飯吃，她可以弄一筆養老金。我是她的希望。我嫁誰呢？

四十一

因為接觸的男子很多了，我根本已忘了什麼是愛。我愛的是我自己，及至我已愛不了自己，我愛別人幹什麼呢？但是打算出嫁，我得假裝說我愛，說我願意跟他一輩子。我對好幾個人都這樣說了，還起了誓；沒人接受。在錢的管領下，人都很精明。嫖不如偷，對，偷省錢。我要是不要錢，管保人人說愛我。

四十二

正在這個期間，巡警把我抓了去。我們城裡的新官兒非常的講道德，要掃清了暗門子。正式的妓女倒還照舊作生意，因為她們納捐；納捐的便是名正言順的，道德的。抓了去，他們把我放在了感化院，有人教給我作工。洗，做，烹調，編織，我都會；要是這些本事能掙飯吃，我早就不幹那個苦事了。我跟他們這樣講，他們不信，他們說我沒出息，沒道德。他們教給我工作，還告訴我必須愛我的工作。假如我愛工作，將來必定能自食其力，或是嫁個人。他們很樂觀。我可沒這個信心。他們最好的成績，是已經有十幾多個女的，經過他們感化而嫁了人。到這兒來領女人的，只須花兩塊錢的手續費和找一個妥實的鋪保就夠了。這是個便宜，從男人方面看；據我想，這是個笑話。我乾脆就不受這個感化。當一個大官兒來檢閱我們的時候，我唾了他一臉唾沫。他們還不肯放了我，我是帶危險性的東西。可是他們也不肯再感化我。我換了地方，到了獄中。

四十三

獄裡是個好地方，它使人堅信人類的沒有起色；在我作夢的時候都見不到這樣醜惡的玩藝。自從我一進來，我就不再想出去，在我的經驗中，世界比這兒並強不了許多。我不願死，假若從這兒出去而能有個較好的地方；事實上既不這樣，死在哪兒不一樣呢。在這裡，在這裡，我又看見了我的好朋友，月牙兒！多久沒見著它了！媽媽幹什麼呢？我想起來一切。

柳家大院

這兩天我們的大院裡又透著熱鬧，出了人命。

事情可不能由這兒說起，得打頭兒來。先交代我自己吧，我是個算命的先生。我也賣過酸棗、落花生什麼的，那可是先前的事了。現在我在街上擺卦攤，好了呢，一天也抓弄個三毛五毛的。老伴兒早死了，兒子拉洋車。我們爺兒倆住著柳家大院的一間北房。

除了我這間北房，大院裡還有二十多間房呢。一共住著多少家子？誰記得清！住兩間房的就不多，又搭上今天搬來，明天又搬走，我沒有那麼好記性。大家見面招呼聲「吃了嗎」，透著和氣；不說呢，也沒什麼。大家一天到晚為嘴奔命，沒有工夫扯閒話兒。愛說話的自然也有啊，可是也得先吃飽了。

還就是我們爺兒倆和王家可以算作老住戶，都住了一年多了。早就想搬家，可是我這間屋子下雨還算不十分漏；這個世界哪去找不十分漏水的屋子？不漏的自然有哇，也得住得起呀！再說，一搬家又得花三份兒房錢，莫如忍著吧。晚報上常說什麼「平等」，銅子兒不平等，什麼也不用說。這是實話。就拿媳婦們說吧，娘家要是不使彩禮，她們一定少挨點揍，是不是？

王家是住兩間房。老王和我算是柳家大院裡最「文明」的人了。「文明」是三孫子，話先說在頭裡。我是算命的先生，眼前的字兒頗念一氣。天天我看倆大子的晚報。「文明」人，就憑看篇晚報，別裝孫子啦！老王是給一家洋人當花匠，總算混著洋事。其實他會種花不會，他自己曉得；若是不會的話，大概他也不肯說。給洋人院裡剪草皮的也許叫作花匠；無論怎說吧，老王有點好吹。有什麼意思？剪草皮又怎麼低下呢？老王想不開這一層。要不怎麼我們這種窮人沒起色呢，窮不是，還好吹兩句！大院裡這樣的人多了，老跟「文明」人學；好像「文明」人的吹鬍子瞪眼睛是應當應分。反正他掙錢不多，花匠也罷，草匠也罷。

老王的兒子是個石匠，腦袋還沒石頭順溜呢，沒見過這麼死巴的人。他可是好石匠，不說屈心話。小王娶了媳婦，比他小著十歲，長得像擱陳了的窩窩頭，一腦袋黃毛，永遠不樂，一挨揍就哭，還是不短挨揍。老王還有個女兒，大概也有十四五歲了，又賊又壞。他們四口住兩間房。

除了我們兩家，就得算張二是老住戶了；已經在這兒住了六個多月。雖然欠下倆月的房錢，可是還對付著沒叫房東給攆出去。張二的媳婦嘴真甜甘，會說話；這或者就是還沒叫攆出去的原因。自然她只是在要房租來的時候嘴甜甘；房東一轉身，你聽她那個罵。誰能不罵房東呢；就憑那麼一間狗窩，一月也要一塊半錢?!可是誰也沒有她罵得那麼到家，那麼解氣。連我這老頭子都有點愛上她了，不是為別的，她真會罵。可是，任憑怎麼罵，一間狗窩還是一塊半錢。這麼一想，我又不愛她了。沒有真力量，罵罵算得了什麼呢。

張二和我的兒子同行，拉車。他的嘴也不善，喝倆銅子的「貓尿」能把全院的人說暈了；窮嚼！我就討厭窮嚼，雖然張二不是壞心腸的人。張二有三個小孩，大的檢煤核，二的滾車轍，三的滿院爬。

提起孩子來了，簡直的說不上來他們都叫什麼。院子裡的孩子足夠一混成旅，怎能記得清楚呢？男女倒好分，反正能光眼子就光著。在院子裡走道總得小心點；一慌，不定踩在誰的身上呢。踩了誰也得鬧一場氣。大人全別著一肚子委屈，可不就抓個碴兒吵一陣吧。越窮，孩子越多，難道窮人就不該養孩子？不過，窮人也真得想個辦法。這群小光眼子將來都幹什麼去呢？又跟我的兒子一樣，拉洋車？我倒不是說拉洋車就低賤，我是說人就不應當拉車；人嘛，當牛馬？可是，好些個還活不到能拉車的年紀呢。今年春天鬧瘟疹，死了一大批。最愛打孩子的爸爸也咧著大嘴哭，自己的孩子哪有不心疼的？可是哭完也就完了，小席頭一捲，夾出城去；死了就死了，省吃是真的。腰裡沒錢心似鐵，我常這麼說。這不像一句話，總得想個辦法！

除了我們三家子，人家還多著呢。可是我只提這三家子就夠了。我不是說柳家大院出了人命嗎？死的就是王家那個小媳婦。我說過她像窩窩頭，這可不是拿死人打哈哈。我也不是說她「的確」像窩窩頭。我是替她難受，替和她差不多的姑娘媳婦們難受。我就常思索，憑什麼好好的一個姑娘，養成像窩窩頭呢？從小兒不得吃，不得喝，還能油光水滑的嗎？是，不錯，可是憑什麼呢？

少說閒話吧；是這麼回事：老王第一個不是東西。我不是說他好吹嗎？是，事事他老學那些「文明」人。娶了兒媳婦，喝，他不知道怎麼好了。一天到晚對兒媳婦挑鼻子弄眼睛，派頭大了。為三個錢的油，兩個大子的醋，他能鬧得翻江倒海。我知道，窮人肝氣旺，愛吵架。老王可是有點存心找毛病；他鬧氣，不為別的，專為學學「文明」人的派頭。他是公公；媽的，公公幾個銅子兒一個！我真不明白，為什麼窮小子單要充「文明」，這是哪一股兒毒氣呢？早晨，他起得早，總得也把小媳婦叫起來，其實有什麼事呢？他要立這個規矩，窮酸！她稍微晚起來一點，聽吧，這一頓揍！

我知道，小媳婦的娘家使了一百塊的彩禮。他們爺兒倆大概再有一年也還不清這筆虧空，所以老拿小媳婦出氣。可是要專為這一百塊錢鬧氣，也倒罷了，雖然小媳婦已經夠冤枉的。他不是專為這點錢。他是學「文明」人呢，他要作足了當公公的氣派。他的老伴不是死了嗎，他想把婆婆給兒媳婦的折磨也由他承辦。他變著方兒挑她的毛病。她呢，一個十七歲的孩子可懂得什麼？跟她耍排場？我知道他那些排場是打哪兒學來的：在茶館裡聽那些「文明」人說的。他就是這麼個人——和「文明」人要是過兩句話，替別人吹幾句，臉上立刻能紅堂堂的。在洋人家裡剪草皮的時候，洋人要是跟他過一句半句的話，他能把尾巴擺動三天三夜。他確是有尾巴。可是他擺一輩子的尾巴了，還是他媽的住破大院啃窩窩頭。我真不明白！

老王上工去的時候，把磨折兒媳婦的辦法交給女兒替他辦。那個賊丫頭！我一點也沒有看不起窮人家的姑娘的意思；她們給人家作丫環去呀，作二房去呀，是常有的事（不是應該的事），那能怨她們嗎？不能！可是我討厭王家這個二妞，她和她爸爸一樣的討人嫌，能鑽天覓縫地給她嫂子小鞋穿，能大睜白眼地亂造謠言給嫂子使壞。我知道她為什麼這麼壞，她是由那個洋人供給著在一個學校念書，她一萬多個看不上她的嫂子。她也穿一雙整鞋，頭髮上也戴著一把梳子，瞧她那個美！我就這麼琢磨這回事：世界上不應當有窮有富。可是窮人要是狗著有錢的，往高處爬，比什麼也壞。老王和二妞就是好例子。她嫂子要是作一雙青布新鞋，她變著方兒給踩上泥，然後叫他爸爸罵兒媳婦。我沒工夫細說這些事兒，反正這個小媳婦沒有一天得著好氣；有的時候還吃不飽。

小王呢，石廠子在城外，不住在家裡。十天半月地回來一趟，一定揍媳婦一頓。在我們的柳家大院，揍兒媳婦是家常便飯。誰叫老婆吃著男子漢呢，誰叫娘家使了彩禮呢，挨揍是該當的。可是小王本來可以不揍媳婦，因為他輕易不家來，還願意回回鬧氣嗎？哼，有老王和二妞在旁邊挑撥啊。老王罰兒媳婦挨餓，跪著；到底不能親自下手打，他是自居為「文明」人的，哪能落個公公打兒媳婦呢？所以挑唆兒子去打；他知道兒子是石匠，打一回勝似別人打五回的。兒子打完了媳婦，他對兒子和氣極了。二妞呢，雖然常擰嫂子的胳臂，可也究竟是不過癮，恨不能看著哥哥把嫂子當作石頭，一下子捶碎才痛快。我告訴你，一個女人要是看不起另一個女人的，那就是活對頭。二妞自居女學生；嫂子不過是花一百塊錢買來的一個活窩窩頭。

王家的小媳婦沒有活路。心裡越難受，對人也越不和氣；全院裡沒有愛她的人。她連說話都忘了怎麼說了。也有痛快的時候，見神見鬼地鬧撞客[1]。總是在小王揍完她走了以後，她又哭又說，一個人鬧歡了。我的差事來了，老王和我借憲書[2]，抽她的嘴巴。他怕鬼，叫我去抽。等我進了她的屋子，把她安慰得不哭了——我沒抽過她，她要的是安慰，幾句好話——他進來了，

1. 撞客：撞鬼。
2. 憲書：曆書。

掐她的人中，用草紙熏；其實他知道她已緩醒過來，故意的懲治她。每逢到這個節骨眼，我和老王吵一架。平日他們吵鬧我不管；管又有什麼用呢？我要是管，一定是向著小媳婦；這豈不更給她添毒？所以我不管。不過，每逢一鬧撞客，我們倆非吵不可了，因為我是在那兒，眼看著，還能一語不發？奇怪的是這個，我們倆吵架，院裡的人總說我不對；婦女們也這麼說。他們以為她該挨揍。他們也說我多事。男的該打女的，公公該管教兒媳婦，小姑子該給嫂子氣受，他們這群男女信這個！怎麼會信這個呢？誰教給他們的呢？哪個王八蛋的「文明」可笑，又可哭！

前兩天，石匠又回來了。老王不知怎麼一時心順，沒叫兒子揍媳婦，小媳婦一見大家歡天喜地，當然是喜歡，臉上居然有點像要笑的意思。二妞看見了這個，彷彿是看見天上出了兩個太陽。一定有事！她嫂子正在院子裡作飯，她到嫂子屋裡去搜開了。一定是石匠哥哥給嫂子買來了貼己的東西，要不然她不會臉上有笑意。翻了半天，什麼也沒翻出來。我說「半天」，意思是翻得很詳細；小媳婦屋裡的東西還多得了嗎？我們的大院裡一共也沒有兩張整桌子來，要不怎麼不鬧賊呢。我們要是有錢票，是放在襪筒兒裡。

二妞的氣大了。嫂子臉上敢有笑容？不管查得出私弊查不出，反正得懲治她！

小媳婦正端著鍋飯澄米湯，二妞給了她一腳。她的一鍋飯出了手。「米飯」！不是丈夫回來，誰敢出主意吃「飯」！她的命好像隨著飯鍋一同出去了。米湯還沒澄乾，稀粥似的白飯攤在地上。她拚命用手去捧，滾燙，顧不得手；她自己還不如那鍋飯值錢呢。實在太熱，她捧了幾把，疼到了心上，米汁把手糊住。她不敢出聲，咬上牙，紮著兩隻手，疼得直打轉。

「爸！瞧她把飯全灑在地上啦！」二妞喊。

爺兒倆全出來了。老王一眼看見飯在地上冒熱氣，登時就瘋了。他只看了小王那麼一眼，已然是說明白了：「你是要媳婦，還是要爸爸？」

小王的臉當時就漲紫了，過去揪住小媳婦的頭髮，拉倒在地。小媳婦沒出一聲，就人事不知了。

「打！往死了打！打！」老王在一旁嚷，腳踢起許多土來。二妞怕嫂子是裝死，過去擰她的大腿。

院子裡的人都出來看熱鬧，男人不過來勸解，女的自然不敢出聲；男人就是喜歡看別人揍媳婦——給自己的那個老婆一個榜樣。

我不能不出頭了。老王很有揍我一頓的意思。可是我一出頭，別的男人也蹭過來。好說歹說，算是勸開了。

第二天一清早，小王老王全去工作。二妞沒上學，為是繼續給嫂子氣受。

張二嫂動了善心，過來看看小媳婦。因為張二嫂自信會說話，所以一安慰小媳婦，可就得罪了二妞。她們倆抬起來了。當然二妞不行，她還說得過張二嫂！「你這個丫頭要不……，我不姓張！」一句話就把二妞罵悶過去了，「三禿子給你倆大子，你就叫他親嘴；你當我沒看見呢？有這麼回事沒有？有沒有？」二嫂的嘴就堵著二妞的耳朵眼，二妞直往後退，還說不出話來。

這一場過去，二妞搭訕著上了街，不好意思再和嫂子鬧了。

小媳婦一個人在屋裡，工夫可就大啦。張二嫂又過來看一眼，小媳婦在炕上躺著呢，可是穿著出嫁時候的那件紅襖。張二嫂問了她兩句，她也沒回答，只扭過臉去。張家的小二，正在這麼工夫跟個孩子打起來，張二嫂忙著跑去解圍，因為小二被敵人給按在底下了。

二妞直到快吃飯的時候才回來，一直奔了嫂子的屋子去，看看她作好了飯沒有。二妞向來不動手作飯，女學生嘛！一開屋門，她失了魂似的喊了一聲，嫂子在房樑上吊著呢！一院子的人全嚇驚了，沒人想起把她摘下來，誰肯往人命事兒裡攙合呢？

二妞捂著眼嚇成孫子了。「還不找你爸爸去?!」不知道誰說了這麼一句，她扭頭就跑，彷彿鬼在後頭追她呢。老王回來也傻了。小媳婦是沒有救兒了；這倒不算什麼，髒了房，人家房東能饒得了他嗎？再娶一個，只要有錢，可是上次的債還沒歸清呢！這些個事叫他越想越氣，真想咬吊死鬼兒幾塊肉才解氣！

娘家來了人，雖然大嚷大鬧，老王並不怕。他早有了預備，早問明白了二妞，小媳婦是受張二嫂的挑唆才想上吊；王家沒逼她死，王家沒給她氣受。你看，老王學「文明」人真學得到家，能瞪著眼扯謊。

張二嫂可抓了瞎，任憑怎麼能說會道，也禁不住賊咬一口，入骨三分！人命，就是自己能分辯，丈夫回來也得鬧一陣。打官司自然是不會打的，柳家大院的人還敢打官司？可是老王和二妞要是一口咬定，小媳婦的娘家要是跟她要人呢，這可不好辦！柳家大院的人是有眼睛的，不過，人命關天，大家不見得敢幫助她吧？果然，張二一回來就聽說了，自己的媳婦惹了禍。誰還管青紅皂白，先揍完再說，反正打媳婦是理所當然的事。張二嫂挨了頓好的。

小媳婦的娘家不打官司；要錢；沒錢再說厲害的。老王怕什麼偏有什麼；前者娶兒媳婦的錢還沒還清，現在又來了一檔子！可是，無論怎樣，也得答應著拿錢，要不然屋裡放著吊死鬼，才不像句話。

小王也回來了，十分像個石頭人，可是我看得出，他的心裡很難過，誰也沒把死了的小媳婦放在心上，只有小王進到屋中，在屍首旁邊坐了半天。要不是他的爸爸「文明」，我想他決不會常打她。可是，爸爸「文明」，兒子也自然是要孝順了，打吧！一打，他可就忘了他的胳臂本是砸石頭的。他一聲沒出，在屋裡坐了好大半天，而且把一條新褲子——就是沒補釘呀——給媳婦穿上。他的爸爸跟他說什麼，他好像沒聽見。他一個勁兒地吸蝙蝠牌的煙，眼睛不錯眼珠地看著點什麼——別人都看不見的一點什麼。

娘家要一百塊錢——五十是發送小媳婦的，五十歸娘家人用。小王還是一語不發。老王答應了拿錢。他第一個先找了張二去。「你的媳婦惹的禍，沒什麼說的，你拿五十，我拿五十；要不然我把吊死鬼搬到你屋裡來。」老王說得溫和，可又硬張。

張二剛喝了四個大子的貓尿，眼珠子紅著。他也來得不善：「好王大爺的話，五十？我拿！看見沒有？屋裡有什麼你拿什麼好了。要不然我把這兩個大孩子賣給你，還不值五十塊錢？小三的媽！把兩個大的送到王大爺屋裡去！會跑會吃，決不費事，你又沒個孫子，正好嘛！」

老王碰了個軟的。張二屋裡的陳設大概一共值不了幾個銅子兒！倆孩子叫張二留著吧。可是，不能這麼輕輕地便宜了張二；拿不出五十呀，三十行不行？張二唱開了打牙牌，好像很高興似的。「三十幹嗎？還是五十好了，先寫在賬上，多喒我叫電車軋死，多喒還你。」

老王想叫兒子揍張二一頓。可是張二也挺壯，不一定能揍得了他。張二嫂始終沒敢說話，這時候看出一步棋來，乘機會自己找找臉：「姓王的，你等著好了，我要不上你屋裡去上吊，我不算好老婆，你等著吧！」

老王是「文明」人，不能和張二嫂鬥嘴皮子。而且他也看出來，這種野娘們什麼也幹得出來，真要再來個吊死鬼，可得更吃不了兜著走了。老王算是沒敲上張二。

其實老王早有了「文明」主意，跟張二這一場不過是虛晃一刀。他上洋人家裡去，洋大人沒在家，他給洋太太跪下了，要一百塊錢。洋太太給了他，可是其中的五十是要由老王的工錢扣的，不要利錢。

老王拿著回來了，鼻子朝著天。

開張殃榜[3]就使了八塊；陰陽生要不開這張玩藝，麻煩還小得了嗎。這筆錢不能不花。

小媳婦總算死得「值」。一身新紅洋緞的衣褲，新鞋新襪子，一頭銀白銅的首飾。十二塊

3. 殃榜：舊時陰陽家開具死者年壽及回煞等事的文件。

錢的棺材。還有五個和尚念了個光頭三[4]。娘家弄了四十多塊去；老王無論如何不能照著五十的數給。

事情算是過去了，二妞可遭了報，不敢進屋子。無論幹什麼，她老看見嫂子在房樑上掛著呢。老王得搬家。可是，髒房誰來住呢？自己住著，房東也許馬馬虎虎不究真兒；搬家，不叫賠房才怪呢。可是二妞不敢進屋睡覺也是個事兒。況且兒媳婦已經死了，何必再住兩間房？讓出那一間去，誰肯住呢？這倒難辦了。

老王又有了高招兒，兒媳婦一死，他更看不起女人了。四五十塊花在死鬼身上，還叫她娘家拿走四十多，真堵得慌。因此，連二妞的身分也落下來了。乾脆把她打發了，進點彩禮，然後趕緊再給兒子續上一房。二妞不敢進屋子呀，正好，去她的。賣個三百二百的除給兒子續娶之外，自己也得留點棺材本兒。

他搭訕著跟我說這個事。我以為要把二妞給我的兒子呢；不是，他是托我給留點神，有對事的外鄉人肯出三百二百的就行。我沒說什麼。

正在這個時候，有人來給小王提親，十八歲的大姑娘，能洗能作，才要一百二十塊錢的彩禮。老王更急了，好像立刻把二妞鏟出去才痛快。

房東來了，因為上吊的事吹到他耳朵裡。老王把他唬回去了：房髒了，我現在還住著呢！這個事怨不上來我呀，我一天到晚不在家；還能給兒媳婦氣受？架不住有壞街坊，要不是張二

4. 光頭三：指人死後第三天念經超度。

的娘們，我的兒媳婦能想得起上吊？上吊也倒沒什麼，我呢，現在又給兒子張羅著，反正混著洋事，自己沒錢呀，還能和洋人說句話，接濟一步。就憑這回事說吧，洋人送了我一百塊錢！

房東叫他給唬住了，跟旁人一打聽，的的確確是由洋人那兒拿來的錢。房東沒再對老王說什麼，不便於得罪混洋事的。可是張二這個傢伙不是好調貨，欠下兩個月的房租，還由著娘們拉舌頭扯簸箕，攆他搬家！張二嫂無論怎麼會說，也得補上倆月的房錢，趕快滾蛋！

張二搬走了，搬走的那天，他又喝得醉貓似的。張二嫂臭罵了房東一大陣。

等著看吧。看二妞能賣多少錢，看小王又娶個什麼樣的媳婦。什麼事呢！「文明」是孫子，還是那句！

也是三角

從前線上潰退下來，馬得勝和孫占元發了五百多塊錢的財。兩支快槍，幾對鐲子，幾個錶……都出了手，就發了那筆財。在城裡關帝廟租了一間房，兩人享受著手裡老覺著癢癢的生活。一人作了一身洋緞的衣褲，一件天藍的大袷襖，城裡城外任意的逛著，臉都洗得發光，都留下平頭。

不到兩個月的工夫，錢已出去快一半。回鄉下是萬不肯的；作買賣又沒經驗，而且資本也似乎太少。錢花光再去當兵好像是唯一的，而且並非完全不好的途徑。兩個人都看出這一步。可是，再一想，生活也許能換個樣，假如別等錢都花完，而給自己一個大的變動。從前，身子是和軍衣刺刀長在一塊，沒事的時候便在操場上摔跤，有了事便朝著槍彈走。性命似乎一向不由自己管著，老隨著口令活動。

什麼是大變動？安穩的活幾天，比夜間住關帝廟，白天逛大街，還得安穩些。得安分兒家！有了家，也許生活自自然然的就起了變化。因此而永不再當兵也未可知，雖然在行伍裡不完全是件壞事。兩人也都想到這一步，他們不能不想到這一步，為人要沒成過家，總是一輩子的大缺點。成家的事兒還得趕快的辦，因為錢的出手彷彿比軍隊出發還快。錢出手不能不快，弟兄們是熱心腸的，見著朋友，遇上叫化子多央告幾句，錢便不由的出了手。

婚事要辦得馬上就辦，別等到袋裡只剩了銅子的時候。兩個人也都想到這一步，可是沒法兒彼此商議。論交情，二人是盟兄弟，一塊兒上過陣，一塊兒入過傷兵醫院，一塊兒吃過睡過搶過，現在一塊兒住著關帝廟。衣裳襪子可以不分；只是這件事沒法商議。衣裳吃喝越不分彼此，越顯著義氣。可是兩人不能娶一個老婆，無論怎說，錢，就是那一些；一人娶一房是辦不到的。

還不能口袋底朝上，把洋錢都辦了喜事。剛入了洞房就白瞪眼，耍空拳頭玩，不像句話。那麼，只好一個娶妻，一個照舊打光棍。叫誰打光棍呢，可是？論歲數，都三十多了；誰也不是小孩子。論交情，過得著命；誰肯自己成了家，叫朋友楞著翻白眼？把錢平分了，各自為政；誰也不能這麼說。十幾年的朋友，一旦忽然散夥，連想也不能這麼想。簡直的沒辦法。越沒辦法越都常想到：三十多了；錢快完了；也該另換點事做了，當兵不是壞事，可是早晚準碰上一兩個槍彈。逛窯子還不能哥兒倆挑一個「人兒」呢，何況是娶老婆？兩人都喝上四兩白乾，把什麼知心話都說了，就是「這個」不能出口。

馬得勝——新印的名片，字國藩，算命先生給起的——是哥，頭像個木瓜，臉皮並不很粗，只是七稜八瓣的不整莊。孫占元是弟，肥頭大耳朵的，是豬肉舖的標準美男子。馬大哥要發善心的時候先把眉毛立起來，有時候想起死去的老母就一邊落淚一邊罵街。孫老弟永遠很和氣，穿著便衣問路的時節也給人行舉手禮。為「那件事」，馬大哥的眉毛已經立了三天，孫老弟越發的和氣，誰也不肯先開口。

馬得勝躺在床上，手托著自己那個木瓜，怎麼也琢磨不透「國藩」到底是什麼意思。其實心裡本不想琢磨這個。孫占元就著煤油燈唸《大八義》，遇上有女字旁的字眼前就來了一頂紅轎子，轎子過去了，他也忘了唸到哪一行。賭氣子不唸了，把背後貼著《金玉蘭》相片的小圓鏡拿起來，細看自己的牙。牙很齊，很白，很沒勁，翻過來看金玉蘭，也沒勁，胖娘們一個。不知怎麼想起來：「大哥，小洋鳳的《玉堂春》媽的才沒勁！」

「野娘們都媽的沒勁！」大哥的眉毛立起來，表示同情於盟弟。

盟弟又翻過鏡子看牙，這回是專看兩個上門牙，大而白亮亮的不順眼。兩人全不再言語，全想著野娘們沒勁，全想起和野娘們完全不同的一種女的——沏茶灌水的，洗衣裳作飯，老跟著自己，生兒養女，死了埋在一塊。

由這個又想到不好意思想的事，野娘們沒勁，還是有個老婆正經。馬大哥的木瓜有點發癢，孫老弟有點要坐不住。更進一步的想到，哪怕是合夥娶一個呢。不行，不能這麼想。可是全都這麼想了，而且想到一些更不好意思想的光景。雖然不好意思，但也有趣。雖然有趣，究竟是不好意思。馬大哥打了個很勉強的哈欠，孫老弟陪了一個更勉強的。關帝廟裡住的賣豬頭肉的回來了。孫占元出去買了個壓箢的豬舌頭。兩個弟兄，一人點心了一半豬舌頭，一飯碗開水，還是沒勁。

他們二位是廟裡的財主。這倒不是說廟裡都是窮人。以豬頭肉作坊的老闆說，炕裡頭就埋著七八百油膩很厚的洋錢。可是老闆的錢老在炕裡埋著。

以後殿的張先生說，人家曾作過縣知事，手裡有過十來萬。可是知事全把錢抽了煙，姨太太也跟人跑了。誰也比不上這兄弟倆，有錢肯花，而且不抽大煙。豬頭肉作坊賣得著他們的錢，而且永遠不駁價兒，該多少給多少，並不因為同住在關老爺面前而想打點折扣。廟裡的人沒有不愛他們的。

最愛他們哥倆的是李永和先生。李先生大概自幼就長得像漢奸，要不怎麼，誰一看見他就馬上想起「漢奸」這兩個字來呢。細高身量，尖腦袋，脖子像顆蔥，老穿著通天扯地的瘦長大衫。腳上穿著緞子鞋，走道兒沒一點響聲。他老穿著長衣服，而且是瘦長。據說，他也有時候手裡很緊，正像廟裡的別人一樣。可是不論怎麼困難，他老穿著長衣服；沒有法子的時候，他能把貼身的衣襖當了或是賣了，但是總保存著外邊的那件。所以他的長衣服很瘦，大概是為穿空心大襖的時候，好不太顯著裏邊空空如也，而且實際上也可以保存些暖氣。這種辦法與他的職業大有關係。他必須穿長袍和緞子鞋。說媒拉縴，介紹典房賣地倒鋪底，他要不穿長袍便沒法博得人家信仰。他的自己的信仰是成三破四的「傭錢」，長袍是他的招牌與浮水印。

自從二位財主一搬進廟來，李永和把他們看透了。他的眼看人看房看地看貨全沒多少分別，不管人的鼻子有無，他看你值多少錢，然後算計好「傭錢」的比例數。他與人們的交情止於傭錢到手那一天——他準知道人們不再用他。

他不大搭理廟裡的住戶們，因為他們差不多都曾用過他，而不敢再領教。就是張知事照顧他的次數多些，抽菸的人是楞吃虧也不願起來的。可是近來連張知事都不大招呼他了，因為他太不客氣。有一次他把張知事的紫羔皮袍拿出去，而只帶回幾粒戒煙丸來。「頂好是把煙斷了，」他教訓張知事，「省得叫我拿羊皮皮襖滿街去丟人；現在沒人穿羊皮，連狐腿[1]都沒人屑於

1. 狐腿：狐狸腿部的毛皮，價昂。

穿！」張知事自然不會一賭氣子上街去看看，於是躺在床上差點沒癮死過去。

李永和已經吃過二位弟兄好幾頓飯。第一頓吃完，他已把二位的脈都診過了。假裝給他們設計想個生意，二位的錢數已在他的心中登記備了案。他繼續著白吃他們，幾盅酒的工夫把二位的心事全看得和寫出來那麼清楚。他知道他們是螢火蟲的屁股，亮兒不大，再說當兵不比張知事，他們急了會開打。所以他並不勒索了他們，好在先白吃幾頓也不壞。等到他們找上門來的時候，再勒他們一下，雖然是一對螢火蟲，到底亮兒是個亮兒；多吧少吧，哪怕只鬧新緞子鞋穿呢，也不能得罪財神爺——他每到新年必上財神廟去借個頭號的紙元寶。

二位弟兄不好意思彼此商議那件事，所以都偷偷的向李先生談論過。李先生一張嘴就使他們覺到天下的事還有許多他們不曉得的呢。

「上陣打仗，立正預備放的事兒，你們弟兄是內行；行伍出身，那不是瞎說的！」李先生說，然後把聲音放低了些：「至於娶妻成家的事兒，我姓李的說句大話，這裏邊的深沉你們大概還差點經驗。」

這一來，馬孫二位更覺非經驗一下不可了。這必是件極有味道，極重要，極其「媽的」的事。必定和立正開步走完全不同。一個人要沒嘗這個味兒，就是打過一百回勝仗也是瞎掰！

得多少錢呢，那麼？

談到了這個，李先生自自然然的成了聖人。一句話就把他們問住了：「要什麼樣的人呢？」

他們無言答對，李先生才正好拿出心裡那部「三國志」。原來女人也有三六九等，價錢自然不都一樣。比如李先生給陳團長說的那位，專說放定[2]時候用的喜果就是一千二百包，每包三毛五分大洋。三毛五；十包三塊五；一百包三十五；一千包三百五；一共四百二十塊大洋，專說喜果！此外，還有「小香水」、「金剛鑽」的金剛鑽戒指，四個！此外……

二位兄弟心中幾乎完全涼了。幸而李先生轉了個大彎：咱們弟兄自然是圖個會洗衣裳作飯的，不挑吃不挑喝的，不拉舌頭扯簸箕的，不偷不摸的，不叫咱們戴綠帽子的，家貧志氣高的大姑娘。

這樣大姑娘得多少錢一個呢？

也得三四百，岳父還得是拉洋車的。

老丈人拉洋車或是趕驢倒沒大要緊，「三四百」有點噎得慌。二弟兄全覺得噎得慌，也都勾起那個「合夥娶」。

李先生——穿著長袍緞子鞋——要是不笑話這個辦法，也許這個辦法根本就不錯。李先生不但沒搖頭，而且拿出幾個證據，這並不是他們的新發明。就是闊人們也有這麼辦的，不過手續上略有不同而已。比如丁督辦的太太常上方將軍家裡去住著，雖然方將軍府並不是她的娘家。

況且李先生還有更動人的道理：咱們弟兄不能不往遠處想，可也不能太往遠處想。該辦的也就得辦，誰知道今兒個脫了鞋，明天還穿不穿！生兒養女，誰不想生兒養女？可是那是後話，目下先樂下子是真的。

2. 放定：舊時訂婚時，男方給女方送的訂婚禮物。

二位全想起槍彈滿天飛的光景。先前沒死，活該；以後誰敢保不死？死了不也是活該？合夥娶不也是活該？難處自然不少，比如生了兒子算誰的？可是也不能「太往遠處想」，李先生是聖人，配作個師部的參謀長！

有肯這麼幹的姑娘沒有呢？

這比當窯姐強不強？李先生又問住了他們。就手兒[3]二位不約而同的——他倆這種討教本是單獨的舉動——把全權交給李先生。管他舅子的，先這麼幹了再說吧。他們無須當面商量，自有李先生給從中斡旋與傳達意見。

事實越來越像真的了，二位弟兄沒法再彼此用眼神交換意見；娶妻，即使是用有限公司的辦法，多少得預備一下。二位費了不少的汗才打破這個羞臉，可是既經打破，原來並不過火的難堪，反倒覺得弟兄的交情更厚了——沒想到的事！二位決定只花一百二十塊的彩禮，多一個也不行。其次，廟裡的房別辭退，再在外邊租一間，以便輪流入洞房的時候，好讓換下班來的有地方駐紮。至於誰先上前線，孫老弟無條件的讓給馬大哥。馬大哥極力主張抓鬮決定，孫老弟無論如何也不服從命令。

吉期是十月初二。弟兄們全作了件天藍大棉袍，和青緞子馬褂。李先生除接了十元的酬金之外，從一百二十元的彩禮內又留下七十。

老林四不是賣女兒的人。可是兩個兒子都不孝順，一個住小店，一個不知下落，老頭子還

3. 就手兒：順便。

說得上來不自己去拉車？女兒也已經二十了。老林四並不是不想給她提人家，可是看要把女兒再撒了手，自己還混個什麼勁？這不純是自私，因為一個車伕的女兒還能嫁個闊人？跟著自己呢，好吧歹吧，究竟是跟著父親，嫁個拉車的小夥子，還未必趕上在家裡好呢。自然這個想法究竟不算頂高明，可是事兒不辦，光陰便會走得很快，一晃兒姑娘已經二十了。

他最恨李先生，每逢他有點病不能去拉車，李先生必定來遞嘻和[4]。他知道李先生的眼睛是看著姑娘。老林四的價值，在李先生眼中：就在乎他有個女兒。老林四有一回把李先生一個嘴巴打出門外。李先生也沒著急，也沒生氣，反倒更和氣了，而且似乎下了決心，林姑娘的婚事必須由他給辦。

林老頭子病了。李先生來看他好幾趟。李先生自動的借給老林四錢，叫老林四給扔在當地。病在七天頭上，林姑娘已經兩天沒有吃什麼。當沒得當，賣沒得賣，借沒地方去借。老林四只求一死，可是知道即使死了也不會安心——扔下個已經兩天沒吃飯的女兒。不死，病好了也不能馬上就拉車去，吃什麼呢？

李先生又來了，五十塊現洋放在老林四的頭前：「你有了棺材本，姑娘有了吃飯的地方——明媒正娶。要你一句乾脆話。行，錢是你的。」他把洋錢往前推一推。「不行，吹！」

老林四說不出話來，他看著女兒，嘴動了動——你為什麼生在我家裡呢？他似乎是說。

「死，爸爸，咱們死在一塊兒！」她看著那些洋錢說，恨不能把那些銀塊子都看碎了，看到

4.遞嘻和：嬉皮笑臉。

底誰——人還是錢——更有力量。

老林四閉上了眼。

李先生微笑著，一塊一塊的慢慢往起拿那些洋錢，微微的有點錚錚的響聲。

他拿到十塊錢上，老林四忽然睜開眼了，不知什麼地方來的力量，「拿來！」他的兩隻手按在錢上。「拿來！」他要李先生手中的那十塊。

老林四就那麼趴著，好像死了過去。待了好久，他抬起點頭來：「姑娘，你找活路吧，只當你沒有過這個爸爸。」

「你賣了女兒？」她問。連半個眼淚也沒有。

老林四沒作聲。

「好吧，我都聽爸爸的。」

「我不是你爸爸。」老林四還按著那些錢。

李先生非常的痛快，頗想誇獎他們父女一頓，可是只說了一句：「十月初二娶。」

林姑娘並不覺得有什麼可羞的，早晚也得這個樣，不要賣給人販子就是好事。她看不出面前有什麼光明，只覺得性命像更釘死了些；好歹，命是釘在了個不可知的地方。那裡必是黑洞洞的，和家裡一樣，可是已經被那五十塊白花花的洋錢給釘在那裡，也就無法。那些洋錢是父親的棺材與自己將來的黑洞。

馬大哥在關帝廟附近的大雜院裡租定了一間小北屋，門上貼了喜字。打發了一頂紅轎把林姑娘運了來。林姑娘沒有可落淚的，也沒有可興奮的。她坐在炕上，看見個木瓜腦袋的人。她知道她變成木瓜太太，她的命釘在了木瓜上。她不喜歡這個木瓜，也說不上討厭他來，她的命本來不是她自己的，她與父親的棺材一共才值五十塊錢。

木瓜的口裡有很大的酒味。她忍受著；男人都喝酒，她知道。她記得父親喝醉了曾打過媽媽。木瓜的眉毛立著，她不怕；木瓜並不十分厲害，她也不喜歡。她只知道這個天上掉下來的木瓜和她有些關係，也許是好，也許是歹。她承認了這點關係，不大願想關係的好歹。她在固定的關係上覺得生命的渺茫。

馬大哥可是覺得很有勁。扛了十幾年的槍桿，現在才抓到一件比槍桿還活軟可愛的東西。槍彈滿天飛的光景，和這間小屋裡的暖氣，絕對的不同。

木瓜旁邊有個會呼吸的，會服從他的，活東西。他不再想和盟弟共用這個福氣，這必須是個人的，不然便丟失了一切。他不能把生命剛放在肥美的土裡，又拔出來，種豆子也不能這麼辦！

第二天早晨，他不想起來，不願再見孫老弟。他盤算著以前不會想到的事。他要把終身的事畫出一條線來，這條線是與她那一條並行的。因為並行，這兩條線的前進有許多複雜的交叉與變化，好像打秋操時擺陣式那樣。他是頭道防線，她是第二道，將來會有第三道，營壘必定一天比一天穩固。不能再見盟弟。

但是他不能不上關帝廟去，雖然極難堪。由北小屋到廟裡去，是由打秋操改成遊戲，是由高唱軍歌改成打哈哈湊趣，已經畫好了的線，一到關帝廟便塗抹淨盡。然而不能不去，朋友們的話不能說了不算。這樣的話根本不應當說，後悔似乎是太晚了。或者還不太晚，假如盟弟能讓步呢？

盟弟沒有讓步的表示！孫老弟的態度還是拿這事當個笑話看。既然是笑話似的約定好，怎能翻臉不承認呢？是誰更要緊呢，朋友還是那個娘們？不能決定。眼前什麼也沒有了。只剩下晚上得睡在關帝廟，叫盟弟去住那間小北屋。這不是換防，是退卻，是把營地讓給敵人！馬大哥在廟裡懊睡了一下半天。

晚上，孫占元朝著有喜字的小屋去了。

屋門快到了，他身上的輕鬆勁兒不知怎的自己消滅了。他站住了，覺得不舒服。這不同逛窯子一樣。天下沒有這樣的事。他想起馬大哥，馬大哥昨天夜裡成了親。她應當是馬大嫂。他不能進去！

他不能不進去，怎知道事情就必定難堪呢？他進去了。

林姑娘呢——或者馬大嫂合適些——在炕沿上對著小煤油燈發楞呢。

他說什麼呢？

他能強姦她嗎？不能。這不是在前線上；現在他很清醒。他木在那裡。

把實話告訴她？他頭上出了汗。

可是他始終想不起磨回頭就走，她到底「也」是他的，那一百二十塊錢有他的一半。

他坐下了。

她以為他是木瓜的朋友，說了句：「他還沒回來呢。」

她一出聲，他立刻覺出她應該是他的。她不甚好看，可是到底是個女的。

他有點恨馬大哥。像馬大哥那樣的朋友，軍營裡有得是；女的，妻，這是頭一回。他不能退讓。他知道他比馬大哥長得漂亮，比馬大哥會說話。成家立業應該是他的事，不是馬大哥的。他有心問問她到底愛誰，不好意思出口，他就那麼坐著，沒話可說。

坐得工夫很大了，她起了疑。

他越看她，越捨不得走。甚至於有時候想過去硬摟她一下；打破了羞臉，大概就容易辦了。可是他坐著沒動。

不，不要她，她已經是破貨。還是得走。不，不能走；不能把便宜全讓給馬得勝；馬得勝已經占了不小的便宜！

她看他老坐著不動，而且一個勁兒的看著她，她不由得臉上紅了。他確是比那個木瓜好看，體面，而且相當的規矩。同時，她也有點怕他，或者因為他好看。

她的臉紅了。他湊過來。他不能再思想，不能再管束自己。他的眼中冒了火。她是女的，女的，女的，沒工夫想別的了。他把事情全放在一邊，只剩下男與女；男與女，不管什麼夫與妻，不管什麼朋友與朋友。沒有將來，只有現在，現在他要施展出男子的威勢。她的臉紅得可愛！

她往炕裏邊退，臉白了。她對於木瓜，完全聽其自然，因為婚事本是為解決自己的三頓飯與爸爸的一口棺材；木瓜也好，鐵梨也好，她沒有自由。

可是她沒預備下更進一步的隨遇而安。這個男的確是比木瓜順眼，但是她已經變成木瓜太太！

見她一躲，他痛快了。她設若坐著不動，他似乎沒法兒進攻。她動了，他好像抓著了點兒什麼，好像她有些該被人追擊的錯處。當軍隊乘勝追迫的時候，誰也不拿前面潰敗著的兵當作人看，孫占元又嘗著了這個滋味。她已不是任何人，也不和任何人有什麼關係。她是使人心裡癢癢的一個東西，追！

他也張開了口，這是個習慣，跑步的時候得喊一二三——四，追敵人得不乾不淨的捲著。一進攻，嘴自自然然的張開了：「不用躲，我也是……」說到這兒，他忽然的站定了，好像得了什麼暴病，眼看著棚。

他後悔了。為什麼事前不計議一下呢?!比如說，事前計議好：馬大哥纏她一天，到晚間九點來鐘吹了燈，假裝出去撒尿，乘機把我換進來，何必費這些事，為這些難呢？馬大哥大概不會沒想到這一層，哼，想到了可是不明告訴我，故意來叫我碰釘子。她既是成了馬大嫂，難道還能承認她是馬大嫂外兼孫大嫂？

她乘他這麼發楞的當兒，又湊到炕沿，想抽冷子跑出去。可是她沒法能脫身而不碰他一下。她既不敢碰他，又不敢老那麼不動。她正想主意，他忽然又醒過來，好像是。

「不用怕，我走。」他笑了。「你是我們倆娶的，我上了當。我走。」

她萬也沒想到這個。他真走了。她怎麼辦呢?他不會就這麼完了,木瓜也當然不肯撒手。假如他們倆全來了呢?去和父親要主意,他病病歪歪的還能有主意?找李先生去,有什麼憑據?她楞一會子,又在屋裡轉幾個小圈。離開這間小屋,上哪裡去?在這兒,他們倆要一同回來呢?轉了幾個圈,又在炕沿上楞著。

約摸著有十點多鐘了,院中住的賣柿子的已經回來了。

她更怕起來,他們不來便罷,要是來必定是一對兒!

她想出來:他們誰也不能退讓,誰也不能因此拚命。他們必會說好了。和和氣氣的,一齊來打破了羞臉,然後……

她想到這裡,顧不得拿點什麼,站起就往外走,找爸爸去。她剛推開門,門口立著一對,一個頭像木瓜,一個肥頭大耳朵的。都露著白牙向她笑,笑出很大的酒味。

斷魂槍

「生命是鬧著玩，事事顯出如此；從前我這麼想過，現在我懂得了。」

沙子龍的鏢局已改成客棧。

東方的大夢沒法子不醒了。炮聲壓下去馬來與印度野林中的虎嘯。半醒的人們，揉著眼，禱告著祖先與神靈；不大會兒，失去了國土、自由與權利。門外立著不同面色的人，槍口還熱著。他們的長矛毒弩，花蛇斑彩的厚盾，都有什麼用呢；連祖先與祖先所信的神明全不靈了啊！龍旗的中國也不再神祕，有了火車呀，穿墳過墓的破壞著風水。棗紅色多穗的鏢旗，綠鯊皮鞘的鋼刀，響著串鈴的口馬，江湖上的智慧與黑話，義氣與聲名，連沙子龍，他的武藝、事業，都夢似的變成昨夜的。今天是火車、快槍、通商與恐怖。聽說，有人還要殺下皇帝的頭呢！

這是走鏢已沒有飯吃，而國術還沒被革命黨與教育家提倡起來的時候。

誰不曉得沙子龍是短瘦、俐落、硬棒，兩眼明得像霜夜的大星？可是，現在他身上長了肉。鏢局改了客棧，他自己在後小院占著三間北房，大槍立在牆角，院子有幾支樓鴿。只是在夜間，他把小院的門關好，熟習熟習他的「五虎斷魂槍」。這條槍與這套槍，二十年的工夫，在西北一帶，給他創出來：「神槍沙子龍」五個字，沒遇見過敵手。現在，這條槍與這套槍不會再替他增光顯勝了；只是摸摸這涼、滑、硬而發顫的桿子，使他心中少難過一些而已。只有在夜間獨自拿起槍來，才能相信自己還是「神槍沙」。在白天，他不大談武藝與往事；他的世界已被狂風吹走了。

在他手下創練起來的少年們還時常來找他。他們大多數是沒落子弟，都有點武藝，可是沒地方去用。有的在廟會上去賣藝：踢兩趟腿，練套傢伙，翻幾個跟頭，附帶著賣點大力丸，混個三吊兩吊的。有的實在閒不起了，去弄筐果子，或挑些毛豆角，趕早兒在街上論斤吆喝出去。那時候，米賤肉賤，肯賣膀子力氣本來可以混個肚兒圓；他們可是不成：肚量既大，而且得吃口當事兒的；乾餑餑辣餅子嚥不下去。況且他們還時常去走會：五虎棍、開路、太獅少獅……雖然算不了什麼──比起走鏢來──可是到底有個機會活動活動，露露臉。是的，走會捧場是買臉的事，他們打扮得像個樣兒，至少得有條青洋縐褲子，新漂白細市布的小褂，和一雙魚鱗灑鞋──頂好是青緞子抓腳虎靴子。他們是神槍沙子龍的徒弟──雖然沙子龍並不承認──得到處露臉，走會得賠上兩錢，說不定還得打場架。沒錢，上沙老師那裡去求。沙老師不含糊，多少不拘，不讓他們空著手兒走。可是，為打架或獻技去討教一個招數，或是請給說個對子──什麼空手奪刀，或虎頭鉤進槍──沙老師有時說句笑話，馬虎過去：「教什麼？拿開水澆吧！」有時直接把他們逐出去。他們不大明白沙老師是怎麼了，心中也有點不樂意。

可是，他們到處為沙老師吹騰，一來是願意使人知道他們的武藝有真傳授，受過高人的指教；二來是為激動沙老師：萬一有人不服氣而找上老師來，老師難道還不露一兩手真的麼？所以：沙老師一拳就砸倒了個牛！沙老師一腳把人踢到房上去，並沒使多大的勁！他們誰也沒見過這種事，但是說著說著，他們相信這是真的了，有年月，有地方，千真萬確，敢起誓！

王三勝——沙子龍的大夥計——在土地廟拉開了場子，擺好了傢伙。抹了一鼻子茶葉末色的鼻菸，他掄了幾下竹節鋼鞭，把場子打大一些。放下鞭，沒向四圍作揖，扠著腰唸了兩句：「腳踢天下好漢，拳打五路英雄！」向四圍掃了一眼：「鄉親們，王三勝不是賣藝的；玩藝兒會幾套，西北路上走過鏢，會過綠林上的朋友。現在閒著沒事，拉個場子陪諸位玩玩。有愛練的儘管下來，王三勝以武會友，有賞臉的，我陪著。神槍沙子龍是我的師傅；玩藝地道！諸位，有願下來的沒有？」他看著，準知道沒人敢下來，他的話硬，可是那條鋼鞭更硬，十八斤重。

王三勝，大個子，一臉橫肉，努著對大黑眼珠，看著四圍。大家不出聲。

他脫了小褂，緊了緊深月白的「腰裡硬」，把肚子殺進去。給手心一口唾沫，抄起大刀來：「諸位，王三勝先練趟瞧瞧。不白練，練完了，帶著的扔幾個；沒錢，給喊個好，助助威。這兒沒生意口。好，上眼！」

大刀靠了身，眼珠努出多高，臉上繃緊，胸脯子鼓出像兩塊老樺木根子。一跺腳，刀橫起，大紅纓子在肩前擺動。削砍劈撥，蹲越閃轉，手起風生，忽忽直響。忽然刀在右手心上旋轉，身彎下去，四圍鴉雀無聲，只有纓鈴輕叫。刀順過來，猛的一個跺泥，身子直挺，比眾人高著一個頭，黑塔似的。收了勢：「諸位！」一手持刀，一手叉腰，看著四圍。稀稀的扔下幾個銅錢，他點點頭。「諸位！」他等著，等著，地上依舊是那幾個亮而削薄的銅錢，外層的人偷偷散去。他嘆了口氣：「沒人懂！」他低聲的說，可是大家全聽見了。

「有工夫！」西北角上一個黃鬍子老頭兒答了話。

「啊？」王三勝好似沒聽明白。

「我說：你——有——工——夫！」老頭子的語氣很不得人心。

放下大刀，王三勝隨著大家的頭往西北看。誰也沒看起這個老人：小乾巴個兒，披著件粗藍布大衫，臉上窩窩癟癟，眼陷進去很深，嘴上幾根細黃鬍，肩上扛著條小黃草辮子，有筷子那麼細而絕對不像筷子那麼直順。王三勝可是看出這老傢伙有工夫，腦門亮，眼睛亮——眼眶雖深，眼珠可黑得像兩口小井，深深的閃著黑光。王三勝不怕：他看得出別人有工夫沒有，可更相信自己的本事，他是沙子龍手下的大將。

「下來玩玩，大叔！」王三勝說得很得體。

點點頭，老頭兒往裡走。這一走，四外全笑了。他的胳臂不大動；左腳往前邁，右腳隨著拉上來，一步步的往前拉扯，身子整著，像是患過癱瘓病。蹭到場中，把大衫扔在地上，一點沒理會四圍怎樣笑他。

「神槍沙子龍的徒弟，你說？好，讓你使槍吧；我呢？」老頭子非常的乾脆，很像久想動手。

人們全回來了，鄉場耍狗熊的無論怎樣敲鑼也不中用了。

「三截棍進槍吧？」王三勝要看老頭子一手，三截棍不是隨便就拿得起來的傢伙。

老頭子又點點頭，拾起傢伙來。

王三勝努著眼，抖著槍，臉上十分難看。

老頭子的黑眼珠更深更小了，像兩個香火頭，隨著面前的槍尖兒轉，王三勝忽然覺得不舒服，那兩個黑眼球似乎要把槍尖吸進去！四外已圍得風雨不透，大家都覺出老頭子確是有威。為躲那對眼睛，王三勝耍了個槍花。老頭子的黃鬍子一動：「請！」王三勝一扣槍，向前躬步，槍尖奔了老頭子的喉頭去，槍纓打了一個紅旋。老人的身子忽然活展了，將身微偏，讓過槍尖，前把一掛，後把撩王三勝的手。拍，拍，兩響，王三勝的槍撒了手。場外叫了好。王三勝連臉帶胸口全紫了，抄起槍來；一個花子，連槍帶人滾了過來，槍尖奔了老人的中部，老頭子的眼亮得發著黑光；腿輕輕一屈，下把掩襠，上把打著剛要抽回的槍桿；拍，槍又落在地上。場外又是一片采聲。王三勝流了汗，不再去拾槍，努著眼，木在那裡。

老頭子扔下傢伙，拾起大衫，還是拉拉著腿，可是走得很快了。大衫搭在臂上，他過來拍了王三勝一下：「還得練哪，夥計！」

「別走！」王三勝擦著汗：「你不差，姓王的服了！可有一樣，你敢會會沙老師？」

「就是為會他才來的！」老頭子的乾巴臉上皺起點來，似乎是笑呢。「走；收了吧，晚飯我請！」

王三勝把兵器攏在一處，寄放在變戲法二麻子那裡，陪著老頭子往廟外走。後面跟著不少人，他把他們罵散。

「你老貴姓？」他問。

「姓孫哪，」老頭子的話與人一樣，都那麼乾巴。「愛練；久想會會沙子龍。」

沙子龍不把你打扁了！王三勝心裡說。他腳底下加了勁，可是沒把孫老頭落下。他看出來，老頭子的腿是老走著查拳門中的連跳步；交起手來，必定很快。但是，無論他怎樣快，沙子龍是沒對手的。準知道孫老頭要吃虧，他心中痛快了些，放慢了些腳步。

「孫大叔貴處？」

「河間的，小地方。」孫老者也和氣了些：「月棍年刀一輩子槍，不容易見工夫！說真的，你那兩手就不壞！」

王三勝頭上的汗又回來了，沒言語。

到了客棧，他心中直跳，唯恐沙老師不在家，他急於報仇。他知道老師不愛管這種事，師弟們已碰過不少回釘子，可是他相信這回必定行，他是大夥計，不比那些毛孩子；再說，人家在廟會上點名叫陣，沙老師還能丟這個臉麼？

「三勝，」沙子龍正在床上看著本《封神榜》，「有事嗎？」

三勝的臉又紫了，嘴唇動著，說不出話來。

沙子龍坐起來，「怎了，三勝？」

「栽了跟頭！」

只打了個不甚長的哈欠，沙老師沒別的表示。

王三勝心中不平，但是不敢發作；他得激動老師：「姓孫的一個老頭兒，門外等著老師呢；

把我的槍，槍，打掉了兩次！」他知道「槍」字在老師心中有多大份量。沒等吩咐，他慌忙跑出去。

客人進來，沙子龍在外間屋等著呢。彼此拱手坐下，他叫三勝去泡茶。三勝希望兩個老人立刻交了手，可是不能不沏茶去。孫老者沒話講，用深藏著的眼睛打量沙子龍。

沙子龍很客氣：「要是三勝得罪了你，不用理他，年紀還輕。」

孫老者有些失望，可也看出沙子龍的精明。他不知怎樣好了，不能拿一個人的精明斷定他的武藝。「我來領教領教槍法！」他不由的說出來。

沙子龍沒接碴兒。王三勝提著茶壺走進來——急於看二人動手，他沒管水開了沒有，就沏在壺中。

「三勝，」沙子龍拿起個茶碗來，「去找小順們去，天匯見，陪孫老者吃飯。」

「什麼？」王三勝的眼球幾乎掉出來。看了看沙老師的臉，他敢怒而不敢言的說了聲「是啦！」走出去，噘著大嘴。

「教徒弟不易！」孫老者說。

「我沒收過徒弟。走吧，這個水沒開！茶館去喝，喝餓了就吃。」沙子龍從桌子上拿起青緞子褡褳，一頭裝著鼻菸壺，一頭裝著點錢，掛在腰帶上。

「不，我還不餓！」孫老者很堅決，兩個「不」字把小辮從肩上掄到後邊去。

「說會子話兒。」

「我來是為領教領教槍法。」

「工夫早擱下了，」沙子龍指著身上，「已經長了肉！」

「這麼辦也行，」孫老者深深的看了沙老師一眼：「不比武，教給我那趟五虎斷魂槍。」

「五虎斷魂槍？」沙子龍笑了：「早忘淨了！早忘淨了！告訴你，在我這兒住幾天，咱們逛逛各處，臨走，多少送點盤川。」

「我不逛，也用不著錢，我來學藝！」孫老者立起來，「我練趟給你看看，看夠得上學藝不夠！」一屈腰已到了院中，把樓鴿都嚇飛起去。拉開架子，他打了趟查拳：腿快，手飄逸，一個飛腳起去，小辮兒飄在空中，像從天上落下來一個風箏；快之中，每個架子都擺得穩，準，俐落；來回六趟，把院子滿都打到，走得圓，接得緊，身子在一處，而精神貫串到四面八方。抱拳收勢，身兒縮緊，好似滿院亂飛的燕子忽然歸了巢。

「好！好！」沙子龍在階上點著頭喊。

「教給我那趟槍！」孫老者抱了抱拳。

沙子龍下了台階，也抱著拳：「孫老者，說真的吧；那條槍和那套槍都跟我入棺材，一齊入棺材！」

「不傳？」

「不傳！」

孫老者的鬍子嘴動了半天，沒說出什麼來。到屋裡抄起藍布大衫，拉拉著腿：「打攪了，再會！」

「吃過飯走！」沙子龍說。

孫老者沒言語。

沙子龍把客人送到小門，然後回到屋中，對著牆角立著的大槍點了點頭。

他獨自上了天匯，怕是王三勝們在那裡等著，他們都沒有去。

王三勝和小順們都不敢再到土地廟去賣藝，大家誰也不再為沙子龍吹騰；反之，他們說沙子龍栽了跟頭，不敢和個老頭兒動手；那個老頭子一腳能踢死個牛。不要說王三勝輸給他，沙子龍也不是「個兒」。不過呢，王三勝到底和老頭子見了個高低，而沙子龍連句硬話也沒敢說。「神槍沙子龍」慢慢似乎被人們忘了。

夜靜人稀，沙子龍關好了小門，一口氣把六十四槍刺下來；而後，拄著槍，望著天上的群星，想起當年在野店荒林的威風。嘆一口氣，用手指慢慢摸著涼滑的槍身，又微微一笑，「不傳！不傳！」

上任

尤老二去上任。

看見辦公的地方，他放慢了步。那個地方不大，他曉得。城裡的大小公所和賭局煙館，差不多他都進去過。他記得這個地方——開開門就能看見千佛山。現在他自然沒心情去想千佛山；他的責任不輕呢！他可是沒透出慌張來；走南闖北的多年了，他拿得住勁，走得更慢了。胖胖的，四十多歲，重眉毛，黃淨子臉。灰嗶嘰夾袍，肥袖口；青緞雙臉鞋。穩穩的走，沒看千佛山；倒想著：似乎應當坐車來。不必，幾個夥計都是自家人，誰還不知道誰；大可以不必講排場。況且自己的責任不輕，幹嘛招搖呢。這並不完全是怕；青緞鞋，灰嗶嘰袍，恰合身分，慢慢的走，也顯著穩。沒有穿軍衣的必要。

腰裡可藏著把硬的。自己笑了笑。

辦公處沒有什麼牌匾：和尤老二一樣，裏邊有硬傢伙。只是兩間小屋。門開著呢，四位夥計在凳子上坐著，都低著頭吸菸，沒有看千佛山的。靠牆的八仙桌上有幾個茶杯，地上放著把新洋鐵壺，壺的四圍趴著好幾個香菸頭兒，有一個還冒著煙。尤老二看見他們立起來，又想起車來，到底這樣上任顯著「禿」一點。可是，老朋友們都立得很規矩。雖然大家是笑著，可是在親熱中含著敬意。他們沒因為他沒坐車而看不起他。說起來呢，稽察長和稽察是作暗活的，越不惹耳目越好。他們自然曉得這個。他舒服了些。

尤老二在八仙桌前面立了會兒，向大家笑了笑，走進裏屋去。裏屋只有一條長桌，兩把椅子，牆上釘著個月份牌，月份牌的上面有一條臭蟲血。辦公室太空了些，尤老二想；可又想不出添置什麼。趙夥計送進一杯茶來，飄著根茶葉棍兒。尤老二和趙夥計全沒得說，尤老二擦了下腦門。啊，想起來了：得有個洗臉盆，他可是沒告訴趙夥計去買。他得細細的想一下：辦公費都在他自己手裡呢，是應當公開的用，還是自己一把死拿？自己的薪水是一百二，辦公費八十。賣命的事，把八十全拿著不算多。可是夥計們難道不是賣命？況且是老朋友們？多少年不是一處吃，一處喝；睡上窯子不是一同住大炕？不能獨吞。趙夥計走出去，老趙當頭目的時候，可曾獨吞過錢？尤老二的臉紅起來。劉夥計在外屋溜了他一眼。老劉，五十多了，倒當起夥計來，三年前手裡還有過五十支快槍！不能獨吞。可是，難道白當頭目？八十塊大家分？再說，他們當頭目是在山上。尤老二雖然跟他們不斷的打聯絡，可是沒正式上過山。這就有個分別了。他們，說句不好聽的，是黑面上的；他是官。作官有作官的規矩。他們是棄暗投明，那麼，就得官事官辦。八十元辦公費應當他自己拿著。可是，洗臉盆是要買的；還得來兩條手巾。

除了洗臉盆該買，還似乎得作點別的。比如說，稽察長看看報紙，或是對夥計們訓話。應當有份報紙，看不看的，擺著也夠樣兒。訓話，他不是外行。他當過排長，作過稅卡委員；是的，他得訓話，不然，簡直不像上任的樣兒。況且，夥計們都是住過山的，有時候也當過兵；不給他們幾句漂亮的，怎能叫他們佩服。老趙出去了。老劉直咳嗽。必定得訓話，叫他們得規矩著點。尤老二咳了聲，立起來，想擦把臉，還是沒有洗臉盆與手巾。他又坐下。

訓話，說什麼呢？不是約他們幫忙的時候已經說明白了嗎，對老趙老劉老王老褚不都說的是那一套麼？「多年的朋友，捧我尤老二一場。我尤老二有飯吃，大傢伙兒就餓不著；自己弟兒！」這說過不止一遍了，能再說麼？至於大家的工作，誰還不明白——反正還不是用黑面上的人拿黑面上的人。這只能心照，不便實對實的點破。自己的飯碗要緊，腦袋也要緊。要真打算立功的話，拿幾個黑道上的朋友開刀，說不定老劉們就會把盒子炮往裡放。睜一眼閉一眼是必要的，不能趕盡殺絕；大家日後還得見面。這些話能明說麼？

怎麼訓話呢？看老劉那對眼睛，似乎死了也閉不上。幫忙是義氣，真把山上的規矩一筆鉤個淨，作不到。不錯，司令派尤老二是為拿反動分子。可是反動分子都是朋友呢。誰還不知道誰吃幾碗乾飯？難！

尤老二把灰嗶嘰袍脫了，出來向大家笑了笑。

「稽察長！」老劉的眼裡有一萬個「看不起尤老二」，「分派分派吧。」

尤老二點點頭。他得給他們一手看。「等我開個單子，咱們的事兒得報告給李司令。昨兒個，前兩天，不是我向諸位弟兄研究過？咱們是幫助李司令拿反動派。我不是說過：李司令把我叫了去，說，老二，我地面上生啊，老二你得來幫幫忙。我不好意思推辭，跟李司令也是多年的朋友。我這麼一想，有辦法。怎麼說呢，我想起你們來。我在地面上熟哇，你們可知底呢。咱們一合把，還有什麼不行的事。司令，我就說了，交給我了，司令既肯賞飯吃，尤老二還能給臉不兜著？弟兄們，有李司令就有尤老二，有尤老二就有你們。這我早已研究過了，我開個單子，誰管哪裡，誰管哪裡，合計好了，往上一報，然後再動手，這像官事，是不是？」尤老二笑著問大家。

老劉們都沒言語。老褚擠了擠眼。可是誰也沒感到僵得慌。尤老二不便再說什麼，他得去開單子。拿筆刷刷的一寫，他想，就得把老劉們嚇背過氣去。那年老褚綁王公子的票，不是求尤老二寫的通知書麼？是的，他得刷刷的寫一氣。可是筆墨硯呢？這幾個夥計簡直沒辦法！「老趙，」尤老二想叫老趙買筆去。可是沒說出來。為什麼買東西單叫老趙呢？一來到錢上，叫誰去買東西都得有個分寸。這不是山上，可以馬馬虎虎。這是官事，誰該買東西去，誰該送信去，都應當分配好了。可是這就不容易，買東西有扣頭，送信是白跑腿；誰活該白跑腿呢？「啊，沒什麼，老趙！」先等等買筆吧，想想再說。尤老二心裡有點不自在。沒想到作稽察長這麼囉嗦。差事不算很甜；也說不上苦來，假若八十元辦公費都歸自己的話。可是不能都歸自己，夥計們都住過山；手兒一緊，還真許嘗個「黑棗」[1]，是玩的嗎？這玩藝兒不好辦，作著官而帶著土匪，算哪道官呢？不帶土匪又真不行，專憑尤老二自己去拿反動分子？拿個屁！尤老二摸了摸腰裡的傢伙：「哥兒們，硬的都帶著哪？」

大家一齊點了點頭。

「媽的怎麼都啞巴了？」尤老二心裡說。是什麼意思呢？是不佩服咱尤老二呢，還是怕呢？點點頭，不像自己朋友，不像；有話說呀。看老劉！一臉的官司。尤老二又笑了笑。有點不夠官派，大概跟這群傢伙還不能講官派。

罵他們一頓也許就罵歡喜了？不敢罵，他不是地道土匪。他知道他是腳踩兩隻船。他恨自

1. 黑棗：指槍子兒。

己不是地道土匪，同時又覺得他到底高明，不高明能作官麼？

點上根菸，想主意，得餵餵這群傢伙。辦公費可以不撒手；得花點飯錢。

「走哇，弟兄們，五福館！」尤老二去穿灰嗶嘰夾袍。

老趙的倭瓜臉裂了紋，好似是熟透了。老劉五十多年製成的石頭腮幫笑出兩道縫。老王老褚也都復活了，彷彿是。大家的嗓子裡全有了津液，找不著話說也舐舐嘴唇。

到了五福館，大家確是自己朋友了，不客氣：有的要水晶肘，有的要全家福，老劉甚至於想吃鍋雞，而且要雙上。吃到半飽，大家覺得該研究了。

老劉當然先發言，他的歲數最大。石頭腮幫上紅起兩塊，他喝了口酒，夾了塊肘子，吸了口菸。「稽察長！」他掃了大家一眼：「煙土，暗門子，咱們都能手到擒來。那反……反什麼？可得小心！咱們是幹什麼的？傷了義氣，可合不著。不是一共才這麼一小堆洋錢嗎？」

尤老二被酒勁催開了膽量：「不是這麼說，劉大哥！李司令派咱們哥幾個，就為拿反動派。反動派太多了，不趕緊下手，李司令就坐不穩；他吹了，還有咱們？」

「比如咱們下了手，」老趙的酒氣隨著煙噴出老遠，「斃上幾個，咱們有槍，難道人家就沒有？還有一說呢，咱們能老吃這碗飯嗎？這不是怕。」

「誰怕誰是丫頭養的！」老褚馬上研究出來。

「丫頭泥養的！」老趙接了過來：「不是怕，也不是不幫李司令的忙。義氣，這是義氣！好尤二哥的話，你雖然幫過我們，公面私面你也比我們見得廣，可是你沒上過山。」

「我不懂？」尤老二眼看空中，冷笑了聲。

「誰說你不懂來著？」葫蘆嘴的王小四頓出一句來。

「是這麼著，哥兒們，」尤老二想烹他們一下：「捧我尤老二呢，交情；不捧呢，」又向空中一笑，「也沒什麼。」

「稽察長，」又是老劉，這小子的眼睛老瞪著：「真幹也行呀，可有一樣，我們是夥計，你是頭目；毒兒可全歸到你身上去。自己朋友，歹話先說明白了。叫我們去掏人，那容易，沒什麼。」

尤老二胃中的海參全冰涼了。他就怕的是這個。夥計辦下來的，他去報功；反動派要是請吃黑棗，可也先請他！

但是他不能先害怕，事得走著瞧。吃黑棗不大舒服，可是報功得賞卻有勁呢。尤老二混過這麼些年了，哪宗事不是先下手的為強？要幹就得玩真的！

四十多了，不為自己，還不為兒子留下點兒嗎？都像老劉們還行，顧腦袋不顧屁股，幹一輩子黑活，連墳地都沒有。尤老二是虛子，會研究，不能只聽老劉的。他決定幹。他得捧李司令。弄下幾案來，說不定還會調到司令部去呢。出來也坐坐汽車什麼的！尤老二不能老開著正步上任！

湯使人的胃與氣一齊寬暢。三仙湯上來，大家緩和了許多。尤老二雖然還很堅決，可是話軟和了些：「夥計們，還得捧我尤老二呀，找沒什麼蹦兒的弄吧——活該他倒楣，咱們多少露一手。你說，腰裡帶著硬的，淨弄些個暗門子，算哪道呢？好啦！咱們就這麼辦，先找小的，不刺手的辦，以後再說。辦下來，咱們還是這兒，水晶肘還不壞，是不是？」

「秋天了，以後該吃紅燜肘子了。」王小四不大說話，一說可就說到眼上。

尤老二決定留王小四陪著他辦公，其餘的人全出去踩訪。不必開單子了，等他們踩訪回來再作報告。是的，他得去買筆墨硯，和洗臉盆。他自己去買省得有偏有向。應當來個書記，可是忘了和李司令說。暫時先自己寫吧，等辦下案來再要求添書記；不要太心急，尤老二有根。二爹的兒子，聽說，會寫字，提拔他一下吧。將來添書記必用二爹的兒子，好啦，頭一天上任，總算不含糊。

只顧在路上和王小四瞎扯，筆墨硯到底還是沒有買。辦公室簡直不像辦公室。可是也好：刷刷的寫一氣，只是心裡這麼想；字這種玩藝刷刷的來的時候，說真的，並不多；要寫哪個，哪個偏偏不在家。沒筆墨硯也好。辦什麼呢，可是？應當來份報紙，哪怕是看看廣告的圖呢。不能老和王小四瞎扯，雖然是老朋友，到底現在是官長與夥計，總得有個分寸。門口已經站過了，茶已喝足，月份牌已翻過了兩遍。再沒有事可幹。盤算盤算家事，還有希望。

薪水一百二，辦公費八十——即使不能全數落下——每月一百五可靠。慢慢的得買所小房。媽的商二狗，跟張宗昌走了一趟，幹落十萬！沒那個事了，沒了。反動派還不就是他們麼？哪能都像商二狗，資資本本的看著？誰不是錢到手就迷了頭？就拿自己說吧，在稅卡子上不是也弄了兩三萬嗎？都哪兒去了？難怪反動呀，吃喝玩樂的慣了，再天天啃窩窩頭？受不了，誰也受不了！是的，他們——憑良心說，連尤老二自己——都盼著張督辦回來，當然的。媽的，丁三立一個人就存著兩箱軍用票呢！張要是回來，打開箱子，老丁馬上是財主！拿反動派，說不下去，都是老朋友。可是月薪一百二，辦公費八十，沒法兒。得拿！媽的腦袋掉了碗大的疤，誰能顧得了許多！各自奔前程，誰叫張大帥一時回不來呢。拿，斃幾個！尤老二沒上過山，多少跟他們不是一夥。

四點多了，老劉們都沒回來。這三個傢伙是真踩窩子去了，還是玩去了？得定個辦公時間，四點半都得回來報告。假如他們乾脆不回來，像什麼公事？沒他們是不行，有他們是個累贅，真他媽的。到五點可不能再等；八點上班，五點關門；夥計們可以隨時出去，半夜裡拿人是常有的事；長官可不能老伺候著。得告訴他們，不大好開口。有什麼不好開口，尤老二你不是頭目麼？馬上告訴王小四。王小四哼了一聲。什麼意思呢？

「五點了，」尤老二看了千佛山一眼，太陽光兒在山頭上放著金絲，金光下的秋草還有點綠色。「老王你照應著，明兒八點見。」

王小四的葫蘆嘴閉了個嚴。

第二天早晨，尤老二故意的晚去了半點鐘，拿著點勁兒。萬一他到了，而夥計們沒來，豈不是又得為難？

夥計們卻都到了，還是都低著頭坐在板凳上吸菸呢。尤老二想揪過一個來揍一頓，一群死鬼！他進了門，他們照舊又都立起來，立起來的很慢，彷彿都害著腳氣。尤老二反倒笑了；破口罵才合適，可是究竟不好意思。他得寬宏大量，誰叫輪到自己當頭目人呢。他得拿出虛子勁兒，嘻嘻哈哈，滿不在乎。

「嗨，老劉，有活兒嗎？」多麼自然，和氣，夠味兒；尤老二心中誇讚著自己的話。

「活兒有，」老劉瞪著眼，還是一臉的官司：「沒辦。」

「怎麼不辦呢？」尤老二笑著。

「不用辦，待會了他們自己來。」

「嘔！」尤老二打算再笑，沒笑出來。「你們呢？」他問老趙和老褚。

兩人一齊搖了搖頭。

「今天還出去嗎？」老劉問。

「啊，等等，」尤老二進了裏屋，「我想想看。」回頭看了一眼，他們又都坐下了，眼看著菸頭，一聲不發，一群死鬼。

坐下，尤老二心裡打開了鼓——他們自己來？不能細問老劉，硬輸給他們，不能叫夥計小看了。什麼意思呢，他們自己來？不能和老劉研究，等著就是了。還打發老劉們出去不呢？這得馬上決定：「嗨，老褚！你走你的，睜著點眼，聽見沒有？」他等著大家笑，大家一笑便是欣賞他的膽量與幽默；大家沒笑。「老劉，你等等再走。他們不是找我來嗎？咱倆得陪陪他們。都是老朋友。」他沒往下分派，老王老趙還是不走好，人多好湊膽子。可是他們要出去呢，也不便攔阻；幹這行兒還能不要玄虛麼？等他們問上來再講。

老王老趙都沒出聲，還算好。「他們來幾個？」話到嘴邊上又嚥了回去。反正尤老二這兒有三個夥計呢，全有硬傢伙。他們要是來一群呢，那只好閉眼。走到哪兒說哪兒！

還沒報紙！哪像辦公的樣！況且長官得等著反動派，太難了。給司令部個電話，派一隊來，來一個拿一個，全斃！不行，別太急了，看看再講。九點半了，「嗨，老劉，什麼時候來呀？」

「也快，稽察長！」老劉這小子有點故意的看哈哈笑。

「報！叫賣報的！」尤老二非看報不可了。

買了份大早報，尤老二找本地新聞，出著聲兒笑。非噹噹的唸，唸不上句來。他媽的女招待的姓彆扭，不認識。彆扭！噹噹，軟一下，女招待的姓！

「稽察長！他們來了。」老劉特別的規矩。

尤老二不慌，放下姓彆扭的女招待，輕輕的。「進來！」摸了摸腰中的傢伙。

進來了一串。為首的是大個兒楊；緊跟著花眉毛，也是大傻個兒；猴四被倆大個子夾在中間，特別顯著小；馬六，曹大嘴，白張飛，都跟進來。

「尤老二！」大家一齊叫了聲。

尤老二得承認他認識這一群，站起來笑著。

大家都說話，話便擠到了一處。嚷嚷了半天，全忘記了自己說的是什麼。

「楊大個兒，你一個人說；嗨，聽大個兒說！」大家的意見漸歸一致，彼此的勸告：「聽大個兒的！」

楊大個兒——或是大個兒楊，全是一樣的——擰了擰眉毛，彎下點腰，手按在桌上，嘴幾乎頂住尤老二的鼻子：「尤老二，我們給你來賀喜！」

「聽著！」白張飛給猴四背上一拳。

「賀喜可是賀喜，你得請請我們。按說我們得請你，可是哥兒們這幾天都短這個，」食指和拇指成了圈形。「所以呀，你得請我們。」

「好哥兒們的話啦，」尤老二接了過去。

「尤老二，」大個兒楊又接回去。「倒用不著你下帖，請吃館子，用不著。我們要這個，」食指和拇指成了圈形。「你請我們坐車就結了。」

「請坐車？」尤老二問。

「請坐車！」大個兒有心事似的點點頭。「你看，尤老二，你既然管了地面，我們弟兄還能作活兒嗎？都是朋友。你來，我們滾。你來，我們滾；咱們不能抓破了臉。你作你的官，我們上我們的山。路費，你的事。好說好散，日後咱們還見面呢。」大個兒楊回頭問大家：「是這麼說不是？」

「對，就是這幾句；聽尤老二的了！」猴四把話先搶到。

尤老二沒想到過這個。事情容易，沒想到能這麼容易。可是，誰也沒想到能這麼難。現在這群是六個，都請坐車；再來六十個，六百個呢，也都請坐車？再說，李司令是叫抓他們；若是都送車費，好話說著，一位一位的送走，算什麼辦法呢？錢從哪兒來呢？這大概不能向李司令要吧？就憑自己的一百二薪水，八十塊辦公費，送大家走？可是說回來，這群傢伙確是講面子，一聲難聽的沒有：「你來，我們滾。」多麼乾脆，多麼自己。事情又真容易，假如有人肯出錢的話。他笑著，讓大家喝水，心中拿不定主意。他不敢得罪他們，他們會說好的，也有真厲害的。他們說滾，必定滾；可是，不給錢可滾不了。他的八十塊辦公費要連根爛。他還得裝作願意拿的樣子，他們不吃硬的。

「得多少？朋友們！」他滿不在乎似的問。

「一人十拉塊錢吧。」大個兒楊代表大家回答。

「就是個車錢，到山上就好辦了。」猴四補充上。

「今天後晌就走，朋友，說到哪兒辦到哪兒！」曹大嘴說。

尤老二不能脆快，一人十塊就是六十呀！八十辦公費，去了四分之三！

「尤老二，」白張飛有點不耐煩，「乾脆拍出六十塊來，咱們再見。有我們沒你，有你沒我們，這不痛快？你拿錢，我們滾。你不……不用說了，咱們心照。好漢不必費話，三言兩語。尤二哥，咱老張手背向下，和你討個車錢！」

「好了，我們哥兒們全手背朝下了，日後再補付，哥兒們不是一天半天的交情！」楊大個兒領頭，大家隨著；雖然詞句不大一樣，意思可是相同。

尤老二不能再說別的了，從「腰裡硬」裡掏出皮夾來，點了六張十塊的：

「哥兒們！」他沒笑出來。

楊大個兒們一齊叫了聲「哥兒們」。猴四把票子捲巴捲巴塞在腰裡：「再見了，哥兒們！」大家走出來，和老劉們點了頭：「多咱山上見哪？」老劉們都笑了笑，送出門外。

尤老二心裡難過的發空。早知道，調兵把六個傢伙全扣住！可是，也許這麼善辦更好；日後還要見面呀。六十塊可出去了呢；假如再來這麼幾檔兒，連一百二的薪水賠上也不夠！作哪道稽察長呢？稽察長叫反動派給炸了醬，啞巴吃黃連有苦說不出！老劉是好意呢，還是玩壞？得問問他！不拿土匪，而把土匪叫來，什麼官事呢？還不能跟老劉太緊了，他也會上山。不用他還不行呢；得罪了誰也不成，這年頭。假若自己一上任就帶幾個生手，哼，還許登時就吃了黑棗兒；六十塊錢買條命，前後一合算，也還值得。尤老二沒辦法，過去的不用再提，就怕明兒個又來一群要路費的！不能對老劉們說這個，自己得笑，得讓他們看清楚：尤老二對朋友不含糊，六十就六十，一百就一百，不含糊；可是六十就六十，一百就一百，自己吃什麼呢，稽察長喝西北風，那才有根！

尤老二又拿起報紙來，沒勁！什麼都沒勁，六十塊這麼窩窩囊囊的出去，真沒勁。看重了命，就得看不起自己；命好像不是自己的，得用錢買，他媽的！總得佩服猴四們，真敢來和稽察長要路費！就不怕登時被捉嗎？竟自不怕，邪！丟人的是尤老二，不用說拿他們呀，連句硬張話都沒敢說，好洩氣！

以後再說，再不能這麼軟！為當稽察長把自己弄軟了，那才合不著。稽察長就得拿人，沒

第二句話！女招待的姓真彆扭，老褚回來了。

老褚反正得進來報告，稽察長還能趕上去問麼？老褚和老趙聊上了；等著，看他進來不！

土匪們，沒有道理可講。

老褚進來了：「尤……稽察長，報告！城北窩著一群朋……啊，什麼來著？動……動子！去看看？」

「在哪兒？」尤老二不能再怕；六十塊被敲出去，以後命就是命了，大爺哪兒也敢去。

「湖邊上，」老褚知道地方。

「帶傢伙，老褚，走！」尤老二不含糊。全窩兒掏！不用打算再叫稽察長出路費。「就咱倆去？」老褚真會激人哪。

「告訴我地方，自己去也行，什麼話呢！」尤老二拚了，不玩命，他們也不曉得稽察長多少錢一斤！好啊，淨開路費，一案辦不下來，怎麼對李司令呢？一百二的薪水！

老褚沒言語，灌了碗茶，預備著走的樣兒，尤老二要理不理的走出來，老褚後面跟著，尤老二覺得順了點氣，也硬了點膽子來。說真的，到底兩人比一個擋事的多，遇到事多少可以研究研究。

湖邊上有個鼻子眼大小的胡同，裏邊會有個小店，尤老二的地面多熟，竟自會不知道這家小店，看著就像賊窩！忘了多帶夥計！尤老二，他叫著自己，白白練了這麼多年，還是氣浮哇！怎麼不多帶人呢？為什麼和夥計們鬥氣呢？

可是，既來之則安之，走哇！也得給夥計們一手瞧瞧，咱尤老二沒住過山哪，也不含糊！咱要是掏出那麼一個半個的來，再說話可就靈驗多了，看運氣吧；也許是玩完，誰知道呢，「老褚，你堵門是我堵門？」

「這不是他們？」老褚往門裡一指，「用不著堵，誰也不想跑。」

又是活局子！對，他們講義氣，他媽的！尤老二往門裡打了一眼，幾個傢伙全在小過道裡坐著呢，花蝴蝶，鼻子六兒，宋占魁，小得勝，還有兩個不認識的；完了，又是熟人！

「進來，尤老二，我們連給你賀喜都不敢去！來吧，看看我們這群！過來見見，張狗子，徐元寶；尤老二。老朋友，自己弟兄。」大家東一句西一句，扯的非常親熱。

「坐下吧，尤老二，」小得勝——爸爸老得勝剛在河南正了法——特別的客氣。

尤老二恨自己，怎麼找不到話說呢？倒是老褚漂亮：「弟兄們，稽察長親自來了，有話就說吧。」稽察長笑著點了點頭。

「那麼，咱們就說乾脆的，」鼻子六兒扯了過來：「宋大哥，帶尤二哥看看吧！」

「尤二哥，這邊！」宋占魁用大拇指往肩後一挑，進了間小屋。

尤老二跟過去，準沒危險，他看出來。要玩命都玩不成；彆扭不彆扭？

小屋裡漆黑，地上潮得出味兒。靠牆有個小床，鋪著點草。宋占魁把床拉出來，蹲在屋角，把濕涤涤的磚起了兩三塊，掏出幾桿小傢伙來，全扔在了床上。

「就是這一堆！」宋占魁笑了笑，在襟上擦擦手：「風太緊，帶著這個，我們連火車也上不去！弟兄們就算困在這兒了。老褚來，我們才知道你上去了，我們可就有了辦法。這一堆交給你，你給點車錢，叫老褚送我們上火車，行也得行，不行也得行，弟兄們求到你這兒了！」

尤老二要吐！潮氣直鑽腦子，他捂上了鼻子，「交給我算怎麼回事呢？」

他退到屋門那溜兒，「我不能給你們看著傢伙！」

「可我們帶不走呢，太緊！」宋占魁非常的懇切。

「我拿去也可以，可是得報官；拿不著人，報點傢伙也是好的！也得給我想想啊，是不是？」尤老二自己聽著自己的話都生氣，太軟了，尤老二！

「尤老二，你隨便吧！」尤老二本希望說僵了哇。

「隨便吧，尤老二你知道，幹我們這行的但分有法，能扔傢伙不能？你怎辦怎好，我們只求馬上跑出去，沒有你，我們走不了；叫老褚送我們上車。」

土匪對稽察長下了命令，自己弟兄！尤老二沒的可說，沒主意，沒勁。

主意有哇，用不上！身分是有哇，用不上！他顯露了原形，直抓頭皮，拿了傢伙敢報官嗎？況且，敢不拿著嗎？嘿，送了車費，臨完得給他們看傢伙，哪道公事呢？尤老二只有一條路：不拿那些傢伙也不送車錢，隨他們去。可是，敢嗎？下手拿他們，更不用想，湖岸上隨時可以扔下一個半個的死屍；尤老二不願意來個水葬。

「尤老二，」宋大哥非常的誠懇：「狗玩的不知道你為難；我們可也真沒法，傢伙你收著，給我們倆錢，後話不說，心照！」

「要多少？」尤老二笑得真傷心。

「六六三十六，多要一塊是雜種！三十六塊大洋！」

「傢伙我可不管。」

「隨便，反正我們帶不走。空身走，捉住不過是半年；帶著硬的，不吃黑棗也差不多！實話！怕不怕，咱們自己哥兒們用不著吹騰；該小心也得小心。好了，二哥，三十六塊，後會有期！」宋大哥伸了手。

三十六塊過了手，稽察長沒辦法，「老褚，這些傢伙怎辦？」

「拿回去再說吧。」老褚很有種。

「老褚，」他們叫，「送我們上車！」

「尤二哥，」他們很客氣，「謝謝啦！」

尤二哥只落了個「謝謝」。把傢伙全攏起來，沒法拿，只好和老褚分著插在腰間。多威武，一腰的傢伙，想開槍都不行；人家完全信任尤二哥，就那麼交出槍來，人家想不到尤二哥會翻臉不認人；尤老二連想拿他們也不想了，他們有根，得佩服他們！八十塊辦公費以外，又賠出十六塊去！尤老二沒辦法，一百二的薪水也保不住，大概！

尤老二的午飯吃得不香，倒喝了兩盅窩心酒，什麼也不用說了，自己沒本事！對不起李司令，尤老二不是不顧臉的人，看吧，再有這麼一檔子，只好辭職，他心裡研究著。多麼難堪，辭職！這年頭哪裡去找一百二的事？再找李司令，萬難；拿不了匪，倒叫匪給拿了，多麼大的笑話！人家上了山以後，管保還笑著俺尤老二，尤老二整個是個笑話！越想越懊心。

只好先辦煙土吧，煙土算反動不算呢？算，也沒勁哪！反正不能辭職，先辦辦煙土也好，尤老二決定了政策，不再提反動，過些日子再說，老劉們辦煙土是有把握的。

一個星期裡，辦下幾件煙土來，李司令可是囑咐辦反動派！他不能催夥計們，辦公費已經貼出十六塊了。

是個星期一吧，夥計們都出去踩煙土，（煙土！）進來個傻大黑粗的傢伙，大搖大擺的。

「尤老二！」黑臉上笑著。

「誰？錢五！你好大膽子！」

「有尤老二哥在這兒，我怕誰。」錢五坐下了，「給根菸吃吃。」

「幹嘛來了？」尤老二摸了摸腰裡——又是路費！

「來？一來賀喜，二來道謝！他們全到了山上，很念你的好處！真的！」

「嘔？他們並沒笑話我！」尤老二心裡說。

「二哥！」錢五掏出一捲票子來，「不說什麼了，不能叫你賠錢，弟兄們全到了山上，永遠念你的好處。」

「這……」尤老二必須客氣一下。

「別說什麼，二哥，收下吧！宋大哥的傢伙呢？」

「我是管看傢伙的？」尤老二沒敢說出來，「老褚手裡呢。」

「好啦，二哥，我和老褚去要。」

「你從山上來？」尤老二覺得該閒扯了。

「從山上來，來勸你別往下幹了。」錢五很誠懇。

「叫我辭職？」

「就是！你算是我們的人也好，不算也好，論事說，有你沒有我們，有我們沒有你；論人說，你待弟兄們好，我們也待你好，你不用再幹了。話說到這兒為止。我在山上有三百多人，可是我親自來了，朋友嘛！我叫你不幹，你頂好就不幹。明白人不用多費話。我走了，二哥。告訴老褚我在湖邊小店裡等他。」

「再告訴我一句，」尤老二立起來，「我不幹了，朋友們怎想？」

「沒人笑話你！怕笑，二哥？好了，再見！」

稽察長換了人，過了兩三天吧。尤老二，胖胖的，常在街上溜著，有時候也看千佛山一眼。

兔

一

許多人說小陳是個「兔子」。

我認識他，從他還沒作票友的時候我就認識他。他很瘦弱，很聰明，很要強，很年輕，眉眼並不怎麼特別的秀氣，不過臉上還白淨。我和他在一家公司裡共過半年多的事，公司裡並沒有一個人對他有什麼不敬的態度與舉動；反之，大家都拿他當個小兄弟似的看待：他愛紅臉，大家也就分外的對他客氣。他不能，絕對不能，是個「兔子」。

他真聰明。有一次，公司辦紀念會，要有幾項「遊藝」，由全體職員瞎湊，好不好的只為湊個熱鬧。小陳紅著臉說，他可以演戲，雖然沒有學過，可是看見過；假若大家願意，他可以試試。看過戲就可以演戲，沒人相信。可是既為湊熱鬧，大家當然不便十分的認真，教他玩玩吧，唱好唱壞有什麼關係呢。他唱了一齣《紅鸞喜》。他的嗓子就和根毛兒似的那麼細，坐在最前面的人們也聽不見一個字，可是他的扮相，台步，作派，身段，沒有一處不好的，就好像是個嗓子已倒而專憑作工見長的老伶，處處細膩老到。他可是並沒學過戲！

無論怎麼說吧，那天的「遊藝」數著這齣《紅鸞喜》最「紅」，而且掌聲與好兒都是小陳一個人得的。下了裝以後，他很靦腆的，低著頭說：「還會打花鼓呢，也並沒有學過。」不久，我離開了那個公司。可是，還時常和小陳見面。那齣《紅鸞喜》的成功，引起他學戲的興趣。他拜了俞先生為師。俞先生是個老票友，也是我的朋友；五十多歲了，可是嗓子還很嬌嫩，高興的時候還能把鬍子剃去，票出《三堂會審》。俞先生為人正直規矩，一點票友們的惡習也沒有。看著老先生撅著鬍子嘴細聲細氣的唱，小陳紅著臉用毛兒似的小嗓隨著學，我覺得非常有趣，所以有時候我也跟著學幾句。我的嗓子比小陳的好得多，可就是唱不出味兒來，唱著唱著我自己就笑了，老先生笑得更厲害：「算了吧，你聽我徒弟唱吧！」小陳微微一笑，臉向著牆「喊」了幾句，聲音還是不大，可是好聽。「你等著，」老先生得意的對我說，「再有半年，他的嗓子就能出來！真有味！」

俞先生拿小陳真當個徒弟對待，我呢也看他是個小朋友，除了學戲以外，我們也常一塊兒去吃個小館，或逛逛公園。我們兩個年紀較大的到處規規矩矩，小陳呢自然也很正經，連句錯話也不敢說。就連這麼著，俞先生還時常的說：「這不過是個玩藝，可別誤了正事！」

二

小陳，因為聰明，貪快貪多，恨不能一個星期就學完一齣戲。俞先生可是不忙。他知道小陳聰明，但是不願意教他貪多嚼不爛。俞先生念字的正確，吐音的清楚，是票友裡很少見的。他楞可少教小陳學幾個腔兒，而必須把每個字念清楚圓滿了。小陳，和別的年輕人一樣，喜歡花哨。有時候，他從留音機片上學下個新腔，故意的向老先生顯勝。老先生雖然不說什麼，可是心中不大歡喜。經過這麼幾次，老先生可就背地裡對我說了：「我看哪，大概這個徒弟要教不長久。自然嘍，我並不要他什麼，教不教都沒多大關係。我怕的是，他學壞了，戲學壞了倒還是小事，品行，品行……不放心！我是真愛這個小人兒，太聰明！聰明人可容易上當！」

我沒回答出什麼來，因為我以為這一半由於老先生的愛護小陳，一半由於老先生的厭惡新腔。其實呢，我想，左不是玩玩吧咧，何必一定叫真兒分什麼新舊邪正呢。我知道我頂好是不說什麼，省得教老先生生氣。

不久，我就微微的覺到，老先生的話並非過慮。我在街上看見了小陳同著票友兒們一塊走。這種票友和俞先生完全不同：俞先生是個規規矩矩的好人，除了會唱幾句，並沒有什麼與常人不同的地方。這些票友，恰相反，除了作票友之外，他們什麼也不是。他們雖然不是職業的伶人，可也頭上剃著月亮門，穿張打扮，說話行事，全像戲子，即使未必會一整齣戲，可是習氣十足，我把這個告訴給俞先生了，俞先生半天沒說出話來。

過了兩天，我又去看俞先生，小陳也在那裡呢。一看師徒的神氣，我就知道他們犯了擰兒。我剛坐下，俞先生指著小陳的鞋，對我說：「你看看，這是男人該穿的鞋嗎？葡萄灰的，軟梆軟底！他要是登台彩排，穿上花鞋，逢場作戲，我決不說什麼。平日也穿著這樣的鞋，滿街去走，成什麼樣兒呢？」

我很不易開口。想了會兒，我笑著說，「在蘇州和上海的鞋店裡，時常看到顏色很鮮明，樣式很輕巧的男鞋；不比咱們這兒老是一色兒黑，又大又笨。」原想這麼一說，老先生若是把氣收一收，而小陳也不再穿那雙鞋，事兒豈不就輕輕的揭過去了麼。

可是，俞先生一個心眼，還往下釘：「事情還不這麼簡單，這雙鞋是人家送給他的。你知道，我玩票二十多年了，票友兒們的那些花樣都瞞不了我。今天他送雙鞋，明天你送條手絹，自要伸手一接，他們便吐著舌頭笑，把天好的人也說成一個小錢不值。你既是愛唱著玩，有我教給你還不夠，何必跟那些狐朋狗友打聯聯呢?!何必弄得好說不好聽的呢?!」

小陳的臉白起來，我看出他是動了氣。可是我還沒想到他會這麼暴烈，楞了會兒，他說出很不好聽的來了：「你的玩藝都太老了。我有工夫還去學點新的呢！」說完，他的臉忽然紅了；彷彿是為省得把那點靦腆勁兒恢復過來，低著頭，抓起來帽子，走出去，並沒向俞老師彎彎腰。

看著他的後影，俞先生的嘴唇顫著，「嘔」了兩聲。

「年輕火氣盛，不必——」我安慰著俞先生。

「哼，他得毀在他們手裡！他們會告訴他，我的玩藝老了，他們會給他介紹先生，他們會躥弄他『下海』，他們會死吃他一口，他們會把他鼓逗死。可惜！可惜！」

俞先生氣得不舒服了好幾天。

三

小陳用不著再到俞先生那裡去，他已有了許多朋友。他開始在春芳閣茶樓清唱，春芳閣每天下午有「過排」，他可是在星期日才能去露一齣。因為俞先生，我也認識幾位票友，所以星期日下午若有工夫，我也到那裡去泡壺茶，聽三兩齣戲；前後都有熟人，我可以隨便的串——好觀察小陳的行動。就是在這個時候，開始有人說他是「兔子」。我不能相信。不錯，他的臉白淨，他唱「小嗓」；可是我也知道他聰明，有職業，靦腆；不論他怎麼變，決不會變成個「那個」。我有這個信心，所以我一邊去觀察他的行動，也一邊很留神去看那些說他是「那個」的那些人們。

小陳的服裝確是越來越匪氣了，臉上似乎也擦著點粉。可是他的神氣還是在靦腆之中帶著一股正氣。一看那些給他造謠的，和捧他的，我就明白過來：他打扮，他擦粉，正和他穿那雙葡萄灰色的鞋一樣，都並不出於他的本心，而是上了他們的套兒。俞先生的話說得不錯，他要毀在他們手裡。

最惹我注意的，是個黑臉大漢。頭上剃著月亮門，眼皮裡外都是黑的，他永遠穿著極長極瘦綢子衣服，領子總有半尺來高。

據說，他會唱花臉，可是我沒聽他唱過一句。他的嘴裡並不像一般的票友那樣老哼唧著戲詞兒，而是念著鑼鼓點兒，嘴裡念著，手腳隨著輕輕的抬落；不用說，他的工夫已超過研究耍腔念字，而到了能背整齣的傢伙點的程度，大概他已會打「單皮」[1]。

這個黑漢老跟著小陳，就好像老鴇子跟著妓女那麼寸步不離。小陳的「戲碼」，我在後台看

1.單皮：一種單面蒙皮的打擊樂器。

見，永遠是由他給排。排在第幾齣，和唱哪一齣，他都有主張與說法。他知道小陳的嗓子今天不得力，所以得唱齣歇工兒戲；他知道小陳剛排熟了《得意緣》，所以必定得過一過。要是湊不上角兒的話，他可以臨時去約。趕到小陳該露了，他得拉著小陳的手，告訴他在哪兒叫好，在哪兒偷油，要是半路嗓子不得力便應在哪個關節「碼前」或「叫散」了。在必要的時候，他還遞給小陳一粒華達丸。拿他和體育教員比一比，我管保說，在球隊下場比賽的時候那種種囑告與指導，實在遠不及黑漢的熱心與周到。

等到小陳唱完，他永遠不批評，而一個勁兒誇獎。在誇獎的言詞中，他順手兒把當時最有名的旦角加以極厲害的攻擊：誰誰的嗓子像個「黑頭」，而腆著臉硬唱青衣！誰誰的下巴有一尺多長，脊背像黃牛那麼寬，而還要唱花旦！

這種攻擊既顯出他的內行，有眼力，同時教小陳曉得自己不但可以和那些名伶相比，而且實在自己有超過他們的地方了。因此，他有時候，我看出來，似乎很難為情，設法不教黑漢拉著他的手把他送到台上去，可是他也不敢得罪他；他似乎看出一些希望來，將來他也能變成個名伶；這點希望的實現都得仗著黑漢。黑漢設若不教他和誰說話，他就不敢違抗，黑漢要是教他擦粉，他就不敢不擦。

我看，有這麼個黑漢老在小陳身旁，大概就沒法避免「兔子」這個稱呼吧？

小陳一定知道這個。同時，他也知道能變成個職業的伶人是多麼好的希望。自己聰明，「說」一遍就會；再搭上嗓子可以對付，扮相身段非常的好！資格都有了，只要自己肯，便能伸手拿幾千的包銀，幹什麼不往這條路上走呢！什麼再比這個更現成更有出息呢？

要走這條路，黑漢是個寶貝。在黑漢的口中，不但極到家的講究戲，他也談怎樣為朋友家辦堂會戲，怎樣約角，怎樣派份兒，怎樣賃衣箱。職業的，玩票的，「使黑杵的」，全得聽他的調動。他可以把誰捧起來，也可以把誰摔下去；他不但懂戲，他也懂「事」。小陳沒法不聽他的話，沒法不和他親近。假若小陳願意的話，他可以不許黑漢拉他的手，可是也就不要再到票房去了。不要說他還有那個希望，就是純粹為玩玩也不能得罪黑漢，黑漢一句話便能教小陳沒地方去過戲癮，先不用說別的了。

四

有黑漢在小陳身後，票房的人們都不敢說什麼，他們對小陳都敬而遠之。給小陳打鼓的決不敢加個「花鍵子」；給小陳拉胡琴的決不敢要壞，暗暗長一點弦兒；給小陳配戲的決不敢弄句新「搭口」把他繞住，也不敢放膽的賣力氣叫好而把小陳壓下去。他們的眼睛看著黑漢而故意向小陳賣好，像眾星捧月似的。他們絕不會佩服小陳——票友是不會佩服人的——可是無疑的都怕黑漢。

假如這些人不敢出聲，台底下的人可會替他們說話；黑漢還不敢干涉聽戲的人說什麼。聽戲的人可以分作兩類：一類是到星期六或星期日偶爾來泡壺茶解解悶，花錢不多而頗可以過過戲癮。這一類人無所謂，高興呢喊聲好，不高興呢就一聲不出或走出去。另一類人是冬夏常青，老長在春芳閣的。他們都多知多懂。有的玩過票而因某種原因不能再登台，所以天天上茶樓來聽別人唱，專為給別人叫「倒好」，以表示自己是老行家。有的是會三句五句的，還沒資格登台，所以天天來燻一燻，服裝打扮已完全和戲子一樣了，就是一時還不能登台表演，而十分相信假若一旦登台必會開門紅的。有的是票友們的親戚或朋友，天天來給捧場，不十分懂得戲，可是很會喊好鼓掌。有的是專為來喝茶，不過日久天長便和這些人打成一氣，而也自居為行家。這類人見小陳出來就嘀咕，說他是「兔子」。

只要小陳一出來，這群人就嘀咕。他們不能挨著家兒去告訴那些生茶座兒：他是「兔子」。可是他們的嘀咕已夠使大家明白過來的了。大家越因好奇而想向他們打聽一下，他們便越嘀咕得緊切，把大家的耳朵都吸過來一些；然後，他們忽然停止住嘀咕，而相視微笑，大家的耳朵只好慢慢的收回去，他們非常的得意。假若黑漢能支配台上，這群人能左右台下，兩道相逆的水溜，好像是，衝激那個瘦弱的小陳。

這群人裡有很年輕的，也有五六十歲的。雖然年紀不同，可一律擦用雪花膏與香粉，壽數越高的越把粉擦得厚。他們之中有貧也有富，不拘貧富，服裝可都很講究，窮的也有個窮講究——即使棉袍的面子是布的。也會設法安半截綢子裡兒；即使連裡子也得用布，還能在顏色上著想，襯上什麼雪青的或深紫的。他們一律都卷著袖口，為是好顯顯小褂的潔白。

大概是因為忌妒吧，他們才說小陳是「兔子」；其實據我看呢，這群人們倒更像「那個」呢。

小陳一露面，他們的臉上就立刻擺出一種神情，能伸展成笑容，也能縮斂成怒意；一伸，就彷彿賞給了他一點世上罕有的恩寵；一縮，就好像他們觸犯帝王的聖怒。小陳，為博得彩聲，得向他們遞個求憐邀寵的眼色。連這麼著，他們還不輕易給他喊個好兒。

趕到他們要捧的人上了台，他們的神情就極嚴肅了，都伸著脖兒聽；大家喊好的時候，他們不喊；他們卻在那大家不注意的地方，讚嘆著，彷彿是忘形的，不能不發泄的，喝一聲彩，使大家驚異，而且沒法不佩服他們是真懂行。據說，若是請他們吃一頓飯，他們便可以玩這一招。顯然的，小陳要打算減除了那種嘀咕，也得請他們吃飯。

我心裡替小陳說，何必呢！可是他自有他的打算。

五

有一天，在報紙上，我看到小陳彩排的訊息。我決定去看一看。

當然黑漢得給他預備下許多捧場的。我心裡可有準兒，不能因為他得的好兒多或少去決定他的本事，我要憑著我自己的良心去判斷他的優劣。

他還是以作工討好，的確是好。至於唱工，憑良心說，連一個好兒也不值。在小屋裡唱，不錯，他確是有味兒；一登台，他的嗓子未免太窄了，只有前兩排湊合著能聽見，稍微靠後一點的，便只見他張嘴而聽不見聲兒了。

想指著唱戲掙錢，談何容易呢！我曉得這個，可是不便去勸告他。黑漢會給他預備好捧場的，教他時時得到滿堂的彩，教他沒法不相信自己的技藝高明。我的話有什麼用呢？

事後，報紙上的批評是一致的，都說他可以比作昔年的田桂鳳。我知道這些批評是由哪兒來的，黑漢哪能忘下這一招呢。

從這以後，義務戲和堂會就老有小陳的戲碼了。我沒有工夫去聽，可是心中替他擔憂。我曉得走票是花錢買臉的事，為玩票而傾家蕩產的並不算新奇；而小陳是個窮小子啊。打算露臉，他得有自己的行頭，得找好配角，得有跟包的，得擺出闊架子來，就憑他，公司裡的一個小職員？難！

不錯，黑漢會幫助他；可是，一旦黑漢要翻臉和他算清賬怎麼辦呢？俞先生的話，我現在明白過來，的確是經驗之談，一點也非過慮。

不久，我聽說他被公司辭了出來，原因是他私造了收據，使了一些錢。雖說我倆並非知己的朋友，我可深知他絕不是個小滑頭。要不是被逼急了，我相信他是不會幹出這樣丟臉的事的。我原諒他，所以深恨黑漢和架弄著小陳的那一群人。

我決定去找他，看看我能不能幫助他一把兒；幾乎不為是幫助他，而是藉此去反抗黑漢，要從黑漢手中把個聰明的青年救出來。

六

小陳的屋裡有三四個人，都看著他作「活」呢。因為要省點錢，凡是自己能動手的，他便自己作。現在，他正作著一件背心，戲台上丫環所穿的那種。大家吸著煙，閒談著，他一聲不出的，正往背心上黏玻璃珠子——用膠水畫好一大枝梅花，而後把各色的玻璃珠黏上去，省工，省錢，而穿起來很明艷。

我進去，他只抬起頭來向我笑了笑，然後低下頭去繼續工作，彷彿是把我打入了那三四個人裡邊去。我既不認識他們，又不想跟他們講話，只好呆呆的坐在那裡。

那些人都年紀在四十以上，有的已留下鬍子。聽他們所說的，看他們的神氣，我斷定他們都是一種票友。看他們的衣服，他們大概都是衙門裡的小官兒，在家裡和社會上也許是很熱心擁護舊禮教，而主張男女授受不親的。可是，他們來看小陳作活。他們都不野調無腔，談吐也頗文雅，只是他們的眼老溜著小陳，帶出一點於心不安而又無法克服的邪味的笑意。

他們談話兒，小陳並不大愛插嘴，可是趕到他們一提起某某伶人，或批評某某伶人的唱法，他便放下手中的活，皺起點眉來，極注意的聽著，而後神氣活似黑漢，斬釘截鐵的發表他的意見，話不多，可是十分的堅決，指出伶人們的缺點。他並不為自己吹騰，但是這種帶著堅固的自信的批判，已經足以顯出他自己的優越了。他已深信自己是獨一無二的旦角，除了他簡直沒有人懂戲。

好容易把他們耗走，我開始說我所要說的話，為省去繞彎，我開門見山的問了他一句：「你怎樣維持生活呢？」

他的臉忽然的紅了，大概是想起被公司辭退出來的那點恥辱。看他回不出話來，我爽性就釘到家吧：「你是不是已有許多的債？」

他勉強的笑了一下，可是神氣很堅決：「沒法不欠債。不過，那不算一回事，我會去掙。假如我現在有三千塊錢，作一批行頭，我馬上可以到上海去唱兩個星期，而後，」他的眼睛亮起來，「漢口，青島，濟南，天津，繞一個圈兒；回到這兒來，我就是——」他挑起大指頭。

「那麼容易麼？」我非常不客氣的問。

他看了我一眼，冷笑了一下，不屑於回答我。

「是你真相信你的本事，還是被債逼得沒法不走這條路呢？比如說，你現在已欠下某人一兩千塊錢，去作個小事兒決不能還上，所以你想一下子去摟幾千來，而那個人也往這麼引領你，是不是？」

他想了一會兒，猶豫了一下，咽了一口氣，沒回答出什麼來。我知道我的話是釘到他的心窩裡。

「假若真像我剛才說的。」我往下說，「你該當想一想，現在你欠他的，那麼你要是『下海』，就還得向他借。他呢，就可以管轄你一輩子，不論你掙多少錢，也永遠還不清他的債，你的命就交給他了。捧起你來的人，也就是會要你命的人。你要是認為我不是嚇嘘你，想法子還他的錢，我幫助你，找個事作，我幫助你，從此不再玩這一套。你想想看。」

「為藝術是值得犧牲的！」他沒看我，說出這麼一句。這回該我冷笑了。「是的，因為你在中學畢業，所以會說這麼一句話，一句話，什麼意思也沒有。」

他的臉又紅了。不願再跟我說什麼，因為越說他便越得氣餒；他的歲數不許他承認自己的錯誤。他向外邊喊了一聲：「二妹！你坐上一壺水！」

我這才曉得他還有個妹妹，我的心中可也就更不好過了；沒再說什麼，我走了出去。

七

「全球馳名，第一青衫花旦陳……表演獨有歷史佳劇……」在報紙上，街頭上，都用極大的字登布出來。我知道小陳是「下了海」。

在「打炮」的兩天前，他在東海飯店招待新聞界和一些別的朋友。不知為什麼，他也給了我一張請帖。真不願吃他這頓飯，可是我又要看看他，把請帖拿起又放下好幾回，最後我決定去看一眼。

席上一共有七八十人，有戲界的重要人物，有新聞記者，有捧角專家，有地面上的流氓。

我沒大去注意這些人們，我彷彿是專為看小陳而來的。

他變了樣。衣服穿得頂講究，講究得使人看著難過，像新娘子打扮得那麼不自然，那麼過火。不過，這還不算出奇；最使人驚異的是右手的無名指上戴著個鑽石戒指，假若是真的，須值兩三千塊錢。誰送給他的呢？憑什麼送給他呢？他的臉上分明的是擦了一點胭脂，還是那麼削瘦，可是顯出點紅潤來。有這點假的血色在臉上，他的言語動作彷彿都是在作戲呢；他輕輕的扭轉脖子，好像唯恐損傷了那條高領子！他偏著臉向人說話，每說一句話先皺一下眉，而後嘴角用力的往上兜，故意的把腮上弄成兩個小坑兒。我看著他，我的脊背上一陣陣的起雞皮疙瘩。

可是，我到底是原諒了他，因為黑漢在那裡呢。黑漢是大都督，總管著一切：他拍大家的肩膀，向大家嘀咕，向小陳遞眼色，勸大家喝酒，隨著大家笑，出來進去，進去出來，用塊極大的綢子手絹擦著黑亮的腦門，手絹上抖出一股香水味。

據說，人熊見到人便過去拉住手狂笑。我沒看見過，可是我想像著那個樣子必定就像這個黑漢。

黑漢把我的眼睛引到一位五十來歲的矮胖子身上去。矮胖子坐首席，黑漢對他說的話最多，雖然矮胖子並不大愛回答，可是黑漢依然很恭敬。對了，我心中一亮，我找到那個鑽石戒指的來路！

再細看，我似乎認識那個胖臉。啊，想起來了，在報紙和雜誌上見過：楚總長！楚總長是熱心提倡「藝術」的。

不錯，一定是他，因為他只喝了一杯酒，和一點湯，便離席了。黑漢和小陳都極恭敬的送出去。再回到席上，黑漢開始向大家說玩笑話了，彷彿是表示：貴人已走，大家可以隨便吧。

吃了一道菜，我也溜出去了。

八

楚總長出錢，黑漢辦事。小陳住著總長的別墅，有了自己的衣箱，鑽石戒指，汽車。他只是摸不著錢，一切都由黑漢經手。

只要有小陳的戲，楚總長便有個包廂，有時候帶著小陳的妹妹一同來：看完戲，便一同回到別墅，住下。小陳的妹妹長得可是真美。

楚總長得到個美人，黑漢落下了不少的錢，小陳得去唱戲，而且被人叫做「兔子」。

大局是這麼定好了，無論是誰也無法把小陳從火坑裡拉出來了。他得死在他們手裡，俞先生一點也沒說錯。

九

事忙，我一年多沒聽過一次戲。小陳的戲碼還常在報紙上看到，他得意與否可無從知道。

有一次，我到天津辦一點事，晚上獨自在旅館裡非常的無聊，便找來小報看看戲園的廣告。新到的一個什麼「香」，當晚有戲。我連這個什麼「香」是男是女也不曉得，反正是為解悶吧，就決定去看看。對於新起來的角色，我永遠不希望他得怎樣的好，以免看完了失望，弄一肚子彆扭。

這個什麼「香」果然不怎麼高明，排場很闊氣，可是唱作都不夠味兒，唱到後半截兒，簡直有點支持不下去的樣子。

唱戲是多麼不容易的事呢，我不由的想起小陳來。正在這個時候，我看見了黑漢。他輕快的由台門閃出來，斜著身和打鼓的說了兩句話，又輕快的閃了進去。

哈！又是這小子！我心裡說。哼，我同時想到了，大概他已把小陳吸乾了，又來耍這個什麼「香」了！該死的東西！

由天津回來，我遇見了俞先生，談著談著便談到了小陳，俞先生的耳朵比我的靈通，剛一提起小陳，他便嘆了口氣：「完嘍！妹妹被那個什麼總長給扔下不管了，姑娘不姑娘，太太不太太的在家裡悶著。他呢，給那個黑小子掙夠了錢，黑小子撒手不再管他了，連行頭還讓黑小子拿去多一半。誰不知道唱戲能掙錢呢，可是事兒並不那麼簡單容易。玩票，能被人吃光了；使黑杵，混不上粥喝；下海，誰的氣也得受著，能吃飽就算不離。我全曉得，早就勸過他，可是……」俞先生似乎還有好些個話，但是只搖了搖頭。

十

又過了差不多半年，我到濟南有點事。小陳正在那裡唱呢，他掛頭牌，二牌三牌是鬚生和武生，角色不算很硬，可也還看得過去。這裡，連由北平天橋大棚裡約來的角兒還要成千論百的拿包銀，那麼小陳——即使我們承認他一切的弱點——總比由天橋來的強著許多了。我決定去看他的戲，彷彿也多少含著點捧捧場的意思，誰教我是他的朋友呢。

那晚上他貼的是獨有的「本兒戲」，九點鐘就上場，文武帶打，還贈送戲詞。我恰好有點事，到九點一刻才起身到戲園去，一路上我還怕太晚了點，買不到票。到九點半我到了戲園，裡裡外外全清鍋子冷灶，由老遠就聽到鑼鼓響，可就是看不見什麼人。由賣票人的神氣我就看出來，不上座兒；因為他非常的和氣，一伸手就給了我張四排十一號——頂好的座位。

四排以後，我進去一看，全空著呢。兩廊稀稜稜的有些人，樓上左右的包廂全空著。一眼望過去，台上被水月電[2]照得青虛虛的，四個打旗的失了魂似的立在左右，中間坐著個穿紅袍的小生，都像紙糊的。台下處處是空椅子，只在前面有一堆兒人，都像心中有點委屈似的。世上最難看的是半空的戲園子——既不像戲園，又不像任何事情，彷彿是一種夢景似的。

我坐下不大會兒，鑼鼓換了響聲，椅墊桌裙全換了南繡的，繡著小陳的名子。一陣鑼鼓敲過，換了小鑼，小陳扭了出來。沒有一聲碰頭好——人少，誰也不好意思喊。我真要落淚！

2. 水月電：汽燈。

他瘦得已不成樣子。因為瘦，所以顯著身量高，就像一條打扮好的刀魚似的。

並不因為人少而敷衍，反之，他的瘦臉上帶出一些高傲，堅決的神氣；唱，念，作派，處處用力；越沒有人叫好，他越努力；就好像那宣傳宗教的那麼熱烈，那麼不怕困苦。每唱完一段，回過頭去喝水的工夫，我看見他嗽得很厲害，嗽一陣，揉一揉胸口，才轉過臉來。他的嗓音還是那麼窄小，可是作工已臻化境，每一抬手邁步都有尺寸，都恰到好處；要一個身段，他便向台下打一眼，彷彿是對觀眾說：這還不值個好兒嗎？

沒人叫好，始終沒人喊一聲好！

我忽然像發了狂，用盡了力量給他喝了幾聲彩。他看見了我，向我微微一點頭。我一直坐到了台上吹了嗚嘟嘟[3]，雖然並沒聽清楚戲中情節到底是怎回事；我心中很亂。散了戲，我跑到後台去，他還上著裝便握住了我的手，他的手幾乎是一把骨頭。

「等我卸了裝，」他笑了一下，「咱們談一談！」

我等了好大半天，因為他真像個姑娘，事事都作得很慢很仔細，頭上的每一朵花，每一串小珠子，都極小心的往下摘，看著跟包的給收好。

我跟他到了三義棧，已是夜裡一點半鐘。

一進屋，他連我也不顧得招待了，躺在床上，手哆嗦著，點上了煙燈。吸了兩大口，他緩了緩氣：「沒這個，我簡直活不了啦！」

3. 嗚嘟嘟：一種樂器，又名竹號。

我點了點頭。我想不起說什麼。設若我要說話，我就要說對他有些用處的，可是就憑我這個平凡的人，怎能救得了他呢？只好聽著他說吧，我彷彿成了個傻子。

又吸了一大口煙，他輕輕的掰了個橘子，放在口中一瓣。「你自個兒來的？」

我簡單的告訴了他關於我自己的事，說完，我問他：「怎樣？」

他笑了笑：「這裡的人不懂戲！」

「賠錢？」

「當然！」他不像以前那樣愛紅臉了，話說得非常的自然，而且絕沒有一點後悔的意思。

「再唱兩天吧，要還是不行，簡直得把戲箱留在這兒！」

「那不就糟了？」

「誰說不是！」他嗽咳了一陣，揉了揉胸口。「玩藝好也沒用，人家不聽，咱有什麼法兒呢？」

我要說：你的嗓子太窄，你看事太容易！可是我沒說。說了又有什麼用呢？他的嗓子無從改好，他的生活已入了轍，他已吸慣了煙，他已有了很重的肺病；我幹嗎既幫不了他，還惹他難受呢？

「在北平大概好一點？」我為是給他一點安慰。「也不十分好，班子多，地方錢緊，也不容易，哪裡也不容易！」他揉著一點橘子皮，心中不耐煩，可是要勉強著鎮定。

「可是，反正我對得起老郎神，玩藝地道，別的……」是的，玩藝地道；不用說，他還是自居為第一的花旦。失敗，困苦，壓迫，無法擺脫，給他造成了一點自信，他只仗著這點自信活著呢。有這點自信欺騙著他自己，他什麼也不怕，什麼也可以一笑置之；妹妹被人家糟踐了，金錢被人家騙去，自己只剩下一把骨頭與很深的菸癮；對誰也無益，對自己只招來毀滅；可是他自信玩藝兒地道。「好吧，咱們北平見吧！」我告辭走出來。

「你不等聽聽我的全本《鳳儀亭》啦？後天就露！」他立在屋門口對我說。

我沒說出什麼來。

回到北平不久，我在小報上看到小陳死去的訊息。他至多也不過才二十四五歲吧。

微神

清明已過了，大概是；海棠花不是都快開齊了嗎？今年的節氣自然是晚了一些，蝴蝶們還很弱；蜂兒可是一出世就那麼挺拔，好像世界確是甜蜜可喜的。天上只有三四塊不大也不笨重的白雲，燕兒們給白雲上釘小黑丁字玩呢。沒有什麼風，可是柳枝似乎故意地轉擺，像逗弄著四外的綠意。田中的清綠輕輕的上了小山，因為嬌弱怕累得慌，似乎是，越高綠色越淺了些；山頂上還是些黃多於綠的紋縷呢。山腰中的樹，就是不綠的也顯出柔嫩來，山後的藍天也是暖和的，不然，雁們為何唱著向那邊排著隊去呢？石凹藏著些怪害羞的三月蘭，葉兒還趕不上花朵大。

小山的香味只能閉著眼吸取，省得勞神去找香氣的來源，你看，連去年的落葉都怪好聞的。那邊有幾隻小白山羊，叫的聲兒恰巧使欣喜不至過度，因為有些悲意。偶而走過一隻來，沒長犄角就留下鬚的小動物，向一塊大石發了會兒楞，又顛顛著俏式的小尾巴跑了。

我在山坡上曬太陽，一點思念也沒有，可是自然而然的從心中滴下些詩的珠子，滴在胸中的綠海上，沒有聲響，只有些波紋還走不到腮上便散了的微笑；可是始終也沒成功一整句。一個詩的宇宙裡，連我自己好似只是詩的什麼地方的一個小符號。

越曬越輕鬆，我體會出蝶翅是怎樣的歡欣。我摟著膝，和柳枝同一律動前後左右的微動，柳枝上每一黃綠的小葉都是聽著春聲的小耳勺兒。有時看看天空，啊，謝謝那塊白雲，它的邊上還有個小燕呢，小得已經快和藍天化在一處了，像萬頃藍光中的一粒黑痣，我的心靈像要往哪兒飛似的。

遠處山坡的小道，像地圖上綠的省分裡一條黃線。往下看，一大片麥田，地勢越來越低，似乎是由山坡上往那邊流動呢，直到一片暗綠的松樹把它截住，很希望松林那邊是個海灣。及至我立起來，往更高處走了幾步，看看，不是；那邊是些看不甚清的樹，樹中有些低矮的村舍；一陣小風吹來極細的一聲雞叫。

春晴的遠處雞聲有些悲慘，使我不曉得眼前一切是真還是虛，它是夢與真實中間的一道用聲音作的金線；我頓時似乎看見了個血紅的雞冠；在心中，村舍中，或是哪兒，有隻——希望是雪白的，——公雞。

我又坐下了；不，隨便的躺下了。眼留著個小縫收取天上的藍光，越看越深，越高；同時也往下落著光暖的藍點，落在我那離心不遠的眼睛上。不大一會兒，我便閉上了眼，看著心內的晴空與笑意。

我沒睡去，我知道已離夢境不遠，但是還聽得清清楚楚小鳥的相喚與輕歌。說也奇怪，每逢到似睡非睡的時候，我才看見那塊地方——不曉得一定是哪裡，可是在入夢以前它老是那個樣兒浮在眼前。就管它叫作夢的前方吧。

這塊地方並沒有多大，沒有山，沒有海。像一個花園，可又浸有清楚的界限。差不多是個不甚規則的三角，三個尖端浸在流動的黑暗裡。一角上——我永遠先看見它——是一片金黃與大紅的花，密密層層的；沒有陽光，一片紅黃的後面便全是黑暗，可是黑的背景使紅黃更加深厚，就好像大黑瓶上畫著紅牡丹，深厚得至於使美中有一點點恐怖。黑暗的背景，我明白了，使紅黃的一片抱住了自己的彩色，不向四外走射一點；況且沒有陽光，彩色不飛入空中，而完全貼染在地上。我老先看見這塊，一看見它，其餘的便不看也會知道的，正好像一看見香山，準知道碧雲寺在哪兒藏著呢。其餘的兩角，左邊是一個斜長的土坡，滿蓋著灰紫的野花，在不漂亮中有些深厚的力量，或者月光能使那灰的部分多一些銀色而顯出點詩的靈空；但是我不記得在哪兒有個小月亮。無論怎樣，我也不厭惡它。不，我愛這個似乎被霜弄暗了的紫色，像年輕的母親穿著暗紫長袍。右邊的一角是最漂亮的，一個小草房，門前有一架細蔓的月季，滿開著單純的花，全是淺粉的。

設若我的眼由左向右轉，灰紫，紅黃，淺粉，像是由秋看到初春，時節倒流；生命不但不是由盛而衰，反倒是以玫瑰作香色雙豔的結束。

三角的中間是一片綠草，深綠，軟厚，微濕；每一短葉都向上挺著，似乎是聽著遠處的雨聲。沒有一點風，沒有一個飛動的小蟲；一個詭異的小世界，活著的只有顏色。

在真實的經驗中，我沒見過這麼個境界。可是它永遠存在，在我的夢前。英格蘭的深綠，蘇格蘭的紫草小山，德國黑林的幽晦，或者是它的祖先們，但是誰準知道呢。從赤道附近的濃豔中減去陽光，也有點像它，但是它又沒有虹樣的蛇與五彩的禽，算了吧，反正我認識它。

我看見它多少多少次了。它和「山高月小，水落石出」，是我心中的一對畫屏。可是我沒到那個小房裡去過。我不是被那些顏色吸引得不動一動，便是由它的草地上恍惚的走入另種色彩的夢境。它是我常遇到的朋友，彼此連姓名都曉得，只是沒細細談過心。我不曉得它的中心是什麼顏色的，是含著一點什麼神祕的音樂──真希望有點響動！

這次我決定了去探險。

一想到了月季花下，或也因為怕聽我自己的足音？月季花對於我是有些端陽前後的暗示，我希望在哪兒貼著張深黃紙，印著個硃紅的判官，在兩束香艾的中間。沒有。只在我心中聽見了聲「櫻桃」的吆喝。這個地方是太靜了。

小房子的門閉著。窗上門上都擋著牙白的簾兒，並沒有花影，因為陽光不足。裏邊什麼動靜也沒有，好像它是寂寞的發源地。輕輕的推開門，靜寂與整潔雙雙的歡迎我進去，是，歡迎我；空中的一切是「人」的，假如外面景物是「鬼」的──希望我沒用上過於強烈的字。

一大間，用幔帳截成一大一小的兩間。幔帳也是牙白的，上面繡著些小蝴蝶。外間只有一條長案，一個小橢圓桌兒，一把椅子，全是暗草色的，沒有油飾過。椅上的小墊是淺綠的，桌上有幾本書。案上有一盆小松，兩方古銅鏡，鏽色比小松淺些。內間有一個小床，罩著一塊快垂到地上的綠毯。床首懸著一個小籃，有些快乾的茉莉花。地上鋪著一塊長方的蒲墊，墊的旁邊放著雙繡白花的小綠拖鞋。

我的心跳起來了！我絕不是入了複雜而光燦的詩境；平淡樸美是此處的音調，也絕不是幻境，因為我認識那雙繡著白花的小綠拖鞋。

愛情的故事永遠是平凡的，正如春雨秋霜那樣平凡。可是平凡的人們偏愛在這些平凡的事中找些詩意；那麼，想必是世界上多數的事物是更缺乏色彩的；可憐的人們！希望我的故事也有些應有的趣味吧。

沒有像那一回那麼美的了。我說「那一回」，因為在那一天那一會兒的一切都是美的。她家中的那株海棠花正開成一個大粉白的雪球；沿牆的細竹剛拔出新筍；天上一片嬌晴；她的父母都沒在家；大白貓在花下酣睡。聽見我來了，她像燕兒似的從簾下飛出來；沒顧得換鞋，腳下一雙小綠拖鞋像兩片嫩綠的葉兒。她喜歡得像晨起的陽光，腮上的兩片蘋果比往常紅著許多倍，似乎有兩顆香紅的心在臉上開了兩個小井，溢著紅潤的胭脂泉。那時她還梳著長黑辮。

她父母在家的時候，她只能隔著窗兒望我一望，或是設法在我走去的時節，和我笑一笑。這一次，她就像一個小貓遇上了個好玩的伴兒；我一向不曉得她「能」這樣的活潑。在一同往屋中走的工夫，她的肩挨上了我的。我們都才十七歲。我們都沒說什麼，可是四隻眼彼此告訴我們是欣喜到萬分。

我最愛看她家壁上那張工筆百鳥朝鳳；這次，我的眼勻不出工夫來。我看著那雙小綠拖鞋；她往後收了收腳，連耳根兒都有點紅了；可是仍然笑著。我想問她的功課，沒問；想問新生的小貓有全白的沒有，沒問；心中的問題多了，只是口被一種什麼力量給封起來，我知道她也是如此，因為看見她的白潤的脖兒直微微的動，似乎要將些不相干的言語嚥下去，而真值得一說的又不好意思說。

她在臨窗的一個小紅木凳上坐著，海棠花影在她半個臉上微動。有時候她微向窗外看看，大概是怕有人進來。及至看清沒人，她臉上的花影都被歡悅給浸漬得紅豔了。她的兩手交換著輕輕的摸小凳的沿，顯著不耐煩，可是歡喜的不耐煩。最後，她深深的看了我一眼，極不願意而又不得不說的說，「走吧」！我自己已忘了自己，只看見，不是聽見，兩個什麼字由她的口中出來？可是在心的深處猜對那兩個字的意思，因為我也有點那樣的關切。我的心不願動，我的腦知道非走不可。我的眼盯住了她的。她要低頭，還沒低下去，便又勇敢的抬起來，故意的，不怕的，羞而不肯的羞，迎著我的眼。

直到不約而同的垂下頭去，又不約而同的抬起來，又那麼看。心似乎已碰著心。

我走，極慢的，她送我到簾外，眼上蒙了一層露水。我走到二門，回了回頭，她已趕到海棠花下。我像一個羽毛似的飄蕩出去。

以後，再沒有這種機會。

有一次，她家中落了，並不使人十分悲傷的喪事。在燈光下我和她說了兩句話。她穿著一身孝衣。手放在胸前，擺弄著孝衣的扣帶。站得離我很近，幾乎能彼此聽得見臉上熱力的激射，像雨後的禾穀那樣帶著聲兒生長。可是，只說了兩句極沒有意思的話——口與舌的一些動作——我們的心並沒管它們。

我們都二十二歲了，可是五四運動還沒降生呢。男女的交際還不是普通的事。我畢業後便作了小學的校長，平生最大的光榮，因為她給了我一封賀信。信箋的末尾——印著一枝梅花——她注了一行：不要回信。我也就沒敢寫回信。可是我好像心中燃著一束火把，無所不盡其極的整頓學校。我拿辦好了學校作給她的回信；她也在我的夢中給我鼓著得勝的掌——那一對連腕也是玉的手！

提婚是不能想的事。許多許多無意識而有力量的阻礙，像個專以力氣自雄的惡虎，站在我們中間。

有一件足以自慰的，我那繫著心的耳朵始終沒聽到她的訂婚消息。還有件比這更好的，我兼任了一個平民學校的校長，她擔任著一點功課。我只希望能時時見到她，不求別的。她呢，她知道怎麼躲避我——已經是個二十歲的大姑娘。她失去了十七八歲時的天真與活潑，可是增加了女子的尊嚴與神祕。

又過了二年，我上了南洋。到她家辭行的那天，她恰巧沒在家。在外國的幾年中，我無從打聽她的消息。直接通信是不可能的。間接的探問，又不好意思。只好在夢裡相會了。說也奇怪，我在夢中的女性永遠是「她」。夢境的不同使我有時悲泣，有時狂喜；戀的幻境裡也自有一種味道。

她，在我的夢中，還是十七歲時的樣子：小圓臉，眉眼清秀中帶著一點媚意。身量不高！處處都那麼柔軟，走路非常的輕巧。那一條長黑的髮辮，造成最動心的一個背影。我也記得她梳起頭來的樣兒，但是我總夢見那帶辮的背影。

回國後，自然先探聽她的一切。一切消息都像謠言，她已作了暗娼！

就是這種刺心的消息，也沒減少我的情熱；不，我反倒更想見她，更想幫助她。我到她家去。已不在那裡住，我只由牆外看見那株海棠樹的一部分。房子早已賣掉了。

到底我找到她了。她已剪了髮，向後梳攏著，在頂部有個大綠梳子。穿著一件粉紅長袍，袖子僅到肘部，那雙臂，已不是那麼活軟的了。臉上的粉很厚，腦門和眼角都有些褶子。可是她還笑得很好看，雖然一點活潑的氣象也沒有了。設若把粉和油都去掉，她大概最好也只像個產後的病婦。

她始終沒正眼看我一次，雖然臉上並沒有羞愧的樣子，她也說也笑，只是心沒在話與笑中，好像完全應酬我。我試著探問她些問題與經濟狀況，她不大願意回答。她點著一支香菸，煙很靈通的從鼻孔出來，她把左膝放在右膝上，仰著頭看煙的升降變化，極無聊而又顯著剛強，我的眼濕了，她不會看不見我的淚，可是她沒有任何表示。她不住的看自己的手指甲，又輕輕的向後按頭髮，似乎她只是為它們活著呢。提到家中的人，她什麼也沒告訴我。我只好走吧。

臨出來的時候，我把住址告訴給她——深願她求我，或是命令我，作點事。她似乎根本沒往心裡聽，一笑，眼看看別處，沒有往外送我的意思。她以為我是出去了，其實我是立在門口沒動，這麼著，她一回頭，我們對了眼光。

只是那麼一擦似的她轉過頭去。

初戀是青春的第一朵花，不能隨便擲棄。我託人給她送了點錢去，留下了，並沒有回話。

朋友們看出我的悲苦來，眉頭是最會出賣人的。他們善意的給我介紹女友，慘笑的搖首是我的回答。我得等著她。初戀像幼年的寶貝永遠是最甜蜜的，不管那個寶貝是一個小布人，還是幾塊小石子。慢慢的，我開始和幾個最知己的朋友談論她，他們看在我的面上沒說她什麼，可是假裝鬧著玩似的暗刺我，他們看我太愚，也就是說她不配一戀。他們越這樣，我越堅固。是她打開了我的愛的園門，我得和她走到山窮水盡。憐比愛少著些味道，可是更多著些人情。不久，我託友人向她說明，我願意娶她。我自己沒膽量去。

友人回來，帶回來她的幾聲狂笑。她沒說別的，只狂笑了一陣。她是笑誰？笑我的愚，很好，多情的人不是每每有些傻氣嗎？這足以使人得意。笑她自己，那只是因為不好意思哭，過度的悲鬱使人狂笑。

愚癡給我些力量，我決定自己去見她。要說的話都詳細的編製好，演習了許多次，我告訴自己──只許勝，不許敗。她沒在家。又去了兩次，都沒見著。第四次去，屋門裡停著小小的一口薄棺材，裝著她。她是因打胎而死。

一籃最鮮的玫瑰，瓣上帶著我心上的淚，放在她的靈前，結束了我的初戀，打開終生的空虛。為什麼她落到這般光景？我不願再打聽。反正她在我心中永遠不死。

我正呆看著那雙小綠拖鞋，我覺得背後的幔帳動了一動。一回頭，帳子上繡的小蝴蝶在她的頭上飛動呢。她還是十七八時的模樣，還是那麼輕巧，像仙女飛降下來還沒十分立穩那樣立著。我往後退了一步，似乎是怕一往前湊就能把她嚇跑。這一退的功夫，她變了，變成二十多歲的樣子。她也往後退了，隨退隨著臉上加著皺紋。她狂笑起來。我坐在那個小床上。剛坐下，我又起來了，撲過她去，極快；她在這極短的時間內，又變回十七歲時的樣子。在一秒鐘裡我看見她半生的變化，她像是不受時間的拘束。我坐在椅子上，她坐在我的懷中。我自己也恢復了十五六年前臉上的紅色，我覺得出。

我們就這樣坐著，聽著彼此心血的潮蕩。不知有多麼久。最後，我找到聲音，唇貼著她的耳邊，問：

「你獨自住在這裡？」

「我不住在這裡；我住在這兒，」她指著我的心說。

「始終你沒忘了我，那麼？」我握緊了她的手。

「被別人吻的時候，我心中看著你！」

「可是你許別人吻你？」我並沒有一點妒意。

「愛在心裡，唇不會閒著；誰教你不來吻我呢？」

「我不是怕得罪你的父母嗎？不是我上了南洋嗎？」

她點了點頭，可是，「懼怕使你失去一切，隔離使愛的心慌了。」

她告訴了我，她死前的光景。在我出國的那一年，她的母親死去。她比較得自由了一些。出牆的花枝自會招來蜂蝶，有人便追求她，她還想念著我，可是肉體往往比愛少些忍耐力，愛的花不都是梅花。她接受了一個青年的愛，因為他長得像我。他非常的愛她，可是她還忘不了我，肉體的獲得不就是愛的滿足，相似的音貌不能代替愛的真形。他疑心了，她承認了她的心是在南洋。他們倆斷絕了關係。這時候，她父親的財產全丟了。她非嫁人不可。她把自己賣給一個闊家公子，為是供給她的父親。

「你不會去教學掙錢？」我問。

「我只能教小學，那點薪水還不夠父親買菸吃的！」

我們倆都楞起來。我是想：假使我那時候回來，以我的經濟能力說，能供給得起她的父親嗎？我還不是大睜白眼的看著她賣身？

「我把愛藏在心中，」她說，「拿肉體掙來的茶飯營養著它。我深恐肉體死了，愛便不存在，其實我是錯了；先不用說這個吧。他非常的妒忌，永遠跟著我，無論我是幹什麼，上哪兒去，他老隨著我。他找不出我的破綻來，可是覺得出我是不愛他。慢慢的，他由討厭變為公開的辱罵我，甚至於打我，他逼得我沒法不承認我的心是另有所寄。忍無可忍也就顧不及飯碗問題了。

「他把我趕出來，連一件長衫也沒給我留。我呢，父親照樣和我要錢，我自己得吃得穿，而且我一向是吃好的穿好的慣了。為滿足肉體，還得利用肉體，身體是現成的本錢。凡給我錢的便買去我點筋肉的笑。我很會笑；我照著鏡子練習那迷人的笑。環境的不同使人作退一步想，這樣零賣，倒是比終日叫那一個闊公子管著強一些。在街上，有多少人指著我的後影嘆氣，可是我到底是自由的，甚至是自傲的，有時候我與些打扮得不漂亮的女子遇上，我也有些得意。我一共打過四次胎，但是創痛過去便又笑了。

「最初，我頗有一些名氣，因為我既是作過富宅的玩物，又能識幾個字，新派舊派的人都願來照顧我，我沒工夫去思想，甚至於不想積蓄一點錢，我完全為我的服裝香粉活著。今天的漂亮是今天的生活。明天自有明天管照著自己，身體的疲倦，只管眼前的刺激，不顧將來。不久，這種生活也不能維持了。父親的煙是無底的深坑。打胎需要許多花費。以前不想剩錢；錢自然不會自己剩下。我連一點無聊的傲氣也不敢存了。我得極下賤的去找錢了，有時候是明搶。有人指著我的後影嘆氣，我也回頭向他笑一笑了。打一次胎增加兩三歲。鏡子是不欺人的，我已老醜了。瘋狂足以補足衰老。我盡著肉體的所能伺候人們，不然，我沒有生意。我敞著門睡著，我是大眾的，不是我自己的，一天二十四小時，什麼時間也可以買我的身體。我消失在慾海裡。在清醒的世界中我並不存在。我看著人們在我身上狂動，我的手指算計著錢數。我不思想，只是盤算——怎樣能多進五毛錢。我不哭，哭不好看。只為錢著急，不管我自己。」

她休息了一會兒，我的淚已滴濕她的衣襟。

「你回來了！」她繼續著說：「你也三十多了；我記得你是十七歲的小學生。你的眼已不是那年——多少年了？——看我那雙綠拖鞋的眼。可是，你多少還是你自己，我，早已死了。你可以繼續作那初戀的夢，我已無夢可作。我始終一點也不懷疑，我知道你要是回來，必定要我。及至見著你，我自己已找不到我自己，拿什麼給你呢？你沒回來的時候，我永遠不拒絕，不論是對誰說，我是愛你；你回來了，我只好狂笑。單等我落到這樣，你才回來，這不是有意戲弄人？假如你永遠不回來，我老有個南洋作我的夢景，你老有個我在你的心中，豈不很美？

你偏偏的回來了，而且回來這樣遲……」

「可是來遲了並不就是來不及了，」我插了一句。

「晚了就是來不及了。我殺了自己。」

「什麼？」

「我殺了我自己。我命定的只能住在你心中，生存在一首詩裡，生死有什麼區別？在打胎的時候我自己下了手。有你在我左右，我沒法子再笑。不笑，我怎麼掙錢？只有一條路，名字叫死。你回來遲了，我別再死遲了；我再晚死一會兒，我便連住在你心中的希望也沒有了。我住在這裡，這裡便是你的心。這裡沒有陽光，沒有聲響，只有一些顏色。顏色是更持久的，顏色畫成咱們的記憶。看那雙小鞋，綠的，是點顏色，你我永遠認識它們。」

「但是我也記得那雙腳。許我看看嗎？」

她笑了，搖搖頭。

我很堅決，我握住她的腳，扯下她的襪，露出沒有肉的一支白腳骨。

「去吧！」她推了我一把。「從此你我無緣再見了！我願住在你的心中，現在不行了；我願在你心中永遠是青春。」

太陽已往西斜去；風大了些，也涼了些，東方有些黑雲。春光在一個夢中慘淡了許多。我立起來，又看見那片暗綠的松樹。立了不知有多久。遠處來了些蠕動的小人，隨著一些聽不甚真的音樂。越來越近了，田中驚起許多白翅的鳥，哀鳴著向山這邊飛。我看清了，一群人們匆匆的走，帶起一些灰土。三五鼓手在前，幾個白衣的在後，最後是一口棺材。春天也要埋人的。

撒起一把紙錢，蝴蝶似的落在麥田上。東方的黑雲更厚了，柳條的綠色加深了許多，綠得有些悽慘。心中茫然，只想起那雙小綠拖鞋。像兩片樹葉在永生的樹上作著春夢。

陽光

想起幼年來，我便想到一株細條而開著朵大花的牡丹，在春晴的陽光下，放著明艷的紅瓣兒與金黃的蕊。我便是那朵牡丹。偶爾有一點愁惱，不過像一片早霞，雖然沒有陽光那樣鮮亮，到底還是紅的。我不大記得幼時有過陰天；不錯，有的時候確是落了雨，可是我對於雨的印象是那美的虹，積水上飛來飛去的蜻蜓，與帶著水珠的花。自幼我就曉得我的嬌貴與美麗。自幼我便比別的小孩精明，因為我有機會學事兒。要說我比別人多會著什麼，倒未必；我並不須學習什麼。可是我精明，這大概是因為有許多人替我作事；我一張嘴，事情便作成了。這樣，我的聰明是在怎樣支使人，和判斷別人作的怎樣：好，還是不好。所以我精明。別人比我低，所以才受我的支使；別人比我笨，所以才不能老滿足我的心意。地位的優越使我精明。可是我不願承認地位的優越，而永遠自信我很精明。因此，不但我是在陽光中，而且我自居是個明艷光暖的小太陽；我自己發著光。

我的父母兄弟，要是比起別人的，都很精明體面。可是跟我一比，他們還不算頂精明，頂體面。父母只有我這麼一個女兒，兄弟只有我這麼一個姊妹，我天生來的可貴。連父母都得聽我的話。我永遠是對的。我要在平地上跌倒，他們便爭著去責打那塊地；我要是說蘋果咬了我的唇，他們便齊聲的罵蘋果。我並不感謝他們，他們應當服從我。世上的一切都應當服從我。

記憶中的幼年是一片陽光，照著沒有經過排列的顏色，像風中的一片各色的花，搖動複雜而濃艷。我也記得我曾害過小小的病，但是病更使我嬌貴，添上許多甜美的細小的悲哀，與意外的被人憐愛。我現在還記得那透明的冰糖塊兒，把藥汁的苦味減到幾乎是可愛的。在病中我是溫室裡的早花，雖然稍微細弱一些，可是更秀麗可喜。

到學校去讀書是較大的變動，可是父母的疼愛與教師的保護使我只記得我的勝利，而忘了那一點點痛苦。在低級裡，我已經覺出我自己的優越。我不怕生人，對著生人我敢唱歌，跳舞。我的裝束永遠是最漂亮的。我的成績也是最好的；假若我有作不上來的，回到家中自有人替我作成，而最高的分數是我的。因為這些學校中的訓練，我也在親友中得到美譽與光榮，我常去給新娘子拉紗，或提著花籃，我會眼看著我的腳尖慢慢的走，覺出我的腮上必是紅得像兩瓣兒海棠花。我的玩具，我的學校用品，都證明我的闊綽。我很驕傲，可也有時候很大方，我愛誰就給誰一件東西。在我生氣的時候，我隨便撕碎摔壞我的東西，使大家知道我的脾氣。

入了高小，我開始覺出我的價值。我厲害，我美麗，我會說話，我背地裡聽見有人講究我，說我聰明外露，說我的鼻孔有點向上翻著。我對著鏡子細看，是的，他們說對了。但是那並不減少我的美麗。至於聰明外露，我喜歡這樣。我的鼻孔向上撐著點，不但是件事實而且我自傲有這件事實。我覺出我的鼻孔可愛，它向上翻著點，好像是藐視一切，和一切挑戰；我心中的最厲害的話先由鼻孔透出一點來；當我說過了那樣的話，我的嘴唇向下撇一些，把鼻尖墜下來，像花朵在晚間自己並上那樣甜美的自愛。對於功課，我不大注意；我的學校裡本來不大注意功課。況且功課與我沒多大關係，我和我的同學們都是闊家的女兒，我們顧衣裳與打扮還顧不來，哪有工夫去管功課呢。學校裡的窮人與先生與工友們！我們不能聽工友的管轄，正像不能受先生們的指揮。先生們也知道她們不應當管學生。況且我們的名譽並不因此而受損失；

講跳舞，講唱歌，講演劇，都是我們的最好，每次賽會都是我們第一。就是手工圖畫也是我們的最好，我們買得起的材料，別的學校的學生買不起。我們說不上愛學校與先生們來，可也不恨它與她們，我們的光榮常常與學校分不開。

在高小裡，我的生活不盡是陽光了。有時候我與同學們爭吵得很厲害。雖然勝利多半是我的，可是在戰鬥的期間到底是費心勞神的。我們常因服裝與頭髮的式樣，或別種小的事，發生意見，分成多少黨。我總是作首領的。我得細心的計劃，因為我是首領。我天生來是該作首領的，多數的同學好像是木頭作的，只能服從，沒有一點主意；我是她們的腦子。

在畢業的那一年，我與班友們都自居為大姑娘了。我們非常的愛上學。不是對功課有興趣，而是我們愛學校中的自由。我們三個一群，兩個一夥，擠著摟著，充分自由的講究那些我們並不十分明白而願意明白的事。

我們不能在另一個地方找到這種談話與歡喜，我們不再和小學生們來往，我們所知道的和我們以為已經知道的那些事使我們覺得像小說中的女子。我們什麼也不知道，也不願意知道什麼；我們只喜愛小說中的人與事。我們交換著知識使大家都走入一種夢幻境界。我們知道許多女俠，許多烈女，許多不守規矩的女郎。可是我們所最喜歡的是那種多心眼的，癡情的女子，像林黛玉那樣的。我們都願意聰明，能說出些尖酸而傷感的話。我們管我們的課室叫「大觀園」。是的，我們也看電影，但是電影中的動作太粗野，不像我們理想中的那麼纏綿。我們既都是闊家的女兒，在談話中也低聲報告著在家中各人所看到的事，關於男女的事。這些事正如電影中的，能滿足我們一時的好奇心，而沒有多少味道。我們不希望幹那些姨太太們所幹的事，我們都自居為真正的愛人，有理想，有癡情；雖然我們並不懂得什麼。無論怎說吧，我們的一半純潔一半汙濁的心使我們願意聽那些壞事，而希望自己保持住嬌貴與聰明。我們是一群十四五歲的鮮花。

在初入中學的時候，我與班友們由大姑娘又變成了小姑娘；高年級的同學看不起我們。她們不但看不起我們，也故意的戲弄我們。她們常把我們捉了去，作她們的ｄｅａｒ，大學生自居為男子。這個，使我們害羞，可是並非沒有趣味。這使我覺到一些假裝的，同時又有點味道的，愛戀情味。我們彷彿是由盆中移到地上的花，雖然環境的改變使我們感覺不安，可是我們也正在吸收新的更有力的滋養；我們覺出我們是女子，覺出女子的滋味，而自惜自憐。在這個期間，我們對於電影開始吃進點味兒；看到男女的長吻，我們似乎明白了些意思。

到了二三年級，我們不這麼老實了。我簡直可以這麼說，這二年是我的黃金時代。高年級的學生沒有我們的膽量大，低年級的有我們在前面擋著也鬧不起來；只有我們，既然和高年級的同學學到了許多壞招數，又不像新學生那樣怕先生。我們要幹什麼便幹什麼。高年級的學生會思索，我們不必思索；我們的臉一紅，動作就跟著來了，像一口血似的啐出來。我們粗暴，小氣，使人難堪，一天到晚唧唧咕咕，笑不正經笑，哭也不好生哭。我非常好動怒，看誰也不順眼。我愛作的不就去好好作，我不愛作的就乾脆不去作，沒有理由，更不屑於解釋。這樣，我的脾氣越大，膽子也越大。我不怕男學生追我了。我與班友們都有了追逐的男學生。而且以此為榮。可是男學生並追不上我們，他們只使我們心跳，使我們彼此有的談論，使我們成了電影狂。及至有機會真和男人——親戚或家中的朋友——見面，我反倒吐吐舌頭或端端肩膀，說不出什麼。更談不到交際。在事後，我覺得洩氣，不成體統，可是沒有辦法。人是要慢慢長起來的，我現在明白了。但是，無論怎說吧，這是個黃金時代；一天一天糊糊塗塗的過去，完全沒有憂慮，像棵傻大的熱帶的樹，常開著花，一年四季是春天。

提到我的聰明，哼，我的鼻尖還是向上翻著點；功課呢，雖然不能算是最壞的，可至好也不過將就得個丙等。作小孩的時候，我願意人家說我聰明；入了中學，特別是在二三年級的時候，我討厭人家誇獎我。自然我還沒完全丟掉爭強好勝的心，可是不在功課上；因此，對於先生的誇獎我覺得討厭；有的同學在功課上處處求好，得到榮譽，我恨這樣的人。在我的心裡，我還覺得我聰明；我以為我是不屑於表現我的聰明，所以得的分數不高；那能在功課上表現出才力來的不過是多用著點工夫而已，算不了什麼。我才不那麼傻用工夫，多演幾道題，多作一些文章，幹什麼用呢？我的父母並沒仗著我的學問才有飯吃。況且我的美已經是出名的，報紙上常有我的相片，稱我為高材生，大家閨秀。用功與否有什麼關係呢？我是個風箏，高高的在春雲裡，大家都仰著頭看我，我只須晃動著，在春風裡遊戲便夠了。我的上下左右都是陽光。

可是到了高年級，我不這麼野調無腔的了。我好像開始覺到我有了個固定的人格，雖然不似我想像的那麼固定，可是我覺得自己穩重了一些，身中彷彿有點沉重的氣兒。我想，這一方面是由於我的家庭，一方面是由於我自己的發育，而成的。我的家庭是個有錢而自傲的，不允許我老淘氣精似的；我自己呢，從身體上與心靈上都發展著一些精微的，使我自憐的什麼東西。我自然的應當自重。

因為自重，我甚至於有時候循著身體或精神上的小小病痛，而顯出點可憐的病態與嬌羞。我好像正在培養著一種美，叫別人可憐我而又得尊敬我的美。我覺出我的尊嚴，而願顯露出自己的嬌弱。其實我的身體很好。因為身體好，所以才想像到那些我所沒有的姿態與秀弱。我彷彿要把女性所有的一切動人的情態全吸收到身上來。

女子對於美的要求，至少是我這麼想，是得到一切，要不然便什麼也沒有也好。因為這個絕對的要求，我們能把自己的一點美好擴展得像一個美的世界。我們醉心的搜求發現這一點點美所包含的力量與可愛。不用說，這樣發現自己，欣賞自己，不知不覺的有個目的，為別人看。在這個時節我對於男人是老設法躲避的。我知道自己的美，而不能輕易給誰，我是有價值的。我非常的自傲，理想很高。影影綽綽的我想到假如我要屬於哪個男人，他必是世間罕有的美男子，把我帶到天上去。

因為家裡有錢，所以我得加倍的自尊自傲。有錢，自然得驕傲；因為錢多而發生的不體面的事，使我得加倍驕傲。我這時候有許多看不上眼的事都發生在家裡，我得裝出我們是清白的；錢買不來道德，我得裝成好人。我家裡的人用錢把別人家的女子買來，而希望我給他們轉過臉來。別人家的女兒可以糟蹋在他們的手裡，他們的女子——我——可得純潔，給他們爭臉面。我父親，哥哥，都弄來女人，他們的亂七八糟都在我眼裡。這個使我輕看他們，也使他們更重看我，他們可以胡鬧，我必須貞潔。我是他們的希望。這個，使我清醒了一些，不能像先前那麼歡蹦亂跳的了。

可是在清醒之中，我也有時候因身體上的刺激，與心裡對父兄的反感，使我想到去浪漫。我憑什麼為他們而守身如玉呢？我的臉好看，我的身體美好，我有青春，我應當在個愛人的懷裡。我還沒想到結婚與別的大問題，我只想把青春放出一點去，像花不自己老包著香味，而是隨著風傳到遠處去。在這麼想的時節，我心中的天是藍得近乎翠綠，我是這藍綠空中的一片桃紅的霞。可是一回到家中，我看到的是黑暗。我不能不承認我是比他們優越，於是我也就更難處置自己。即使我要肉體上的快樂，我也比他們更理想一些。因此，我既不能完全與他們一致，又恨我不能實際的得到什麼。我好像是在黃昏中，不像白天也不像黑夜。我失了我自幼所有的陽光。

我很想用功，可是安不下心去。偶爾想到將來，我有點害怕：我會什麼呢？假若我有朝一日和家庭鬧翻了，我仗著什麼活著呢？把自己細細的分析一下，除了美麗，我什麼也沒有。可是再一想呢，我不會和家中決裂；即使是不可免的，現在也無須那樣想。現在呢，我是富家的女兒；將來我總不至於陷在窮苦中吧。我慶幸我的命運，以過去的幸福預測將來的一帆風順。在我的手裡，不會有惡劣的將來，因為目前我有一切的幸福。何必多慮呢，憂慮是軟弱的表示。我的前途是征服，正像我自幼便立在陽光裡，我的美永遠能把陽光吸了來。在這個時候，我聽見一點使我不安的消息：家中已給我議婚了。

我才十九歲！結婚，這並沒嚇住我；因為我老以為我是個足以保護自己的大姑娘。可是及至這好像真事似的要來到頭上，我想起我的歲數來，我有點怕了。我不應這麼早結婚。即使非結婚不可，也得容我自己去找到理想的英雄；我的同學們哪個不是抱著這樣的主張，況且我是她們中最聰明的呢。

可是，我也偷偷聽到，家中所給提的人家，是很體面的，很有錢，有勢力；我又痛快了點。並不是我想隨便的被家裡把我聘出去，我是覺出我的價值——不論怎說，我要是出嫁，必嫁個闊公子，跟我的兄弟一樣。我過慣了舒服的日子，不能嫁個窮漢。我必須繼續著在陽光裡。這麼一想，我想像著我已成了個少奶奶，什麼都有，金錢，地位，服飾，僕人，這也許是有趣的。這使我有點害羞，可也另有點味道，一種渺茫而並非不甜美的味道。

這可只是一時的想像。及至我細一想，我決定我不能這麼斷送了自己；我必須先嘗著一點愛的味道。我是個小姐，但是在愛的裡面我滿可以把「小姐」放在一邊。我忽然想自由，而自由必先平等。假如我愛誰，即使他是個叫花子也好。

這是個理想；非常的高尚，我覺得。可是，我能不能愛個叫花子呢？不能！先不用提乞丐，就是拿個平常人說吧，一個小官，或一個當教員的，他能養得起我嗎？別的我不知道，我知道我不會受苦。我生來是朵花，花不會工作，也不應當工作。花只嫁給富麗的春天。我是朵花，就得有花的香美，我必須穿得華麗，打扮得動人，有隨便花用的錢，還有愛。這不是野心，我天生的是這樣的人，應當享受。假若有愛而沒有別的，我沒法想到愛有什麼好處。我自幼便精明，這時候更需要精明的思索一番了。我真用心思索了，思索得甚至於有點頭疼。

我的不安使我想到動作。我不能像鄉下姑娘那樣安安頓頓的被人家娶了走。我不能。可是從另一方面想，我似乎應當安頓著。父母這麼早給我提婚，大概就是怕我不老實而丟了他們的臉。他們想乘我還全鬚全尾的送了出去，成全了他們的體面，免去了累贅。為作父母的想，這或者是很不錯的辦法，但是我不能忍受這個；我自己是個人，自幼兒嬌貴；我還是得作點什麼，作點驚人的，浪漫的，而又不吃虧的事。說到歸齊[1]，我是個「新」女子呀，我有我的價值呀！

機會來了！我去給個同學作伴娘，同時覺得那個伴郎似乎可愛。即使他不可愛，在這麼個場面下，也當可愛。看著別人結婚是最受刺激的事：新夫婦，伴郎伴娘，都在一團喜氣裡，都拿出生命中最像玫瑰的顏色，都在花的香味裡。愛，在這種時候，像風似的刮出去刮回來，大家都蕩漾著。我覺得我應當落在愛戀裡，假如這個場面是在愛的風裡。我，說真的，比全場的女子都美麗。設若在這裡發生了愛的遇合，而沒有我的事，那是個羞辱。

全場中的男子就是那個伴郎長得漂亮，我要征服，就得是他。這自然只是環境使我這麼想，我還不肯有什麼舉動；一位小姐到底是小姐。雖然我應當要什麼便過去拿來，可是愛情這種事頂好得維持住點小姐的身分。及至他看我了，我可是沒了主意，也就不必再想主意，他先看我的，我總算沒丟了身分。況且我早就想他應當看我呢。他或者是早就明白了我的心意，而

1. 說到歸齊：說到底。

不能不照辦；他既是照我的意思辦，那就不必再否認自己了。

事過之後，我走路都特別的爽利。我的胸脯向來沒這樣挺出來過，我不曉得為什麼我老要笑；身上輕得像根羽毛似的。在我要笑的時節，我渺茫的看到一片綠海，被春風吹起些小小的浪。我是這綠波上的一隻小船，掛著雪白的帆，在陽光下緩緩的飄浮，一直飄到那滿是桃花的島上。我想不到什麼更具體的境界與事實，只感到我是在春海上游戲。我倒不十分的想他，他不過是個靈感。我還不會想到他有什麼好處，我只覺得我的初次的勝利，我開始能把我的香味送出去，我開始看見一個新的境界，認識了個更大的宇宙，山水花木都由我得到鮮艷的顏色與會笑的小風。我有了力量，四肢有了彈力，我忘了我的聰明與厲害，我溫柔得像一團柳絮。我設若不能再見到他，我想我不會惦記著他，可是我將永久忘不下這點快樂，好像頭一次春雨那樣不易被忘掉。有了這次春雨，一切便有了主張，我會去創造一個頂完美的春天。我的心展開了一條花徑，桃花開後還有紫荊呢。

可是，他找我來了。這個破壞了我的夢境，我落在塵土上，像隻傷了翅的蝴蝶。我不能不拿出我在地上的手段來了。我不答理他，我有我的身分。我毫不遲疑的拒絕了他。等他羞慚的還勉強笑著走去之後，我低著頭慢慢的走，我的心中看清楚我全身的美，甚至我的後影。我是這樣的美，我覺得我是立在高處的一個女神刻像，只准人崇拜，不許動手來摸。我有女神的美，也有女神的智慧與尊嚴。

過了一會兒，我又盼他再回來了：不是我盼望他，惦記他；他應當回來，好表示出他的虔誠，女神有時候也可以接收凡人的愛，只要他虔誠。果然在不久之後，他又來了。這使我心裡軟了點。可是我還不能就這麼輕易給他什麼，我自幼便精明，不能隨便任著衝動行事。我必須把他揉搓得像塊皮糖；能繞在我的小手指上，我才能給他所要求的百分之一二。愛是一種遊戲，可由得我出主意。

我真有點愛他了，因為他供給了我作遊戲的材料。我總讓他聞見我的香味，而這個香味像一層厚霧隔開他與我，我像霧後的一個小太陽，微微的發著光，能把四圍射成一圈紅暈，但是他覺不到我的熱力，也看不清楚我。我非常的高興，我覺出我青春的老練，像座小春山似的，享受著春的雨露，而穩固不能移動。我自信對男人已有了經驗，似乎把我放在什麼地方，我也可以有辦法。我沒有可怕的了，我不再想林黛玉，黛玉那種女子已經死絕了。

因此我越來越膽大了。我的理想是變成電影中那個紅髮女郎，多情而厲害，可以叫人握著手，及至他要吻的時候，就掄手給他個嘴巴。我不稀罕他請我看電影，請我吃飯，或送給我點禮物。我自己有錢。我要的是香火，我是女神。自然我有時候也希望一個吻，可是我的愛應當是另一種，一種沒有吻的愛，我不是普通的女子。他給我開了愛的端，我只感激他這點；我的腳底下應有一群像他的青年男子；我的腳是多麼好看呢！

家中還進行著我的婚事。我暗中笑他們，一聲兒不出。我等著。等到有了定局再說，我會給他們一手兒看看。是的，我得多預備人，萬一到和家中鬧翻的時候，好挑選一個捉住不放。我在同學中成了頂可羡慕的人，因為我敢和許多男子交際。那些只有一個愛人的同學，時常的哭，把眼哭得桃兒似的。她們只有一個愛人，而且任著他的性兒欺侮，怎能不哭呢。我不哭，因為我有準備。我看不起她們，她們把小姐的身分作丟了。她們管哭哭啼啼叫作愛的甘蔗，我才不吃這樣的甘蔗，我和她們說不到一塊。她們沒有腦子。她們常受男人的騙。回到宿舍哭一整天，她們引不起我的同情，她們該受騙！我在愛的海邊游泳，她們閉著眼往裡跳。這群可憐的東西。

中學畢了業，我要求家中允許我入大學。我沒心程讀書，只為多在外面玩玩，本來嗎，洗衣有老媽，作衣裳有裁縫，作飯有廚子，教書有先生，出門有汽車，我學本事幹什麼呢？我得入學，因為別的女子有入大學的，我不能落後；我還想出洋呢。學校並不給我什麼印象，我只記得我的高跟鞋在洋灰路上或地板上的響聲，咯登咯登的，怪好聽。我的宿室頂闊氣，床下堆著十來雙鞋，我永遠不去整理它們，就那麼堆著。屋中越亂越顯出闊氣。我打扮好了出來，像個青蛙從水中跳出，誰也想不到水底下有泥。我的眉須畫半點多鐘，哪有工夫去收拾屋子呢？趕到下雨的天，鞋上沾了點泥，我才去訪那好清潔的同學，把泥留在她的屋裡。她們都不敢惹我。

入學不久我便被舉為學校的皇后。與我長得同樣美的都失敗了，她們沒有腦子，沒有手段；我有。在中學交的男朋友全斷絕了關係，連那個伴郎。我的身分更高了，我的閱歷更多了，我既是皇后，至少得有個皇帝作我的愛人。被我拒絕了的那些男子還有時候給我來信，都說他們常常因想我而落淚；落吧，我有什麼法子呢？他們說我狠心，我何嘗狠心呢？我有我的身分，理想，與美麗。愛和生命一樣，經驗越多便越高明，聰明的愛是理智的，多咱愛把心迷住——我由別人的遭遇看出來——便是悲劇。我不能這麼辦。作了皇后以後，我的新朋友很多很多了。我戲耍他們，嘲弄他們，他們都羊似的馴順老實。這幾乎使我絕望了，我找不到可征服的，他們永遠投降，沒有一點戰鬥的心思與力量。誰說男子強硬呢？我還沒看見一個。

我的辦法使我自傲，但是和別人的一比較，我又有點嫉妒：我覺得空虛。別的女同學們每每因為戀愛的波折而極傷心的哭泣，或因戀愛的成功而得意，她們有哭有笑，我沒有。在一方面呢，我自信比她們高明，在另一方面呢，我又希望我也應表示出點真的感情。可是我表示不出，我只會裝假，我的一切舉動都被那個「小姐」管束著，我沒了自己。說話，我團著舌頭；行路，我扭著身兒；笑，只有聲音。我作小姐作慣了，凡事都有一定的程式，我找不到自己在哪兒。因此，我也想熱烈一點，愚笨一點，也使我能真哭真笑。可是不成功。我沒有可哭的事，我有一切我所需要的；我也不會狂喜，我不是三歲的小孩兒能被一件玩藝兒哄得跳著腳兒笑。我看父母，他們的悲喜也多半是假的，只在說話中用幾個適當的字表示他們的情感，並不真動感情。

有錢，天下已沒有可悲的事；欲望容易滿足，也就無從狂喜；他們微笑著表示出氣度不凡與雍容大雅。可是我自己到底是個青年女郎，似乎至少也應當偶然愚傻一次，我太平淡無奇了。這樣，我開始和同學們搗亂了，誰叫她們有哭有笑而我沒有呢？我設法引誘她們的「朋友」，和她們爭鬥，希望因失敗或成功而使我的感情運動運動。結果，女同學們真恨我了，而我還是覺不到什麼重大的刺激。我太聰明了、開通了，一定是這樣；可是幾時我才能把心打開，覺到一點真的滋味呢？

我幾乎有點著急了，我想我得閉上眼往水裡跳一下，不再細細的思索，跳下去再說。哼，到了這個時節，也不知怎麼了，男子不上我的套兒了。他們跟我敷衍，不更進一步使我嘗著真的滋味，他們怕我。我真急了，我想哭一場；可是無緣無故的怎好哭呢？女同學們的哭都是有理由的。我怎能白白的不為什麼而哭呢？況且，我要是真哭起來，恐怕也得不到同情，而只招她們暗笑。我不能丟這個臉。我真想不再讀書了，不再和這群破同學們周旋了。

正在這個期間，家中已給我定了婚。我可真得細細思索一番了。我是個小姐——我開始想——小姐的將來是什麼？這麼一問我把許多男朋友從心中注銷了。這些男朋友都不能維持住我——小姐——所希望的將來。我的將來必須與現在差不多，最好是比現在還好上一些。家中給我的人有這個能力；我的將來，假如我願嫁他，可很保險的。可是愛呢？這可有點不好辦。那群破女同學在許多事上不如我，可是在愛上或者足以向我誇口；我怎能在這一點上輸給她們呢？假若她們知道我的婚姻是家中給定的，她們得怎樣輕看我呢？這倒真不好辦了！既無頂好的辦法，我得退一步想了：倘若有個男子，既然可以給我愛，而且對將來的保障也還下得去，雖不能十分滿意，我是不是該當下嫁他呢？這把小姐的身分與應有的享受犧牲了些，可是有愛足以抵補；說到歸齊，我是位新式小姐呀。是的，可以這麼辦。可是，這麼辦，怎樣對付家裡呢？奮鬥，對，奮鬥！

我開始奮鬥了，我是何等的強硬呢，強硬得使我自己可憐我自己了。家中的人也很強硬呀，我真沒想到他們會能這麼樣。他們的態度使我懷疑我的身分了，他們一向是怕我的，為什麼單在這件事上這麼堅決呢？大概他們是並沒有把我看在眼裡，小事由著我，大事可得他們拿主意。這可使我真動了氣。啊，我明白了點什麼，我並不是像我所想的那麼貴重。我的太陽沒了光，忽然天昏地暗了。

怎辦呢！我既是位小姐，又是個「新」小姐，這太難安排了。我好像被圈在個夾壁牆裡了，沒法兒轉身。身分地位是必要的，愛也是必要的，沒有哪樣也不行。即使我肯捨去一樣，我應當捨去哪個呢？我活了這麼大，向來沒有著過這樣的急。我不能只為我打算，我得為「小姐」打算，我不是平常的女子。拋棄了我的身分，是對不起自己。我得勇敢，可不能裝瘋賣傻，我不能把自己放在危險的地方。那些男朋友都說愛我，可是哪一個能滿足我所應當要的，必得要的呢？他們多數是學生，他們自己也不準知道他們的將來怎樣；有一兩個怪漂亮的助教也跟我不錯，我能不能要個小小的助教？即使他們是教授，教授還不是一群窮酸？我應當，必須，對得起自己，把自己放在最高最美麗的地點。

奮鬥了許多日子，我自動的停戰了。家中給提的人家到底是合乎我的高尚的自尊的理想。除了欠著一點愛，別的都合適。愛，說回來，值多少錢一斤呢？我爽性不上學了，既怕同學們暗笑我，就躲開她們好了。她們有愛，愛把她們拉到泥塘裡去！我才不那麼傻。在家裡，我很快樂，父母們對我也特別的好。我開始預備嫁衣。作好了，我偷偷的穿上看一看，戴上鑽石的戒指與胸珠，確是足以壓倒一切！我自傲幸而我機警，能見風轉舵，使自己能成為最可羨慕的新娘子，能把一切女人壓下去。假若我只為了那點愛，而隨便和個窮漢結婚，頭上只戴上一束紙花，手指套上個銅圈，頭紗在地上拋著一尺多，我怎樣活著，羞也羞死了！

自然我還不能完全忘掉那個無利於實際而怪好聽的字——愛。但是沒法子再轉過這個彎兒來。我只好拿這個當作一種犧牲，我自幼兒還沒犧牲過什麼，也該挑個沒多大用處的東西扔出去了。況且要維持我的「新」還另有辦法呢，只要有錢，我的服裝，鞋襪，頭髮的樣式，都足以作新女子的領袖。只要有錢，我可以去跳舞，交際，到最文明而熱鬧的地方去。錢使人有生趣，有身分，有實際的利益。我想像著結婚時的熱鬧與體面，婚後的娛樂與幸福，我的一生是在陽光下，永遠不會有一小片黑雲。我甚至於迷信了一些，覺得父母看憲書，擇婚日，都是善意的，婚儀雖是新式的，可是擇個吉日吉時也並沒什麼可反對的。他們是盡其所能的使我吉利順當。我預備了一件紅小襖，到婚期好穿在裡面，以免身上太素淡了。

不能不承認我精明，我作對了！我的丈夫是個頂有身分，頂有財產，頂體面，而且頂有道德的人。他很精明，可是不肯自由結婚。他是少年老成，事業是新的，思想是新的，而願意保守著舊道德。他的婚姻必須經過父母之命，媒妁之言，他要給胡鬧的青年們立個好榜樣，要挽回整個社會道德的墮落。他是二十世紀的孔孟，我們的結婚相片在各報紙上刊出來，差不多都有一些評論，說我們倆是挽救頹風的一對天使！我在良心上有點害羞了，我曾想過奮鬥呢！曾經要求過愛的自由呢！幸而我轉變的那麼快，不然……

我的快樂增加了我的美麗，我覺得出全身發散著一種新的香味，我胖了一些，而更靈活、大氣，我像一隻彩鳳！可是我並不專為自己的美麗而欣喜，丈夫的光榮也在我身上反映出去，到處我是最體面最有身分最被羨慕的太太。我隨便說什麼都有人愛聽。在作小姐的時候，我的尊傲沒有這麼足；小姐是一股清泉，太太是一座開滿了桃李的山。山是更穩固的，更大樣的，更顯明的，更有一定的形式與色彩的。我是一座春山，丈夫是陽光，射到山坡上，我腮上的桃花向陽光發笑，那些陽光是我一個人的。

可是我也必得說出來。我的快樂是對於我的光榮的欣賞，我像一朵陽光下的花，花知道什麼是快樂嗎？除了這點光榮，我必得說，我並沒有從心裡頭感到什麼可快活的。我的快活都在我見客人的時候，出門的時候，像只掛著帆，順風而下的輕舟，在晴天碧海的中間兒。趕到我獨自坐定的時候，我覺到點空虛，近於悲哀。我只好不常獨自坐定，我把帆老掛起來，有陣風兒我便出去。我必須這樣，免得萬一我有點不滿意的念頭。我必須使人知道我快樂，好使人家羨慕我。還有呢，我必須謹慎一點，因為我的丈夫是講道德的人，我不能得罪他而把他給我的光榮糟蹋了。我的光榮與身分值得用心看守著，可是因此我的快活有時候成為會變動的，像忽晴忽陰的天氣，冷暖不定。不過，無論怎麼說吧，我必須努力向前；後悔是沒意思的，我頂好利用著風力把我的一生光美的度過去；我一開首總算已遇到順風了，往前走就是了。

以前的事像離我很遠了，我沒想到能把它們這麼快就忘掉。自從結婚那一天我彷彿忽然入了另一個世界，就像在個新地方酣睡似的，猛一睜眼，什麼都是新的。及至過了相當時期，我又逐漸的把它們想起來，一個一個的，零散的，像拾起一些散在地上的珠子。趕到我把這些珠子又串起來，它們給我一些形容不出的情感，我不能再把這串珠子掛在項上，拿不出手來了。是的，我的丈夫的道德使我換了一對眼睛，用我這對新眼睛看，我幾乎有點後悔從前是那樣的狂放了。我納悶，為什麼他——一個社會上的柱石——要娶我呢？難道他不曉得我的行為嗎？是，我知道，我的身分家庭足以配得上他，可是他不能不知道在學校裡我是個浪漫皇后吧？我不肯問他，不問又難受。我並不怕他，我只是要明白明白。說真的，我不甚明白，他待我很好，可是我不甚明白他。他是個太陽，給我光明，而不使我摸到他。我在人群中，比在他面前更認識他；人們尊敬我，因為他們尊敬他；及至我倆坐在一處，沒人提醒我或他的身分，我覺得很渺茫。在報紙上我常見到他的姓名，這個姓名最可愛；坐在他面前，我有時候忘了他是誰。他很客氣，有禮貌，每每使我想到他是我的教師或什麼保護人，而不是我的丈夫。在這種時節，似有一小片黑雲掩住了太陽。

陽光要是常被掩住，春天也可以很陰慘。久而久之，我的快活的熱度低降下來。是的，我得到了光榮、身分、丈夫；丈夫，我怎能只要個丈夫呢？我不是應當要個男子麼？一個男子，哪怕是個頂粗莽的，打我罵我的男子呢，能把我壓碎了，吻死的男子呢！我的丈夫只是個丈夫，他衣冠齊楚，談吐風雅，是個最體面的楊四郎，或任何戲台上的穿繡袍的角色。他的行止言談都是戲文兒。我這是一輩子的事呀！可是我不能馬上改變態度，「太太」的地位是不好意思隨便扔棄了的。不扔棄了吧，我又覺得空虛，生命是多麼不易安排的東西呢！當我回到母家，大家是那麼恭維我，我簡直張不開口說什麼。他們為我驕傲，我不能鼻一把淚一把像個受氣的媳婦訴委屈，自己洩氣。在娘家的時候我是小姐，現在我是姑奶奶，作小姐的時候我厲害，作姑奶奶的更得撐起架子。我母親待我像個客人，我張不開口說什麼。在我丈夫的家裡呢，我更不能向誰說什麼，我不能和女僕們談心，我是太太。我什麼也別說了，說出去只招人笑話；我的苦處須自己負著。是呀，我滿可以冒險去把愛找到，但是我怎麼對我母家與我的丈夫呢？我並不為他們生活著，可是我所有的光榮是他們給我的，因為他們給我光榮，我當初才服從他們，現在再反悔似乎不大合適吧？只有一條路給我留著呢，好好的作太太，不要想別的了。這是永遠有陽光的一條路。

人到底是肉作的。我年輕，我美，我閒在，我應當把自己放在血肉的濃艷的香膩的旋風裡，不能呆呆對著鏡子，看著自己消滅在冰天雪地裡。我應當從各方面豐富自己，我不是個尼姑。這麼一想我管不了許多了。況且我若是能小心一點呢——我是有聰明的——或者一切都能得到，而出不了毛病。丈夫給我支持著身分，我自己再找到他所不能給我的，我便是個十全的女子了，這一輩子總算值得！小姐，太太，浪漫，享受，都是我的，都應當是我的；我不再遲疑了，再遲疑便對不起自己。我不害怕，我這是種冒險，犧牲；我怕什麼呢？即使出了毛病，也是我吃虧，把我的身分降低，與父母丈夫都無關。自然，我不甘心丟失了身分，但是事情還沒作，怎見得結果必定是壞的呢？精明而至於過慮便是愚蠢。饑鷹是不擇食的。

我的海上又飄著花瓣了，點點星星暗示著遠地的春光。像一隻早春的蝴蝶，我顧盼著，尋求著，一些渺茫而又確定的花朵。這使我又想到作學生的時候的自由，願意重述那種種小風流勾當。可是這次我更熱烈一些，我已經在別方面成功，只缺這一樣完成我的幸福。這必須得到，不准再落個空。我明白了點肉體需要什麼，希望大量的增加，把一朵花完全打開，即使是個雹子也好，假如不能再細膩溫柔一些，一朵花在暗中謝了是最可憐的。同時呢，我的身分也使我這次的尋求異於往日的，我須找到個地位比我的丈夫還高的，要快活便得登峰造極，我的愛須在水晶的宮殿裡，花兒都是珊瑚。私事兒要作得最光榮，因為我不是平常人。

我預料著這不是什麼難事，果然不是什麼難事，我有眼光。一個粗莽的，俊美的，像團炸藥樣的貴人，被我捉住。他要我的一切，他要把我炸碎而後再收拾好，以便重新炸碎。我所缺乏的，一次就全補上了；可是我還需要第二次。我真哭真笑了，他野得像隻老虎，使我不能安靜。我必須全身顫動著，不論是跟他玩耍，還是與他爭鬧，我有時候完全把自己忘掉，完全焚燒在烈火裡，然後我清醒過來，回味著創痛的甜美，像老兵談戰那樣。他能一下子把我擲在天外，一下子又拉回我來貼著他的身。我暈在愛裡，迷忽的在生命與死亡之間，夢似的看見全世界都是紅花。我這才明白了什麼是愛，愛是肉體的，野蠻的，力的，生死之間的。

這個實在的，可捉摸的愛，使我甚至於敢公開的向我的丈夫挑戰了。我知道他的眼睛是尖的，我不怕，在他鼻子底下漂漂亮亮的走出去，去會我的愛人。我感謝他給我的身分，可是我不能不自己找到他所不能給的。我希望點吵鬧，把生命更弄得火熾一些；我確是快樂得有點發瘋了。奇怪，奇怪，他一聲也不出。他彷彿暗示給我——「你作對了！」多麼奇怪呢！他是講道德的人呀！他這個辦法減少了好多我的熱烈；不吵不鬧是多麼沒趣味呢！

不久我就明白了，他升了官，那個貴人的力量。我明白了，他有道德，而缺乏最高的地位，正像我有身分而缺乏戀愛。因為我對自己的充實，而同時也充實了他，他不便言語。我的心反倒涼了，我沒希望這個，簡直沒想到過這個。啊，我明白了，怨不得他這麼有道德而娶我這個「皇后」呢，他早就有計劃！我軟倒在地上，這個真傷了我的心，我原來是個傀儡。我想脫身也不行了，我本打算偷偷的玩一會兒，敢情我得長期的伺候兩個男子了。是呀，假如我願意，我多有些男朋友豈不是可喜的事。我可不能聽從別人的指揮。不能像妓女似的那麼幹，丈夫應當養著妻子，使妻子快樂；不應當利用妻子獲得利祿——這不成體統，不是官派兒！

我可是想不出好辦法來。設若我去質問丈夫，他滿可以說，「我待你不錯，你也得幫助我。」再急了，他簡直可以說，「幹嗎當初嫁給我呢？」我辯論不過他。我斷絕了那個貴人吧，也不行，貴人是我所喜愛的，我不能因要和丈夫賭氣而把我的快樂打斷。況且我即使冷淡了他，他很可以找上前來，向我索要他對我丈夫的恩惠的報酬。我已落在陷坑裡了。我只好閉著眼混吧。

好在呢，我的身分在外表上還是那麼高貴，身體上呢，也得到滿意的娛樂，算了吧。我只是不滿意我的丈夫，他太小看我，把我當作個禮物送出去，我可是想不出辦法懲治他。這點不滿意，繼而一想，可也許能給我更大的自由。我這麼想了：他既是仗著我滿足他的志願，而我又沒向他反抗，大概他也得明白以後我的行動是自由的了，他不能再管束我。這無論怎說，是公平的吧。好了，我沒法懲治他，也不便懲治他了，我自由行動就是了。焉知我自由行動的結果不叫他再高升一步呢！我笑了，這倒是個辦法，我又在晴美的陽光中生活著了。

沒看見過榕樹，可是見過榕樹的圖。若是那個圖是正確的，我想我現在就是株榕樹，每一個枝兒都能生根，變成另一株樹，而不和老本完全分離開。我是位太太，可是我有許多的枝幹，在別處生了根，我自己成了個愛之林。我的丈夫有時候到外面去演講，提倡道德，我也坐在台上；他講他的道德，我想我的計劃。我覺得這非常的有趣。社會上都知道我的浪漫，可是這並不妨礙他們管我的丈夫叫作道德家。他們尊敬我的丈夫，同時也羨慕我，只要有身分與金錢，幹什麼也是好的；世界上沒有什麼對不對，我看出來了。

要是老這麼下去，我想倒不錯。可是事實老不和理想一致，好像不許人有理想似的。這使我恨這個世界，這個不許我有理想的世界。我的丈夫娶了姨太太。一個講道德的人可以娶姨太太，嫖窯子；只要不自由戀愛與離婚就不違犯道德律。我早看明白了這個，所以並不因為這點事恨他。我所不放心的是我覺到一陣風，這陣風不好。我覺到我是往下坡路走了。怎麼說呢，我想他絕不是為娶小而娶小，他必定另有作用。我已不是他升官發財的唯一工具了。他找來個生力軍。假如這個女的能替他謀到更高的差事，我算完了事。我沒法跟他吵，他辦的名正言順，娶妾是最正當不過的事。設若我跟他鬧，他滿可以翻臉無情，剝奪我的自由，他既是已不完全仗著我了。我自幼就想征服世界，啊，我的力量不過如是而已！我看得很清楚，所以不必去招癟子吃[2]；我不管他，他也別管我，這是頂好的辦法。家裡坐不住，我出去消遣好了。

2. 招癟子吃：找氣受。

哼，我不能不信命運。在外邊，我也碰了；我最愛的那個貴人不見我了。他另找到了愛人。這比我的丈夫娶妾給我的打擊還大。我原來連一個男人也抓不住呀！這幾年我相信我和男子要什麼都能得到，我是頂聰明的女子。身分，地位，愛情，金錢，享受，都是我的；啊，現在，現在，這些都順著手縫往下溜呢！我是老了麼？不，我相信我還是很漂亮；服裝打扮我也還是時尚的領導者。那麼，是我的手段不夠？不能呀，設若我的手段不高明，以前怎能有那樣的成功呢？我的運氣！太陽也有被黑雲遮住的時候呀。是，我不要灰心，我將慢慢熬著，把這一步惡運走過去再講。我不承認失敗；只要我不慌，我的心老清楚，自會有辦法。

但是，我到底還是作下了最愚蠢的事！在我獨自思索的時候，我大概是動了點氣。我想到了一篇電影：一個貴家的女郎，經過多少情海的風波，最後嫁了個鄉村的平民，而得到頂高的快樂。村外有些小山，山上滿是羽樣的樹葉，隨風擺動。他們的小家庭面著山，門外有架蔓玫瑰，她在玫瑰架下作活，身旁坐著個長毛白貓，頭兒隨著她的手來回的動。他在山前耕作，她有時候放下手中的針線，立起來看看他。他工作回來，她已給預備好頂簡單而清淨的飯食，貓兒坐在桌上希冀著一點牛奶或肉屑。他們不多說話，可是眼神表現著深情……

我忽然想到這個故事，而且借著氣勁而想我自己也可以拋棄這一切勞心的事兒，華麗的衣服，而到那個山村去過那簡單而甜美的生活。我明知這只是個無聊的故事，可是在生氣的時候我信以為真有其事了。我想，只要我能遇到那個多情的少年，我一定不顧一切的跟了他去。這個，使我從記憶中掘出許多舊日的朋友來：他們都幹什麼呢？我甚至於想起那第一個愛人，那個伴郎，他作什麼了？這些人好像已離開許多許多年了，當我想起他們來，他們都有極新鮮的面貌，像一群小孩，像春後的花草，我不由得想再見著他們，他們必至少能打開我的寂寞與悲哀，必能給生命一個新的轉變。我想他們，好像想起幼年所喜吃的一件食物，如若能得到它，我必定能把青春再喚回來一些。想到這兒，我沒再思索一下，便出去找他們了，即使找不到他們，找個與他們相似的也行；我要嘗嘗生命的另一方面，可以說是生命的素淡方面吧，我已吃膩了山珍海味。

我找到一個舊日的同學，雖然不是鄉村的少年，可已經合乎我的理想了。他有個入錢不多的職業，他溫柔、和藹、親熱，絕不像我日常所接觸的男人。他領我入了另一世界，像是厭惡了跳舞場，而逛一回植物園那樣新鮮有趣。他很小心，不敢和我太親熱了；同時我看出來，他也有點得意，好像窮人拾著一兩塊錢似的。我呢，也不願太和他親近了，只是拿他當一碟兒素菜，換換口味。可是，嘔，我的愚蠢！這被我的丈夫看見了！他拿出我以為他絕不會的厲害來。我給他丟了臉，他說！我明白他的意思：我們闊人盡管亂七八糟，可是得有個範圍；同等的人彼此可以交往，這個圈必得劃清楚了！我犯了不可赦的罪過。

我失去了自由。遇到必須出頭的時候，他把我帶出去；用不著我的時候，他把我關在屋裡。在大眾面前，我還是太太；沒人看著的時節，我是個囚犯。我開始學會了哭，以前沒想到過我也會有哭的機會。可是哭有什麼用呢！我得想主意。主意多了，最好的似乎是逃跑：放下一切，到村間或小城市去享受，像那個電影中玫瑰架下的女郎。可是，再一想，我怎能到那裡去享受呢？我什麼也不會呀！沒有僕人，我連飯也吃不上，叫我逃跑，我也跑不了啊！

有了，離婚！離婚，和他要供給，那就沒有可怕的了。脫離了他，而手中有錢，我的將來完全在自己的手中，愛怎著便可以怎著。想到這裡，我馬上辦起來，看守我的僕人受了賄賂，給我找來律師。

嘔，我的糊塗！狀子遞上去了，報紙上宣揚起來，我的丈夫登時從最高的地方墮下來。他是提倡舊道德的人呀，我怎會忘了呢？離婚；嘔！別的都不能打倒他，只有離婚！只有離婚！他所認識的貴人們，馬上變了態度，不認識了他，也不認識了我。和我有過關係的人，一點也不責備我與他們的關係，現在恨起我來，我什麼不可以作，單單必得離婚呢？我的母家與我斷絕了關係。官司沒有打，我的丈夫變成了個平民，官司也無須再打了，我丟了一切。假如我沒有這一個舉動，失了自由，而到底失不了身分啊，現在我什麼也沒有了。

事情還不止於此呢。我的丈夫倒下來，牆倒人推，大家開始控告他的劣跡了。貴人們看著他冷笑，沒人來幫忙。我們的財產，到訴訟完結以後，已剩了不多。我還是不到三十歲的人哪，後半輩子怎麼過呢？太陽不會再照著我了！我這樣聰明，這樣努力，結果竟會是這樣，誰能相信呢！誰能想到呢！坐定了，我如同看著另一個人的樣子，把我自己簡略的，從實的，客觀的，描寫下來。有志的女郎們呀，看了我，你將知道怎樣維持住你的身分，你寧可失了自由，也別棄掉你的身分。自由不會給你飯吃，控告了你的丈夫便是拆了你的糧庫！我的將來只有回想過去的光榮，我失去了明天的陽光！

老字號

錢掌櫃走後，辛德治——三合祥的大徒弟，現在很拿點事——好幾天沒正經吃飯。錢掌櫃是綢緞行公認的老手，正如三合祥是公認的老字號。辛德治是錢掌櫃手底下教練出來的人。可是他並不專因私人的感情而這樣難過，也不是自己有什麼野心。他說不上來為什麼這樣怕，好像錢掌櫃帶走了一些永難恢復的東西。

周掌櫃到任。辛德治明白了，他的恐怖不是虛的；「難過」幾乎要改成咒罵了。周掌櫃是個「野雞」，三合祥——多少年的老字號！——要滿街拉客了！辛德治的嘴撇得像個煮破了的餃子。老手，老字號，老規矩——都隨著錢掌櫃的走了，或者永遠不再回來。錢掌櫃，那樣正直，那樣規矩，把買賣作賠了。東家不管別的，只求年底下分紅。

多少年了，三合祥永遠是那麼官樣大氣：金匾黑字，綠裝修，黑櫃藍布圍子，大杌凳包著藍呢子套，茶几上永放著鮮花。多少年了，三合祥除了在燈節才掛上四只宮燈，垂著大紅穗子；此外，沒有半點不像買賣地兒的胡鬧八光。多少年了，三合祥沒有打過價錢，抹過零兒，或是貼張廣告，或者減價半月；三合祥賣的是字號。多少年了，櫃上沒有吸菸捲的，沒有大聲說話的；有點響聲只是老掌櫃的咕嚕水菸與咳嗽。

這些，還有許許多多可寶貴的老氣度，老規矩，由周掌櫃一進門，辛德治看出來，全要完！周掌櫃的眼睛就不規矩，他不低著眼皮，而是滿世界掃，好像找賊呢。人家錢掌櫃，老坐在大杌凳上合著眼，可是哪個夥計出錯了口氣，他也曉得。

果然，周掌櫃——來了還沒有兩天——要把三合祥改成蹦蹦戲[1]的棚子：門前紮起血絲胡拉的一座綵牌，「大減價」每個字有五尺見方，兩盞煤氣燈，把人們照得臉上發綠，好像一群大煙鬼。這還不夠，門口一檔子洋鼓洋號，從天亮吹到三更；四個徒弟，都戴上紅帽子，在門口，在馬路上，見人就給傳單。這還不夠，他派定兩個徒弟專管給客人送菸遞茶，哪怕是買半尺白布，也往後櫃讓，也遞香菸：大兵，清道伕，女招待，都燒著菸捲，把屋裡燒得像個佛堂。這還不夠，買一尺還饒上一尺，還贈送洋娃娃，夥計們還要和客人隨便說笑；客人要買的，假如櫃上沒有，不告訴人家沒有，而拿出別種東西硬叫人家看；買過十元錢的東西，還打發徒弟送了去，櫃上買了兩輛一走三歪的自行車！

辛德治要找個地方哭一大場去！在櫃上十五六年了，沒想到過——更不用說見過了——三合祥會落到這步田地！怎麼見人呢？合街上有誰不敬重三合祥的？夥計們晚上出來，提著三合祥的大燈籠，連巡警們都另眼看待。那年兵變，三合祥雖然也被搶一空，可是沒像左右的鋪戶那樣連門板和「言無二價」的牌子都被摘了走——三合祥的金匾有種尊嚴！他到城裡已經二十來年了，其中的十五六年是在三合祥，三合祥是他第二家庭，他的說話、咳嗽與藍布大衫的樣式，全是三合祥給他的。他因三合祥、也為三合祥而驕傲。他為鋪子去索債，都被人請進去喝碗茶；三合祥雖是個買賣，可是照顧主兒似乎是些朋友。錢掌櫃是常給照顧主兒行紅白人情的。三合祥是「君子之風」的買賣：門凳上常坐著附近最體面的人；遇到街上有熱鬧的時候，

1. 蹦蹦戲：評劇的一個支派。

照顧主兒的女眷們到這裡向老掌櫃借個座兒。這個光榮的歷史，是長在辛德治的心裡的。可是現在？辛德治也並不是不曉得，年頭是變了。拿三合祥的左右鋪戶說，多少家已經把老規矩捨棄，而那些新開的更是提不得的，因為根本就沒有過規矩。

他知道這個。可是因此他更愛三合祥，更替它驕傲，它是人造絲品中唯一的一匹道地大緞子，彷彿是。假如三合祥也下了轎，世界就沒了！哼，現在三合祥和別人家一樣了，假如不是更壞！

他最恨的是對門那家正香村：掌櫃的踏拉著鞋，叼著菸捲，鑲著金門牙。

老闆娘背著抱著，好像兜兒裡還帶著，幾個男女小孩，成天出來進去，進去出來，打著南方話，唧唧喳喳，不知喊些什麼。老闆和老闆娘吵架也在櫃上，打孩子，給孩子吃奶，也在櫃上。摸不清他們是作買賣呢，還是幹什麼玩呢，只有老闆娘的胸口老在櫃前陳列著是件無可疑的事兒。那群夥計，不知是從哪兒找來的，全穿著破鞋，可是衣服多半是綢緞的。有的貼著太陽膏，有的頭髮梳得像漆杓，有的戴著金絲眼鏡。再說那份兒厭氣：一年到頭老是大減價，老懸著煤氣燈，老磨著留聲機。買過兩元錢的東西，老闆便親自讓客人吃塊酥糖；不吃，他能往人家嘴裡送！什麼東西也沒一定的價錢，洋錢也沒有一定的行市。辛德治永遠不正眼看「正香村」那三個字，也永不到那邊買點東西。他想不到世上會有這樣的買賣，而且和三合祥正對門。

更奇怪的，正香村發財，而三合祥一天比一天衰微。他不明白這是什麼道理。難道買賣必定得不按著規矩做才行麼？果然如此，何必學徒呢？是個人就可以做生意了！不能是這樣，不能；三合祥到底是不會那樣的！誰知道竟自來了個周掌櫃，三合祥的與正香村的煤氣燈把街道照青了一大截，它們是一對兒！三合祥與正香村成了一對?!這莫非是作夢麼？不是夢，辛德治也得按著周掌櫃的辦法走。他得和客人瞎扯，他得讓人吸菸，他得把人誆到後櫃，他得拿著假貨當真貨賣，他得等客人爭競才多放二寸，他得用手指量布——手指一撚就抽回來一塊！他不能受這個！

可是多數的夥計似乎願意這麼做。有個女客進來，他們恨不能把她圍上，恨不能把全鋪子的東西都搬來給她瞧，等她買完——那怕是買了二尺搪布[2]——他們恨不能把她送回家去。周掌櫃喜愛這個，他願意看夥計們折跟頭，打把式，更好能在空中飛。

周掌櫃和正香村的老闆成了好朋友。有時候還湊上天成的人們打打麻雀。天成也是本街上的綢緞店，開張也有個四五年了，可是錢掌櫃就始終沒招呼過他們。天成故意的和三合祥打對仗，並且吹出風來，非把三合祥頂扒下不成。錢掌櫃一聲也不出，只偶爾說一句：咱們作的是字號。天成一年倒有三百六十五天是紀念大減價。現在天成的人們也過來打牌了。辛德治不能答理他們。他有點空閒，便坐在櫃裡發楞，面對著貨架子——原先架上的布匹都用白布包著，現在用整幅的通天扯地的作裝飾，看著都眼暈，那麼花紅柳綠的！三合祥已經沒了，他心裡說。

但是，過了一節，他不能不佩服周掌櫃了。節下報賬，雖然沒賺什麼，可是沒賠。周掌櫃笑著給大家解釋：「你得記住，這是我的頭一節呀！我還有好些沒施展出來的呢。還有一層，

2. 搪布：一種粗線織的稀疏的窄幅布。

紮牌樓，賃煤氣燈……哪個不是錢呢？所以呀！」他到說上勁來的時節總這麼「所以呀」一下。「日後無須紮牌樓了，咱會用新的，還要省錢的辦法，那可就有了賺頭，所以呀！」辛德治看出來，錢掌櫃是回不來了；世界確是變了。周掌櫃和天成、正香村的人們說得來，他們都是發財的。

過了節，檢查日貨嚷嚷動了。周掌櫃瘋了似的上東洋貨。檢查的學生已經出來了，他把東洋貨全擺在大面上，而且下了命令：「進來買主，先拿日本布；別處不敢賣，咱們正好作一批生意。看見鄉下人，明說這是東洋布，他們認這個；對城裡的人，說德國貨。」

檢查的學生到了。周掌櫃臉上要笑出幾個蝴蝶兒來，讓吃菸，讓喝茶。「三合祥，衝這三個字，不是賣東洋貨的地方，所以呀！諸位看吧！門口那些有德國布，也有土布；內櫃都是國貨綢緞，小號在南方有聯號，自辦自運。」

學生們疑心那些花布。周掌櫃笑了：「張福來，把後邊剩下的那匹東洋布拿來。」

布拿來了。他扯住檢查隊的隊長：「先生，不屈心，只剩下這麼一匹東洋布，跟先生穿的這件大衫一樣的材料，所以呀！」他回過頭來，「福來，把這匹料子扔到街上去！」

隊長看著自己的大衫，頭也沒抬，便走出去了。

這批隨時可以變成德國貨、國貨、英國貨的日本布賺了一大筆錢。有識貨的人，當著周掌櫃的面，把布扔在地上，周掌櫃會笑著命令徒弟：「拿真正西洋貨去！難道就看不出先生是懂眼的人嗎？」然後對買主：「什麼人要什麼貨，白給你這個，你也不要，所以呀！」於是又作了一號買賣，客人臨走好像直怪捨不得周掌櫃。辛德治看透了，作買賣打算要賺錢的話，得會變戲法和說相聲。周掌櫃是個人物。可是辛德治不想再在這兒幹，他越佩服周掌櫃，心裡越難過。他的飯由脊樑骨下去。打算睡得安穩一些，他得離開這樣的三合祥。

可是，沒等到他在別處找好位置，周掌櫃上天成領櫃去了。天成需要這樣的人，而周掌櫃也願意去，因為三合祥的老規矩太深了，彷彿是長了根，他不能充分施展他的才力。

辛德治送出周掌櫃去，好像是送走了一塊心病。

對於東家們，辛德治以十五六年老夥計的資格，是可以說幾句話的，雖然不一定發生什麼效力。他知道哪位東家是更老派些，他知道怎樣打動他。

他去給錢掌櫃運動，也托出錢掌櫃的老朋友們來幫忙。他不說錢掌櫃的一切都好，而是說錢與周二位各有所長，應當折中一下，不能死守舊法，也別改變的太過火。老字號是值得保存的，新辦法也得學著用。字號與利益兩顧著——他知道這必能打動了東家們。

他心裡，可是，另有個主意。錢掌櫃回來，一切就都回來，三合祥必定是「老」三合祥，要不然便什麼也不是。他想好了：減去煤氣燈，洋鼓洋號，廣告，傳單，菸捲；至必不得已的時候，還可以減人，大概可以省去一大筆開銷。況且，不出聲而賤賣，尺大而貨物道地。難道人們就都是傻子嗎？

錢掌櫃果然回來了。街上只剩了正香村的煤氣燈，三合祥恢復了昔日的肅靜，雖然因為歡迎錢掌櫃而懸掛上那四個宮燈，垂著大紅穗子。

三合祥掛上宮燈那天，天成號門口放上兩支駱駝，駱駝身上披滿了各色的緞條，駝峰上安著一明一滅的五彩電燈。駱駝的左右鬧了抓彩部，一人一毛錢，湊足了十個人就開彩，一毛錢有得一匹摩登綢的希望。天成門外成了廟會，擠不動的人。真有笑嘻嘻夾走一匹摩登綢的嗎！

三合祥的門凳上又罩上藍呢套，錢掌櫃眼皮也不抬在那裡坐著。夥計們安靜的坐在櫃裡，有的輕輕撥弄算盤珠兒，有的徐緩的打著哈欠，辛德治口裡不說什麼，心中可是著急，半天兒能不進來一個買主。偶爾有人在外邊打一眼，似乎是要進來，可是看看金匾，往天成那邊走去。有時候已經進來，看了貨，因為不打價錢，又空手走了。只有幾位老主顧，時常來買點東西；可也有時候只和錢掌櫃說會兒話，慨嘆著年月這樣窮，喝兩碗茶就走，什麼也不買。

辛德治喜歡聽他們說話，這使他想起昔年的光景，可是他也曉得，昔年的光景，大概不會回來了；這條街只有天成「是」個買賣！

過了一節，三合祥非減人不可了。辛德治含著淚和錢掌櫃說：「我一人幹五個人的活，咱們不怕！」老掌櫃也說，「咱們不怕！」辛德治那晚睡得非常香甜，準備次日幹五個人的活。

可是過了一年，三合祥倒給天成了。

小鈴兒

京城北郊王家鎮小學校裡，校長、教員、夫役，湊齊也有十來個人，沒有一個不說小鈴兒是聰明可愛的。每到學期開始，同級的學友多半是舉他做級長的。別的孩子入學後，先生總喊他的學名，唯獨小鈴兒的名字，——德森——彷彿是虛設的。校長時常的說：「小鈴兒真像個小銅鈴，一碰就響的！」

下了課後，先生總拉著小鈴兒說長道短，直到別的孩子都走淨，才放他走。那一天師生說閒話，先生順便的問道：「小鈴兒你父親得什麼病死的？你還記得他的模樣嗎？」

「不記得！等我回家問我娘去！」小鈴兒哭喪著臉，說話的時候，眼睛不住的往別處看。

「小鈴兒看這張畫片多麼好，送給你吧！」先生看見小鈴兒可憐的樣子，趕快從書架上拿了一張畫片給了他。

「先生！謝謝你——這個人是誰？」

「這不是咱們常說的那個李鴻章嗎！」

「就是他呀！呸！跟日本講和的！」小鈴兒兩隻明汪汪的眼睛，看看畫片，又看先生。

「拿去吧！昨天咱們講的國恥歷史忘了沒有？長大成人打日本去，別跟李鴻章一樣！」

「跟他一樣？把腦袋打掉了，也不能講和！」小鈴兒停頓一會兒，又繼續著說：「明天講演會我就說這個題目，先生！我講演的時候，怎麼臉上總發燒呢？」

「慢慢練就不紅臉啦！鈴兒該回去啦！好！明天早早來！」先生順口搭音的躺在床上。

「先生明天見吧！」小鈴兒背起書包，唱著小山羊歌走出校來。

小鈴兒每天下學，總是一直唱到家門，他母親聽見歌聲，就出來開門；今天忽然變了：「娘啊！開門來！」很急躁的用小拳頭叩著門。

「今天怎麼這樣晚才回來？剛才你大舅來了！」小鈴兒的母親，把手裡的針線，扦在頭上，給他開門。

「在哪兒呢？大舅！大舅！你怎麼老不來啦？」小鈴兒緊緊的往屋裡跑。

「你倒是聽完了！你大舅等你半天，等的不耐煩，就走啦；一半天還來呢！」他母親一邊笑一邊說。

「真是！今天怎麼竟是這樣的事！跟大舅說說李鴻章的事也好哇！」

「喲！你又跟人家拌嘴啦？誰？跟李鴻章？」

「娘啊！你要上學，可真不行，李鴻章早死啦！」從書包裡拿出畫片，給他母親看，「這不是他；不是跟日本講和的奸細嗎！」

「你這孩子！一點規矩都不懂啦！等你舅舅來，還是求他帶你學手藝去，我知道李鴻章幹嗎？」

「學手藝，我可不幹！我現在當級長，慢慢的往上升，橫是有做校長的那一天！多麼好！」他搖晃著腦袋，向他母親說。

「別美啦！給我買線去！青的白的兩樣一個銅子的！」

吃過晚飯小鈴兒陪著母親，坐在燈底下念書；他母親替人家作些針線。念乏了，就同他母親說些閒話。「娘啊！我父親臉上有麻子沒有？」
「這是打哪兒提起，他臉上甭提多麼乾淨啦！」
「我父親愛我不愛？給我買過吃食沒有？」
「你都忘了！哪一天從外邊回來不是先去抱你，你姑母常常的說他：『這可真是你的金蛋，抱著吧！將來真許作大官增光耀祖呢！』你父親就眯鐔眯鐔的傻笑，搬起你的小腳指頭，放在嘴邊香香的親著，氣得你姑母又是惱又是笑。——那時你真是又白又胖，著實的愛人。」
小鈴兒不錯眼珠的聽他母親說，彷彿聽笑話似的，待了半天又問道：
「我姑母打過我沒有？」
「沒有！別看她待我厲害，待你可是真愛。那一年你長口瘡，半夜裡啼哭，她還起來背著你，滿屋子走，一邊走一邊說：『金蛋！金蛋！好孩子！別哭！你父親一定還回來呢！回來給你帶柿霜糖多麼好吃！好孩子！別哭啦！』」
「我父親那一年就死啦？怎麼死的？」
「可不是後半年！你姑母也跟了他去，要不是為你，我還幹什麼活著？」小鈴兒的母親放下針線歎了一口氣，那眼淚斷了線的珠子般流下來！
「你父親不是打南京陣亡了嗎？哼！屍骨也不知道飛到哪裡去呢！」
小鈴兒聽完，蹦下炕去，拿小拳頭向南北畫著，大聲的說：「不用忙！我長大了給父親報仇！先打日本後打南京！」

「你要怎樣？快給我倒碗水吧！不用想那個，長大成人好好的養活我，那才算孝子。倒完水該睡了，明天好早起！」

他母親依舊作她的活計，小鈴兒躺在被窩裡，把頭鑽出來鑽進去，一直到二更多天才睡熟。

「快跑，快跑，開槍！打！」小鈴兒一拳打在他母親的腿上。

「喲，怎麼啦！這孩子又吃多啦！瞧！被子踹在一邊去了，鈴兒！快醒醒！蓋好了再睡！」

「娘啊！好痛快！他們敗啦！」小鈴兒睜了睜眼睛，又睡著了。

第二天小鈴兒起來得很早，一直的跑到學校，不去給先生鞠躬，先找他的學伴。湊了幾個身體強壯的，大家蹲在體操場的犄角上。

小鈴兒說：「我打算弄一個會，不要旁人，只要咱們幾個。每天早來晚走，咱們大家練身體，互相的打，打疼了，也不准急，練這麼幾年，管保能打日本去；我還多一層，打完日本再打南京。」

「好！好！就這麼辦！就舉你作頭目。咱們都起個名兒，讓別人聽不懂，好不好？」一個十四五歲頭上長著疙瘩，名叫張純的說。

「我叫一隻虎，」李進才說：「他們都叫我李大嘴，我的嘴真要跟老虎一樣，非吃他們不可！」

「我，我叫花孔雀！」一個鳥販子的兒子，名叫王鳳起的說。

「我叫什麼呢？我可不要什麼狼和虎，」小鈴兒說。

「越厲害越好啊！你說虎不好，我不跟你好啦！」李進才撇著嘴說。

「要不你叫卷毛獅子，先生不是說過：『獅子是百獸的王』嗎！」王鳳起說。

「不行！不行！我力氣大，我叫獅子！德森叫金錢豹吧！」張純把別人推開，拍著小鈴兒的肩膀說。

正說得高興，先生從那邊嚷著說：「你們不上教室溫課去，蹲在那塊幹什麼？」一眼看見小鈴兒聲音稍微緩和些，「小鈴兒你怎麼也蹲在那塊？快上教室裡去！」

大家慢騰騰的溜開，等先生進屋去，又湊在一塊商議他們的事。

不到半個月，學校裡竟自發生一件奇怪的事，——永不招惹人的小鈴兒會有人給他告訴：

小鈴兒一邊擦頭上的汗一邊說：「先生！真是我打了他一下，我試著玩來著，我不敢再……」

「胡說！小鈴兒哪會打人？不要欺侮他老實！」先生很決斷的說，「叫小鈴兒來！」

「先生！小鈴兒打我一拳！」

「去吧！沒什麼要緊！以後不准這樣，這麼點事，值得告訴？真是！」先生說完，小鈴兒同那委委屈屈的小孩子都走出來。

「先生！小鈴兒看著我們值日，他竟說我們沒力氣，不配當，他又管我們叫小日本，拿著教鞭當槍，比著我們。」幾個小女孩子，都用那炭條似的小手，抹著眼淚。

「這樣子！可真是學壞了！叫他來，我問他！」先生很不高興的說。

「先生！她們值日，老不痛痛快快的嗎，三個人搬一把椅子。——再說我也沒畫她們。」小鈴兒惡狠狠的瞪著她們。

「我看你這幾天是跟張純學壞了，頂好的孩子，怎麼跟他學呢！」

「誰跟卷毛獅……張純……」小鈴兒背過臉去吐了吐舌頭。

「你說什麼？」

「誰跟張純在一塊來著！」

「我也不好意罰你，你幫著她們掃地去，掃完了，快畫那張國恥地圖。不然我可真要……」先生頭也不抬，只顧改綴法的成績。

「先生！我不用掃地了，先畫地圖吧！開展覽會的時候，好讓大家看哪！你不是說，咱們國的人，都不知道愛國嗎？」

「也好！去畫吧！你們也都別哭了！還不快掃地去，掃完了好回家！」

小鈴兒同著她們一齊走出來，走不遠，就看見那幾個淘氣的男孩子，在牆根站著，向小鈴兒招手，低聲的叫著：「豹！豹！快來呀！我們都等急啦！」

「先生還讓我畫地圖哪！」

「什麼地圖，不來不行！」說話時一齊蜂擁上來，拉著小鈴兒向體操場去，他嘴直嚷：「不行！不行！先生要責備我呢！」

「練身體不是為挨打嗎？你沒聽過先生說嗎？什麼來著？對了：『斯巴達的小孩，把小貓藏在褲子裡，還不怕呢！』挨打是明天的事，先走吧！走！」張純一邊比方著，一邊說。

小鈴兒皺著眉，同大家來到操場犄角說道：「說吧！今天幹什麼？」

「今天可好啦！我探明白了！一個小鬼子，每天騎著小自行車，從咱們學校北牆外邊過，咱們想法子打他好不好？」張純說。

李進才搶著說：「我也知道，他是北街洋教堂的孩子。」

「別粗心咧！咱們都帶著學校的徽章，穿著制服，打他的時候，他還認不出來嗎？」小鈴兒說。

「好怯傢伙！大丈夫敢作敢當，再說先生責罰咱們，不會問他，你不是說雪國恥得打洋人嗎？」李進才指教員室那邊說。

「對！——可是倘若把衣裳撕了，我母親不打我嗎？」小鈴兒站起來，撣了撣身上的土。

「你簡直的不用去啦！這麼怯，將來還打日本哪？」王鳳起指著小鈴兒的臉說。

「幹哪！聽你們的！走……」小鈴兒紅了臉，同著大眾順著牆根溜出去，也沒顧拿書包。

第二天早晨，校長顯著極懊惱的神氣，在禮堂外邊掛了一塊白牌，上面寫著：「德森張純……不遵校規，糾眾群毆，……照章斥退……」

黑白李

愛情不是他們兄弟倆這檔子事的中心，可是我得由這兒說起。

黑李是哥，白李是弟，哥哥比弟弟大著五歲。倆人都是我的同學，雖然白李一入中學，黑李和我就畢業了。黑李是我的好友；因為常到他家去，所以對白李的事兒我也略知一二。五年是個長距離，在這個時代。這哥兒倆的不同正如他們的外號——黑，白。黑李要是「古人」，白李是現代的。他們倆並不因此打架吵嘴，可是對任何事的看法也不一致。黑李並不黑；只是在左眉上有個大黑痣。因此他是「黑李」；弟弟沒有那麼個記號，所以是「白李」；這在給他們送外號的中學生們看，是很邏輯的。其實他倆的臉都很白，而且長得極相似。

他倆都追她——恕不道出姓名了——她說不清到底該愛誰，又不肯說誰也不愛。於是大家替他們弟兄揑著把汗。明知他倆不肯吵架，可是愛情這玩藝是不講交情的。可是，黑李讓了。

我還記得清清楚楚：正是個初夏的晚間，落著點小雨，我去找他閒談，他獨自在屋裡坐著呢，面前擺著四個紅魚細磁茶碗。我們倆是用不著客氣的，我坐下吸煙，他擺弄那四個碗。轉轉這個，轉轉那個，把紅魚要一點不差的朝著他。擺好，身子往後仰一仰，像畫家設完一層色那麼退後看看。然後，又逐一的轉開，把另一面的魚們擺齊。又往後仰身端詳了一番，回過頭來向我笑了笑，笑得非常天真。

他愛弄這些小把戲。對什麼也不精通，可是什麼也愛動一動。他並不假充行家，只信這可以養性。不錯，他確是個好脾性的人。有點小玩藝，比如黏補舊書等等，他就平安的消磨半日。

叫了我一聲，他又笑了笑，「我把她讓給老四了，」按著大排行，白李是四爺，他們的伯父屋中還有弟兄呢。「不能因為個女子失了兄弟們的和氣。」

「所以你不是現代人，」我打著哈哈說。

「不是；老狗熊學不會新玩藝了。三角戀愛，不得勁兒。我和她說了，不管她是愛誰，我從此不再和她來往。覺得很痛快！」

「沒看見過這麼講戀愛的。」

「你沒看見過？我還不講了呢。幹她的去，反正別和老四鬧翻了。將來咱倆要來這麼一齣的話，希望不是你收兵，就是我讓了。」

「於是天下就太平了？」

我們笑開了。

過了有十天吧，黑李找我來了。我會看，每逢他的腦門發暗，必定是有心事。每逢有心事，我倆必喝上半斤蓮花白。我趕緊把酒預備好，因為他的腦門不大亮嘛。

喝到第二盅上，他的手有點哆嗦。這個人的心裡存不住事。遇上點事，他極想鎮定，可是臉上還洩露出來。他太厚道。

「我剛從她那兒來，」他笑著，笑得無聊；可還是真的笑，因為要對個好友道出胸中的悶氣。這個人若沒有好朋友，是一天也活不了的。

我並不催促他；我倆說話用不著忙，感情都在話中間那些空子裡流露出來呢。彼此對看著，一齊微笑，神氣和默默中的領悟，都比言語更有分量。要不怎麼白李一見我倆喝酒就叫我們「一對糟蛋」呢。

「老四跟我好鬧了一場，」他說，我明白這個「好」字——第一他不願說兄弟間吵了架，第二不願只說弟弟不對，即使弟弟真是不對。這個字帶出不願說而又不能不說的曲折。「因為她。我不好，太不明白女子心理。那天不是告訴你，我讓了嗎？我是居心無愧，她可出了花樣。她以為我是特意羞辱她。你說對了，我不是現代人，我把戀愛看成該怎樣就怎樣的事，敢情人家女子願意『大家』在後面追隨著。她恨上了我。這麼報復一下——我放棄了她，她斷絕了老四。老四當然跟我鬧了。所以今天又找她去，請罪。她罵我一頓，出出氣，或者還能和老四言歸於好。我這麼希望。哼，她沒罵我。她還叫我和老四都作她的朋友。這個，我不能幹，我並沒這麼明對她講，我上這兒跟你說說。我不幹，她自然也不再理老四。老四就得再跟我鬧。」

「沒辦法！」我替他補上這一小句。過了一會兒，「我找老四一趟，解釋一下？」

「也好。」他端著酒盅楞了會兒，「也許沒用。反正我不再和她來往。老四再跟我鬧呢，我不言語就是了。」

我們倆又談了些別的，他說這幾天正研究宗教。我知道他的讀書全憑興之所至，我決不會因為談到宗教而想他有點厭世，或是精神上有什麼大的變動。

哥哥走後，弟弟來了。白李不常上我這兒來，這大概是有事。他在大學還沒畢業，可是看起來比黑李精明著許多。他這個人，叫你一看，你就覺得他應當到處作領袖。每一句話，他不是領導著你走上他所指出的路子，便是把你綁在斷頭台上。他沒有客氣話，和他哥哥正相反。

我對他也不便太客氣了，省得他說我是糟蛋。

「老二當然來過了？」他問；黑李是大排行行二。「也當然跟你談到我們的事？」我自然不便急於回答，因為有兩個「當然」在這裡。果然，沒等我回答，他說了下去：「你知道，我是借題發揮？」

我不知道。

「你以為我真要那個女人嗎？」他笑了，笑得和他哥哥一樣，只是黑李的笑向來不帶著這不屑於對我笑的勁兒。「我專為和老二搗亂，才和她來往；不然，誰有工夫招呼她？男與女的關係，從根兒上說，還不是……？為這個，我何必非她不行？老二以為這個關係應當叫作神聖的，所以他鄭重地向她磕頭，及至磕了一鼻子灰，又以為我也應當去磕，對不起，我沒那個癮！」他哈哈的笑起來。

我沒笑，也不敢插嘴。我很留心聽他的話，更注意看他的臉。臉上處處像他哥哥，可是那股神氣又完全不像他的哥哥。這個，使我忽而覺得是和一個頂熟識的人說話，忽而又像和個生人對坐著。我有點不舒坦——看著個熟識的面貌，而找不到那點看慣了的神氣。

「你看，我不磕頭，得機會就吻她一下。她喜歡這個，至少比受幾個頭更過癮。不過，這不是正筆。正文是這個，你想我應當老和二爺在一塊兒嗎？」

我當時回答不出。

他又笑了笑——大概心中是叫我糟蛋呢。「我有我的志願，我的計劃；他有他的。頂好是各走各的路，是不是？」

「是；你有什麼計劃？」我好容易想起這麼一句；不然便太僵得慌了。

「計劃，先不告訴你。得先分家，以後你就明白我的計劃了。」

「因為要分居，所以和老二吵；借題發揮？」我覺得自己很聰明似的。

他笑著點了頭；沒說什麼，好像準知道我還有一句呢。我確是有一句：「為什麼不明說，而要吵呢？」

「他能明白我嗎？你能和他一答一和的說，我不行。我一說分家，他立刻就得落淚。然後，又是那一套──母親去世的時候，說什麼來著？不是說咱倆老得和美嗎？他必定說這一套，好像活人得叫死人管著似的。還有一層，一聽說分家，他管保不肯，而願把家產都給了我，我不想佔便宜，他老拿我當作『弟弟』，老拿自己的感情限定住別人的行動，老假裝他明白我，其實他是個時代落伍者。這個時代是我的，用不著他來操心管我。」他的臉上忽然的很嚴肅了。

看著他的臉，我心中慢慢地起了變化──白李不僅是看不起「倆糟蛋」的狂傲少年了，他確是要樹立住自己。我也明白過來，他要是和黑李慢慢地商量，必定要費許多動感情的話，要講許多弟兄間的情義，即使他不講，黑李總要講的。與其這樣，還不如吵，省得拖泥帶水；他要一刀兩斷，各自奔前程。再說，慢慢地商議，老二決不肯乾脆地答應。老四先吵嚷出來，老二若還不幹，便是顯著要霸佔弟弟的財產了。猜到這裡，我心中忽然一亮：「你是不是叫我對老二去說？」

「一點不錯。省得再吵。」他又笑了。「不願叫老二太難堪了，究竟是弟兄。」似乎他很不喜歡說這末後的兩個字——弟兄。

我答應了給他辦。

「把話說得越堅決越好。二十年內，我倆不能作弟兄。」他停了一會兒，嘴角上擠出點笑來。「也給老二想了，頂好趕快結婚，生個胖娃娃就容易把弟弟忘了。二十年後，我當然也落伍了，那時候，假如還活著的話，好回家作叔叔。不過，告訴他，講戀愛的時候要多吻，少磕頭，要死追，別死跪著。」他立起來，又想了想，「謝謝你呀。」他叫我明明的覺出來，這一句是特意為我說的，他並不負要說的責任。

為這件事，我天天找黑李去。天天他給我預備好蓮花白。吃完喝完說完，無結果而散。至少有半個月的工夫是這樣。我說的，他都明白，而且願意老四去創練創練。可是臨完的一句老是「捨不得老四呀！」

「老四的計劃？計劃？」他走過來，走過去，這麼念道。眉上的黑痣夾陷在腦門的皺紋裡，看著好似縮小了些。「什麼計劃呢？你問問他，問明白我就放心了。」

「他不說，」我已經這麼回答過五十多次了。

「不說便是有危險性！我只有這麼一個弟弟！叫他跟我吵吧，吵也是好的。從前他不這樣，就是近來才和我吵。大概還是為那個女的！勸我結婚？沒結婚就鬧成這樣，還結婚！什麼計劃呢？真！分家？他愛要什麼拿什麼好了。大概是我得罪了他，我雖不跟他吵，我知道我也有我的主張。什麼計劃呢？他要怎樣就怎樣好了，何必分家……」

這樣來回磨，一磨就是一點多鐘。他的小玩藝也一天比一天增多：占課，打卦、測字、研究宗教……什麼也沒能幫助他推測出老四的計劃，只添了不少的小恐怖。這可並不是說，他顯著怎樣的慌張。不，他依舊是那麼婆婆媽媽的。他的舉止動作好像老追不上他的感情，無論心中怎樣著急，他的動作是慢的，慢得彷彿是拿生命當作玩藝兒似的逗弄著。

我說老四的計劃是指著將來的事業而言，不是現在有什麼具體的辦法。他搖頭。

就這麼耽延著，差不多又過了一個多月。

「你看，」我抓住了點理，「老四也不催我，顯然他說的是長久之計，不是馬上要幹什麼。」

他還是搖頭。

時間越長，他的故事越多。有一個禮拜天的早晨，我看見他進了禮拜堂。也許是看朋友，我想。在外面等了他一會兒。他沒出來。不便再等了，我一邊走一邊想：老李必是受了大的刺激——失戀，弟兄不和，或者還有別的。只就我知道的這兩件事說，大概他已經支持不下去了。他的動作彷彿是拿生命當作小玩藝，那正是因他對任何小事都要慎重地考慮。茶碗上的花紋擺不齊都覺得不舒服。哪一件小事也得在他心中擺好，擺得使良心上舒服。上禮拜堂去禱告，為是堅定良心。良心是古聖先賢給他製備好了的，可是他又不願將一切新事新精神一筆抹殺。結果，他「想」怎樣，老不如「已是」怎樣來得現成，他不知怎樣才好。他大概是真愛她，可是為了弟弟，不能不放棄她，而且失戀是說不出口的。他常對我說，「咱們也坐一回飛機。」

說完，他一笑，不是他笑呢，是「身體髮膚，受之父母」笑呢。

過了晌午，我去找他。按說一見面就得談老四，在過去的一個多月都是這樣。這次他變了花樣，眼睛很亮，臉上有點極靜適的笑意，好像是又買著一冊善本的舊書。「看見你了，」我先發了言。

他點了點頭，又笑了一下，「也很有意思！」

什麼老事情被他頭次遇上，他總是說這句。對他講個鬧鬼的笑話，也是「很有意思！」他不和人家辯論鬼的有無，他信那個故事，「說不定世上還有比這更奇怪的事」。據他看，什麼事都是可能的。因此，他接受的容易，可就沒有什麼精到的見解。他不是不想多明白些，但是每每在該用腦筋的時候，他用了感情。

「道理都是一樣的，」他說，「總是勸人為別人犧牲。」

「你不是已經犧牲了個愛人？」我願多說些事實。

「那不算，那是消極的割捨，並非由自己身上拿出點什麼來。這十來天，我已經讀完『四福音書』。我也想好了，我應當分擔老四的事，不應當只是不准他離開我。你想想吧，設若真是專為分家產，為什麼不來跟我明說？」

「他怕你不幹，」我回答。

「不是！這幾天我用心想過了，他必是真有個計劃，而且是有危險性的。所以他要一刀兩斷，以免連累了我。你以為他年輕，一沖子性？他正是利用這個騙咱們；他實在是體諒我，不肯使我受屈。把我放在安全的地方，他好獨作獨當地去幹。必定是這樣！我不能撒手他，我得為他犧牲，母親臨去世的時候——」他沒往下說，因為知道我已聽熟了那一套。

我真沒想到這一層。可是還不深信他的話；焉知他不是受了點宗教的刺激而要充分地發泄感情呢？

我決定去找白李，萬一黑李猜得不錯呢！是，我不深信他的話，可也不敢耍玄虛。怎樣找也找不到白李。學校、宿舍、圖書館、網球場、小飯鋪，都看到了，沒有他的影兒。和人們打聽，都說好幾天沒見著他。這又是白李之所以為白李；黑李要是離家幾天，連好朋友們他也要通知一聲。白李就這麼人不知鬼不覺地不見了。我急出一個主意來——上「她」那裡打聽打聽。

她也認識我，因為我常和黑李在一塊兒。她也好幾天沒見著白李。她似乎很不滿意李家兄弟，特別是對黑李。我和她打聽白李，她偏跟我談論黑李。我看出來，她確是注意——假如不是愛——黑李。大概她是要圈住黑李，作個標本。有比他強的呢，就把他免了職；始終找不到比他高明的呢，最後也許就跟了他。這麼一想，雖然只是一想，我就沒乘這個機會給他和她再撮合一下；按理說應當這麼辦，可是我太愛老李，總覺得他值得娶個天上的仙女。

從她那裡出來，我心中打開了鼓。白李上哪兒去了呢？不能告訴黑李！一叫他知道了，他能立刻登報找弟弟，而且要在半夜裡起來占課測字。可是，不說吧，我心中又癢癢。乾脆不找他去？也不行。

走到他的書房外邊，聽見他在裡面哼唧呢。他非高興的時候不哼唧著玩。可是他平日哼唧，不是詩便是那句代表一切歌曲的「深閨內，端的是玉無瑕」，這次的哼唧不是這些。我細聽了聽，他是練習聖詩呢。他沒有音樂的耳朵，無論什麼，到他耳中都是一個調兒。他唱出的時候，自然也還是一個調兒。無論怎樣吧，反正我知道他現在是很高興。為什麼事高興呢？

我進到屋中，他趕緊放下手中的聖詩集，非常的快活：「來得正好，正想找你去呢！老四剛走。跟我要了一千塊錢去。沒提分家的事，沒提！」

顯然他是沒問過弟弟，那筆錢是幹什麼用的。要不然他不能這麼痛快。他必是只求弟弟和他同居，不再管弟弟的行動；好像即使弟弟有帶危險性的計劃，只要不分家，便也沒什麼可怕的了。我看明白了這點。

「禱告確是有效，」他鄭重地說。「這幾天我天天禱告，果然老四就不提那回事了。即使他把錢都扔了，反正我還落下個弟弟！」

我提議喝我們照例的一壺蓮花白。他笑著搖搖頭：「你喝吧，我陪著吃菜，我戒了酒。」

我也就沒喝，也沒敢告訴他，我怎麼各處去找老四。老四既然回來了，何必再說？可是我又提起「她」來。他連接碴兒也沒接，只笑了笑。

對於老四和「她」，似乎全沒有什麼可說的了。他給我講了些《聖經》上的故事。我一面聽著，一面心中嘀咕——老李對弟弟與愛人所取的態度似乎有點不大對；可是我說不出所以然來。我心中不十分安定，一直到回在家中還是這樣。又過了四五天，這點事還在我心中懸著。

有一天晚上，王五來了。他是在李家拉車，已經有四年了。

王五是個誠實可靠的人，三十多歲，頭上有塊疤——據說是小時候被驢給啃了一口。除了有時候愛喝口酒，他沒有別的毛病。

他又喝多了點，頭上的疤都有點發紅。

「幹嗎來了，王五？」我和他的交情不錯，每逢我由李家回來得晚些，他總張羅把我拉回來，我自然也老給他點「酒錢」。

「來看看你，」說著便坐下了。

我知道他是來告訴我點什麼。「剛沏上的茶，來碗？」

「那敢情好；我自己倒；還真有點渴。」

我給了他支煙卷，給他提了個頭兒：「有什麼事吧？」

「哼，又喝了兩壺，心裡癢癢；本來是不應當說的事！」他用力吸了口煙。

「要是李家的事，你對我說了準保沒錯。」

「我也這麼想，」他又停頓了會兒，可是被酒氣催著，似乎不能不說：「我在李家四年零三十五天了！現在叫我很為難。二爺待我不錯，四爺呢，簡直是我的朋友。所以不好辦。四爺的事，不准告訴二爺；二爺又是那麼傻好的人。對二爺說吧，又對不起四爺——我的朋友。心裡別提多麼為難了！論理說呢，我應當向著四爺。二爺是個好人，不錯；可究竟是個主人。多麼好的主人也還是主人，不能肩膀齊為弟兄。他真待我不錯，比如說吧，在這老熱天，我拉二爺出去，他總設法在半道上耽擱會兒，什麼買包洋火呀，什麼看看書攤呀，為什麼？為是叫我歇歇，喘喘氣。要不，怎說他是好主人呢。他好，咱也得敬重他，這叫作以好換好。久在街上混，還能不懂這個？」

我又讓了他碗茶，顯出我不是不懂「外面」的人。他喝完，用煙卷指著胸口說：「這兒，咱這兒可是愛四爺。怎麼呢？四爺年輕，不拿我當個拉車的看。他們哥兒倆的勁兒——心裡的勁兒——不一樣。二爺吧，一看天氣熱就多叫我歇會兒，四爺就不管這一套，多麼熱的天也得拉著他飛跑。可是四爺和我聊起來的時候，他就說，憑什麼人應當拉著人呢？他是為我們拉車的——天下的拉車的都算在一塊兒——抱不平。二爺對『我』不錯，可想不到大傢伙兒。所以你看，二爺來的小，四爺來的大。四爺不管我的腿，可是管我的心；二爺是家長裡短，可憐我的腿，可不管這兒。」他又指了指心口。

我曉得他還有話呢，直怕他的酒氣教釅茶給解去，所以又緊了他一板：「往下說呀，王五！都說了吧，反正我還能拉老婆舌頭？」

他摸了摸頭上的疤，低頭想了會兒。然後把椅子往前拉了拉，聲音放得很低：「你知道，電車道快修完了？電車一開，我們拉車的全玩完！這可不是為我自個兒發愁，是為大傢伙兒。」他看了我一眼。

我點了點頭。

「四爺明白這個；要不怎麼我倆是朋友呢。四爺說：王五，想個辦法呀！我說：四爺，我就有一個主意，揍！四爺說：王五，這就對了！揍！一來二去，我們可就商量好了。這我不能告訴你。我要說的是這個，」他把聲音放得更低了，「我看見了，偵探跟上了四爺！未必是為這件事，可是叫偵探跟著總不妥當。這就來到難辦的地方了：我要告訴二爺吧？對不起四爺；不告訴吧？又怕把二爺也饒在裡面。簡直的沒法兒！」把王五支走，我自己琢磨開了。

黑李猜的不錯，白李確是有個帶危險性的計劃。計劃大概不一定就是打電車，他必定還有厲害的呢。所以要分家，省得把哥哥拉扯在內。他當然是不怕犧牲，也不怕別人犧牲，可是還不肯一聲不發的犧牲了哥哥——把黑李犧牲了並無濟於事。現在，電車的事來到眼前，連哥哥也顧不得了。我怎辦呢？警告黑李是適足以激起他的愛弟弟的熱情。勸白李，不但沒用，而且把王五擱在裡邊。

事情越來越緊了，電車公司已宣佈出開車的日子。我不能再耗著了，得告訴黑李去。

他沒在家，可是王五沒出去。

「二爺呢？」

「出去了。」

「沒坐車？」

「好幾天了，天天出去不坐車！」

由王五的神氣，我猜著了：「王五，你告訴了他？」王五頭上的疤都紫了：「又多喝了兩盅，不由的就說了。」

「他呢？」

「他直要落淚。」

「說什麼來著？」

「問了我一句——老五，你怎樣？我說，王五聽四爺的。他說了聲，好。別的沒說，天天出去，也不坐車。」我足足的等了三點鐘，天已大黑，他才回來。

「怎樣？」我用這兩個字問到了一切。

他笑了笑，「不怎樣。」

決沒想到他這麼回答我。我無須再問了，他已決定了辦法。我覺得非喝點酒不可，但是獨自喝有什麼味呢。我只好走吧。臨別的時候，我提了句：「跟我出去玩幾天，好不好？」

「過兩天再說吧。」他沒說別的。

感情到了最熱的時候是會最冷的。想不到他會這樣對待我。

電車開車的頭天晚上，我又去看他。他沒在家，直等到半夜，他還沒回來。大概是故意地躲我。

王五回來了，向我笑了笑，「明天！」

「二爺呢？」

「不知道。那天你走後，他用了不知什麼東西，把眉毛上的黑痦子燒去了，對著鏡子直出神。」

完了，沒了黑痣，便是沒有了黑李，不必再等他了。我已經走出大門，王五把我叫住：「明天我要是——」他摸了摸頭上的疤，「你可照應著點我的老娘！」

約莫五點多鐘吧，王五跑進來，跑得連褲子都濕了。「全——揍了！」他再也說不出話來。直喘了不知有多少工夫，他才緩過氣來，抄起茶壺對著嘴喝了一氣。「啊！全揍了！馬隊衝下來，我們才散。小馬六叫他們拿去了，看得真真的。我們吃虧沒有傢伙，專仗著磚頭哪行！小馬六要玩完。」

「四爺呢？」我問。

「沒看見。」他咬著嘴唇想了想。「哼，事鬧得不小！要是拿的話呀，準保是拿四爺，他是頭目。可也別說，四爺並不傻，別看他年輕。小馬六要玩完，四爺也許不能。」

「也沒看見二爺？」

「他昨天就沒回家。」他又想了想，「我得在這兒藏兩天。」

「那行。」

第二天早晨，報紙上登出——砸車暴徒首領李——當場被獲，一同被獲的還有一個學生，五個車夫。

王五看著紙上那些字，只認得一個「李」字，「四爺玩完了！四爺玩完了！」低著頭假裝抓那塊疤，淚落在報上。

消息傳遍了全城，槍斃李——和小馬六，遊街示眾。

毒花花的太陽，把路上的石子曬得燙腳，街上可是還擠滿了人。一輛敞車上坐著兩個人，手在背後捆著。土黃制服的巡警，灰色制服的兵，前後押著，刀光在陽光下發著冷氣。車越走越近了，兩個白招子隨著車輕輕地顫動。前面坐著的那個，閉著眼，額上有點汗，嘴唇微動，像是禱告呢。車離我不遠，他在我面前坐著擺動過去。我的淚迷住了我的心。等車過去半天，我才醒了過來，一直跟著車走到行刑場。他一路上連頭也沒抬一次。

他的眉皺著點，嘴微張著，胸上汪著血，好像死的時候正在禱告。我收了他的屍。

過了兩個月，我在上海遇見了白李，要不是我招呼他，他一定就跑過去了。

「老四！」我喊了他一聲。

「啊？」他似乎受了一驚。「嘔，你？我當是老二復活了呢。」

大概我叫得很像黑李的聲調，並非有意的，或者是在我心中活著的黑李替我叫了一聲。白李顯著老了一些，更像他的哥哥了。我們倆並沒說多少話，他好似不大願意和我多談。只記得他的這麼兩句：「老二大概是進了天堂，他在那裡頂合適了；我還在這兒砸地獄的門呢。」

「火」車

除夕。陰曆的，當然；國曆的那個還未曾算過數兒。火車開了。車悲鳴，客輕歎。有的算計著：七，八，九，十；十點到站，夜半可以到家；不算太晚，可是孩子們恐怕已經睡了；架上放著罐頭，乾鮮果品，玩具；看一眼，似乎聽到喚著「爸」，呆呆的出神。有的知道天亮才能到家，看看車上的人，連一個長得像熟人的都沒有；到家，已是明年了！有的……車走得多慢！心已到家一百多次了，身子還在車上；吸煙，喝水，打哈欠，盼望，盼望，扒著玻璃看看，漆黑，渺茫；回過頭來，大家板著臉；低下頭，淚欲流，打個哈欠。

二等車上人不多。胖胖的張先生和細瘦的喬先生對面坐著。二位由一上車就把絨毯鋪好，為獨據一條凳。及至車開了，而車上旅客並不多，二位感到除夕奔馳的淒涼，同時也微覺獨占一凳的野心似乎太小了些。同病相憐：二人都拿著借用免票，而免票早一天也匀不出來。意見相合：有免票的人教你等到年底，你就得等到年底；而有免票的人就是願意看朋友乾著急，等得冒火！同聲慨歎：今日的朋友——哼，朋友！——遠非昔日可比了，免票非到除夕不撒手，還得搭老大的人情呀！一齊點頭：把誤了過年的罪過統統歸到朋友身上；平常日子借借免票，倒還順利，單等到年底才咬牙，看人一手兒！一齊沒好意思出聲：真他媽的！

胖張先生脫下狐皮馬褂，想盤腿坐一會兒；太胖，坐不牢；車上也太熱，胖腦門上掛了汗：「茶房，打把手巾！」又對瘦喬先生：「車裡老弄這麼熱幹嗎？坐飛機大概可以涼爽一點。」

喬先生早已脫去大衣，穿著西皮筩的皮袍，套著青緞子坎肩，並不覺得熱：「飛機也有免票，不難找；可是，」瘦瘦的一笑。

「總以不冒險的為是！」張先生試著勁兒往上盤兩隻胖腿，還不易成功。「茶房，手巾！」

茶房——四十多歲，脖子很細很長，似乎可以隨時把腦袋摘下來，再安上去，一點也不費事——攥著滿手的熱毛巾，很想熱心服務，可是委屈太大了，一進門便和小崔聊起來：「看見了沒有？二十七，二十八，連跟了兩次車，算計好了大年三十歇班。好，事到臨期，劉先生上來了：老五，三十還得跑一趟呀！唉，看見了沒有？路上一共六十多夥計，單短我這麼一個！過年不過，沒什麼；單說這股子別扭勁！」

長脖子往胖張先生那邊探了探，毛巾換了手，揭起一條來，讓小崔：「擦一把！我可就對劉先生說了：過年不過沒什麼，大年三十『該』我歇班；跑了一年的車了，恰好趕上這麼個巧當兒！六十多夥計，單缺我……」

長脖子像倒流瓶兒似的，上下咕嚕著氣泡，憋得很難過。把小崔的毛巾接過來，才又說出話來：「媽的不用混了，不幹了，告訴你，事情媽的來得邪！一年到頭，好容易……」

小崔的綠臉上泛出一點活兒氣來，幾乎可以當作笑意；頭微微的點著，又要往橫下裡搖著；很想同情於老五，而決不肯這麼輕易的失去自己的圓滑。自車長至老五，連各站上的掛鉤的，都是小崔的朋友，他的瘦綠臉便是二等車票，就是鬧到鐵道部去大概也沒人能否認這張特別車票的價值，正如同誰也曉得他身上老帶著那麼一二百兩煙土而不能不承認他應當帶著。小崔不能得罪人，對朋友們的委屈他都曉得，可就是不能給任何人太大的臉，而引起別人吃醋。他，誰也不得罪，所以誰也不怕；小崔這張車票——或是綠臉——印著全部人生的智慧。

「×，誰不是一年到頭窮忙！」小崔想道出些自家的苦處，給老五一點機會抒散抒散心中的怨恨，像亞里士多德所說的悲劇的效果那樣：「我還不是這樣？大年三十還得跑這麼一趟！這還不提，明天，大年初一，媽的還得看小紅去！人家初一出門朝著財神爺走，咱去找那個臭×，×！」綠嘴唇咧開，露出幾個烏牙；綠嘴唇並上，鼓起，拍，一口吐液，唾在地上。

老五果然忘了些自家的委屈，同病相憐，向小崔顫了顫長脖子，近似善表情的駱駝。毛巾已涼，回去從新用熱水澆過；回來，經過小崔的面前，不再說什麼，只微一閉眼，尚有餘怨。車搖了一下，他身子微偏，把自己投到苟先生身旁。「擦一把！大年三十才動身？」問苟先生，以便重新引起自己的牢騷，對苟先生雖熟，而熟的程度不似對小崔那麼高，所以須小小的繞個彎兒。

苟先生很體面，水獺領的青呢大衣還未曾脫去，嶄新的青緞子小帽也還在頭上，衣冠齊楚，端坐如儀，像坐在台上，等著向大家致詞的什麼大會主席似的。接過毛巾，手伸出老遠，為是把大衣的袖子縮短一些；然後，胳臂不往回蜷，而畫了個大半圓圈，手找到了臉，擦得很細膩而氣派。把臉擦亮，更顯出方頭大耳朵的十分體面。只對老五點了點頭，沒有解釋為什麼在除夕旅行的必要。

「您看我們這個苦營生！」老五不願意把苟先生放過去，可也不便再重述剛才那一套，更要把話說得有尺寸，正好於敬意之中帶著些親熱：「三十晚上該歇，還不能歇！沒辦法！」接過來手巾：「您再來一把？」

苟先生搖了搖頭，既拒絕了第二把毛巾，又似乎是為老五傷心，還不肯說什麼。路上誰不曉得苟先生是宋段長的親戚，白坐二等車是當然的，而且要拿出點身分，不能和茶房一答一和的談天。

老五覺得苟先生只搖了搖頭有點發禿，可是宋段長的親戚既已只搖了頭也就得設法認為滿意。車又搖動得很厲害，他走著浪木似的走到車中間，把毛巾由麻花形抖成長方，輕巧而鄭重的提著兩角：「您擦吧？」張先生的胖手心接觸到毛巾最熱的部分，往臉上一捂，而後用力的擦，像擦著一面鏡子。「您——」老五讓喬先生。喬先生不大熱心擦臉，只稍稍的把鼻孔中與指甲裡的細膩而肥美的，可以存著也可以不存著的黑物讓給了毛巾。

「待會兒就查票，」老五不便於開口就對生客人發牢騷，所以稍微往遠處支了一筆：「查過票去，二位該歇著了；要枕頭自管言語一聲。車上沒什麼人，還可以睡一會兒。大年三十，您二位也在車上過了！我們跟車……無法！」不便說得太多了，看看二位的神氣再講。又遞給張先生一把，張先生不願再賣那麼大力量，可是剛推過的短髮上還沒有擦過，需要擦幾把，而頭皮上是須用力氣的；很勉強，擦完，吐了口氣。喬先生沒要第二把，怕力氣都教張先生賣了，乃輕輕的用剛被毛巾擦過的指甲剔著牙。

「車上幹嗎弄這麼熱?!」張先生把毛巾扔給老五。

「您還是別開窗戶；一開，準著涼！車上的事，沒人管，我告訴您！」老五急轉直下的來到本題：「您就說，一年到頭跑車，好容易盼著大年三十歇一天，好，得了，什麼也甭說了……」

老五的什麼也甭說了也一半因為車到了一小站。

三等車下去幾個人，都背著包，提著籃，匆匆的往站外走，又忽然猶豫了一下，唯恐落在車上一點什麼東西。不下車的扒著玻璃往外看，有點羨慕人家已到了家，而急盼著車再快開了。二等車上沒有下去的，反倒上來七八個軍人，皮鞋山響，皮帶油亮，搭上來四包特別加大的花炮，血紅的紙包，印著金字。花炮太大，放在哪裡也不合適，皮鞋亂響，前後左右挪動，語氣粗壯，主意越多越沒有決定。「就平放在地上！」營副發了言。

「放在地上！」排長隨著。一齊彎腰，立直，拍拍，立正敬禮。

營副還禮：「好啦，回去！」

排長還禮：「回去！」皮鞋亂響，灰帽，灰裹腿，皮帶，一齊往外活動。「快下！」嚕——笛聲：悶——車頭放響。燈光，人影，輪聲，浮動。車又開了。

老五似乎有事，又似乎沒事，由這頭走到那頭，看了看營副及排長，又看了看地上的爆竹，沒敢言語，坐下和小崔聊起來。他還是抱怨那一套，把不能歇班的經過又述說了一回，比上次更詳細滿意。小崔由小紅說到大喇叭，都是臭×。

老五心中微微有點不放心那些爆竹，又蹓回來。營副已然臥倒，似乎極疲乏，手槍放在小几上。排長還不敢臥倒，只摘了灰帽，拚命的抓頭皮。老五沒敢驚動營副，老遠就向排長發笑：「那什麼，我把這些炮放在上面好不好？」

「幹嗎？」排長正把頭皮抓到歪著嘴吸氣的程度。

「怕教人給碰了，」老五縮著脖子說。

「誰敢碰?!幹嗎碰?!」排長的單眼皮的眼瞪得極大而並不威嚴。

「沒關係，」老五像頭上壓了塊極大的石頭，笑得臉都扁了，「沒關係！您這是上哪兒？」

「找揍！」排長心中極空洞，而覺得應當發脾氣。老五知道沒有找揍的必要，輕輕的退到張先生這邊：「這就查票了，您哪。」

張先生此時已和喬先生一胖一瘦的說得挺投緣。張先生認識子清，喬先生也認識子清，說起來子清還是喬先生的遠親呢。由子清引出千臣，張先生喬先生又都曉得千臣：坐下就能打二十圈，輸掉了腦袋，人家千臣不能使勁摔一張牌，老那麼笑不唧兒的，外場人，絕頂聰明。嗯，是去年，還是前年，千臣還娶了個人兒，漂亮，俐落！千臣是把手，朋友！查票：頭一位，金箍帽，白淨子，板著臉，往遠處看。第二位，金箍帽，黑矮子，滿臉笑意，想把頭一位金箍帽的硬氣調劑一下；三等車，二金箍帽的臉都板起；二等車，一板一開；頭等車，都笑。第三位，天津大漢，手槍，皮帶，子彈俱全；第四位，山東大漢，手槍，子彈，外加大刀。第五位，老五，細長脖挺也不好，縮也不好，勉強向右邊歪著。從小崔那邊進來的。

小崔的綠臉烏牙早在大家的記憶中，現在又見著了，小崔笑，大家反倒稍覺不得勁。頭號金箍帽，眼視遠處，似略有感觸，把手中銀亮的小剪子在腿上輕碰。第二金箍帽和小崔點點頭。天津大漢一笑，趕緊板臉，似電燈的忽然一明一滅。山東大漢的手摸了摸帽沿，有許多話要對小崔說，暫且等回兒，眼神很曲折。老五似乎很替小崔難堪，所以須代大家向他道歉：

「坐，坐，沒多少客人，回來說話！」小崔略感孤寂，綠臉上黑了一下，坐下。

老五趕到面前去：「荀先生！」

頭號金箍帽覺得老五太張道好事，手早交給荀先生：「段長好吧？怎麼今天才動身？」荀先生笑，更體面了許多，手退回來，拱起，有聲無字說了些什麼，客氣的意思很可以使大家想像到。二位大漢楞著，怪僵，搭不上話，微身分不夠，但維持住尊嚴，腰挺得如板。老五看準了當兒，輕步上前，報告張喬二位先生，查票。接過來，知是免票。乃特別加緊的恭敬。張先生的票退回；喬先生的稍遲，因為票上注明是女性，而喬先生是男子漢，實無可疑。二金箍帽的頭稍湊近一處，極快的離開，暗中諒解：除夕原可女變為男。老五雙手將票遞回，甚多歉意。

營副已打呼。排長見查票的來到，急把腳放在椅上，表示就寢，不可驚動。大家都視線下移，看地上的巨炮。山東大漢點頭佩服，爆竹真長且大。天津大漢對二號金箍帽：「準是給曹旅長送去的！」聽者無異議，一齊過去。

到了車門，頭號金箍帽下令給老五：「教他們把炮放到上邊去！」

二號金箍帽補充上，亦可以略減老五的困難：「你給他們搬上去！」

老五連連點頭，脖子極靈動，口中不說，心裡算好：「你們既不敢去說，我只好點頭而已；點頭與作不作向來相距很遠。」

天津大漢最為慎重：「準是給曹旅長送去的。」

老五心中透亮，知爆竹必不可動。

老五回到小崔那裡，由綠臉上的銹暗，他看出小崔需要一杯開水。沒有探問，他就把開水拿來。小崔已顧不得表示謝意，掏出來——連老五也沒看清——一點什麼，右手大拇指按在左手的手心上，左手彎如一弓鞋；咧嘴，臉綠得要透白，有汗氣，如受熱放芽之洋蔥。弓鞋扣在嘴上，微有起落，閉目，唇就水盃，瘦腮稍作漱勢；納氣，喉內作響；睜開眼，綠臉上分明有笑紋。

「比飯要緊！」老五歪著頭讚歎。

「比飯要緊！」小崔神足，所以話也直爽。

苟先生沒法再不脫去大衣。脫下，眼珠欲轉而定，欲定而轉，一面是想把大衣放在最妥當的地方，一面是展示自己的態度臃重。衣鉤太低，掛上去，衣的下半截必窩在椅上，或至出一二小摺。平放在空椅上，又嫌離自己稍遠，減少水獺領與自己的親密關係，亦不能久放在懷中，正如在公眾場所不便置妾於膝上。不能決定。眼珠向上轉去，架上放著自己的行李十八件：四卷，五籃，二小筐，二皮箱，一手提箱，二瓶，一報紙包，一書皮紙包！一！二！三！四……占地方長約二丈餘，沒有壓擠之虞，尚滿意。大衣仍在懷中，幾乎無法解決，更須端坐。

快去過年，還不到家！快去過年，還不到家！輪聲這樣催動。可是跑得很慢。星天起伏，山樹村墳集團的往後急退，衝開一片黑暗，奔入另一片黑暗；上面灰煙火星急躁的冒出，後退；下面水點白氣流落，落在後邊；跑，跑，不喘氣，飛馳。一片黑，黑得複雜，過去了；一邊黑，黑得空洞，過去了。一片積雪，一列小山，明一下，暗一下，過去了。但是，還慢，還慢，快去過年，還不到家！車上，燈明，氣暖，人焦躁；沒有睡意，快去過年，還不到家！辭歲，祭神，拜祖，春聯，爆竹，餃子，雜拌兒，美酒佳餚，在心裡，在口中，在耳旁，在鼻端，剛要笑，轉成愁，身在車上，快去過年，還不到家！車外，黑影，黑影，星天起伏，積雪高低，沒有人聲，沒有車馬，全無所見，一片退不完，走不盡的黑影，抱著扯著一列燈明氣暖的車，似永不撒手，快去過年，還不到家……

張先生由架上取下兩瓶白酒來，一邊涮茶碗，一邊說：「弟兄一見如故！咱們喝喝。到家過年，在車上也得過年，及時行樂！嘗嘗！真正二十年營口原封，買不到，我和一位『滿洲國』的大官勻來的。來，殺口！」

喬先生不好意思拒絕，也不好意思就這麼接著。眼看著碗，手沒處放，心裡想主意。他由架上取下個大紙包來，輕輕的打開，裡面還有許多小紙包，逐一的用手指摸過，如藥舖夥計抓完了藥對著藥方摸摸藥包那樣。摸準了三包：乾荔枝，金絲棗，五香腐乾，都打開，對著酒碗才敢發笑：「一見如故！彼此不客氣了！」

張先生的胖手捏破了一個荔枝，拍，響得有意思，恰似過年時節應有的響聲。看著喬先生喝了一口酒，還看著，等酒已走下去才問：「怎樣？」

「太好了！」喬先生團著點舌頭，似不肯多放走口中的酒香，「太好了！有錢也買不到！」

對喝。相讓。慢慢的臉全紅起來。隨便的說，談到家裡，談到職業，談到朋友，談到掙錢的不易，談到免票……碗碰了碗，心碰了心，眼中都微濕，心中增多了熱氣與熱烈，不能不慷慨：喬先生又打開一包蜜餞金橘。張先生本也想取下些紙包來，可是看了看酒，「兩」瓶，乃就題發揮，消極的表示自家並不吝嗇：「全得喝上！一人一瓶，一滴也不能剩！這個年過得還真不離呢！酒不醉人；哥兒倆投緣，喝多少也不礙事！乾上！」

「我的量可——」

「沒的話！二十年的原封，決不能出毛病！大年三十交的朋友，前緣！」

喬先生頗受感動：「好，我捨命陪君子！」

小崔也不怎麼有點心事似的，談著談著老五覺得有到飯車上找點酒食的必要，而讓小崔安靜的忍個盹兒。「怎麼著？飯車上去？」老五立起來，向車裡瞭望。

小崔沒搭碴兒。老五見苟先生已躺下，一雙腳在椅子扶手上伸著，新半毛半線的棕黃色襪子還帶著中間那道折兒。張喬二位免票喝得正高興。營副排長都已睡熟，爆竹靜悄而熱烈的在地上放著，紙色血紅。老五偷偷的奔了飯車去。

小崔團了一團，窩在椅子上，閉上眼，嘴上叼著半截香煙。

張先生的一瓶已剩下不多，解開了鈕扣，汗從鬢角流到腮上，眼珠發紅舌頭已木，話極多。因舌頭不俐落，所以有些話從橫著來。但是心中還微微有點力量，在要對喬先生罵街之際，還能捲住舌頭，把亂罵變為豪爽，並非鬧酒不客氣。喬先生只吞了半瓶，臉可已經青白，白得可怕。掏出煙卷，扔給了張先生一隻。都點著了煙。張先生煙在口中，仰臥椅上，腿的下半截懸空，滿不在乎。想唱《孤王酒醉》，嗓子乾辣無音，用鼻子吐氣，如怒牛。喬先生也歪下去，手指夾煙卷，眼直視斜對過的排長的腳，心跳，喉中作嗝，臉白而微癢。快去過年，還不到家！輪聲在張先生耳中響得特別快，輪聲快，心跳得快，忽然嗡——，頭在空中繞彎，如蠅子盤空，到處紅亮，心與物一色，成若干紅圈。忽然，嗡聲收斂，心盤旋落身內，微敢睜眼，膽子稍壯，假裝沒事，胖手取火柴，點著已滅了的香煙。火柴順手拋出。忽然，桌上酒氣極強，碗，瓶，几上，都發綠光，飄渺，活動，漸高，四散。喬先生驚醒，手中煙卷已成火焰。拋出煙卷，雙手急撲几上，瓶倒，碗傾，紙包吐火苗各色。張先生臉上已滿是火，火苗旋轉，如舞火球。喬先生想跑，几上火隨紙灰上騰，架上紙包彷彿探手取火，火苗聯成一片。他自己已成火人，火至眉，眉焦；火至髮，髮響；火至唇，唇上酒燃起，如吐火判官。

忽然，拍，拍，拍……連珠炮響。排長剛睜眼，鼻上一「雙響」，血與火星並濺；起來，狂奔，腳下，身上，萬響俱發，如踐地雷。營副不及立起，火及全身，欲睜眼，右眼被擊碎。

苟先生驚醒，先看架上行李，一部分紙包已燒起，火自上而下，由遠而近，若橫行火龍，渾身火舌。急起飛智，打算破窗而逃，拾鞋打玻璃，玻璃碎，風入，火狂；水獺領，四卷五籃，身上，都成燃料。車疾走，呼，呼，呼，風；拍，拍，拍，爆竹；苟先生狂奔。

小崔慣於旅行，聞聲尚不肯睜眼，火已自足部起，身上極燙，煙土燒成膏；急坐起，煙，炮，火光，不見別物。身上煙膏發奇香，至燙，腿已不能動，漸及上部，成最大煙泡，形如繭。

小崔不能動，張先生醉得不知道動，喬先生狂奔，苟先生狂奔，排長狂奔，營副跪椅上長號。火及全車，硫黃氣重，紙與布已漸隨爆竹聲殘滅，聲斂，煙濃；火炙，煙塞，奔者倒，跪者聲竭。煙更濃，火入木器，車疾走，風呼呼，煙中吐紅焰，四處尋出路。火更明，煙白，火舌吐窗外，全車透亮，空明多姿，火舌長曳，如懸百十火把。

車入了一小站，不停。持簽的換簽，心裡說「火」！持燈的放行，心裡說「火」！搬閘的搬閘，路警立正，都心裡說「火」！站長半醉，尚未到月台，車已過去；及到月台，微見火影，疑是眼花。持簽的交簽，持燈的滅燈，搬閘的復閘，路警提槍入休息室，心裡都存著些火光，全不想說什麼。過了一會兒，心中那點火光漸熄，群議如何守歲，乃放炮，吃酒，打牌，天下極太平。

車出站，加速度。風火交響，星花四落，夜黑如漆，車走如長燈，火舌吞吐。二等車但存屋形，火光裡實存炭架。火舌左右撲空，似乎很失望，乃前乃後，入三等車。火舌的前面，煙為導軍，腥臭焦甜。煙到，火到，「火！火！火！」人聲忽狂，膽要裂。人多，志昏，有的破窗而遲疑不肯跳下，有的奔逃，相擠俱僕，有的呆坐，欲哭無聲，有的拾起筐籃……亂，怕，無濟於事，火已到面前，到身上，到頭頂，哭喊，抱頭，拍衣，狂奔，跳車……火找到新殖民地，物多人多，若狂喜，一舌吐出，一舌遠擲，一舌半隱煙中，一舌突挺窗外，一舌徘徊，一舌左右聯燒，姿體萬端，百舌齊舞；漸成一團，為火球，為流星，或滾或飛；又成一片，為紅為綠，忽暗忽明，隨煙爬行，突裂煙成焰，急流若驚浪；吱吱作響，炙人肉，燒毛髮；響聲漸雜，物落人嚎，呼呼借風成火陣；全車燒起，煙濃火烈，為最慘的火葬！

又到站，應停。持簽的，打燈的，收票的，站崗的，腳行，正站長，副站長，辦事員，書記，閒員，都乾瞪眼，站上沒有救火設備。二等車左右三等車各一輛，無人聲，無動靜，只有清煙緩動，明焰靜燃，至為閒適。

據說事後檢屍，得五十二具；沿路拾取，跳車而亡者又十一人。

元宵節後，調查員到。各方面請客，應酬很忙。三日酒肉，顧不及調查。調查專員又有些私事，理應先辦，復延遲三日。宴殘事了，乃著手調查。

車長無所知，頭號金箍帽無所知，二號金箍帽無所知，天津大漢無所知，山東大漢無所知，老五無所知，起火原因不明。各站報告售出票數與所收票數，正相合，恰少六十三張，似與車俱焚，等於所拾屍數。各站俱未售出二等票，二等車必為空車，絕對不能起火。

審問老五，雖無所知，但火起時老五在飯車上，既係二等車的看車夫，為何擅離職守，到飯車上去？起火原因雖不明，但擅離職守，罪有當得，開除示懲！

調查專員回衙覆命，報告詳細，文筆甚佳。

「大年三十歇班，硬還教我跟車；媽的幹不幹沒多大關係！」老五顫著長脖，對五嫂說。

「開除，正好，此處不留爺，自有留爺處！你甭著急，離了火車還不能吃飯是怎著?!」

「我倒不著急，」五嫂想安慰安慰老五，「我倒真心疼你帶來那些青韭，也教火給燒了！」

馬褲先生

火車在北平東站還沒開，同房那位睡上鋪的穿馬褲，戴平光的眼鏡，青緞子洋服上身，胸袋插著小楷羊毫，足登青絨快靴的先生發了問：「你也是從北平上車？」很和氣的。

我倒有點迷了頭，火車還沒動呢，不從北平上車，難道由……由哪兒呢？我只好反攻了：「你從哪兒上車？」很和氣的。我很希望他說是由漢口或綏遠上車，因為果然如此，那麼中國火車一定已經是無軌的，可以隨便走走；那多麼自由！

他沒言語。看了看鋪位，用盡全身——假如不是全身——的力氣喊了聲，「茶房！」

茶房正忙著給客人搬東西，找鋪位。可是聽見這麼緊急的一聲喊，就是有天大的事也得放下，茶房跑來了。

「拿毯子！」馬褲先生喊。

「請少待一會兒，先生，」茶房很和氣的說，「一開車，馬上就給您鋪好。」

馬褲先生用食指挖了鼻孔一下，別無動作。

茶房剛走開兩步。

「茶房！」這次連火車好似都震得直動。

茶房像旋風似的轉過身來。

「拿枕頭，」馬褲先生大概是已經承認毯子可以遲一下，可是枕頭總該先拿來。

「先生，請等一等，您等我忙過這會兒去，毯子和枕頭就一齊全到。」

茶房說得很快，可依然是很和氣。

茶房看馬褲客人沒任何表示，剛轉過身去要走，這次火車確是嘩啦了半天，「茶房！」

茶房差點嚇了個跟頭，趕緊轉回身來。

「拿茶！」

「先生，請略微等一等，一開車茶水就來。」

馬褲先生沒任何的表示。茶房故意的笑了笑，表示歉意。然後搭訕著慢慢的轉身，以免快轉又嚇個跟頭。轉好了身，腿剛預備好快走，背後打了個霹靂，「茶房！」

茶房不是假裝沒聽見，便是耳朵已經震聾，竟自沒回頭，一直地快步走開。

「茶房！茶房！茶房！」馬褲先生連喊，一聲比一聲高。站台上送客的跑過一群來，以為車上失了火，要不然便是出了人命。茶房始終沒回頭。馬褲先生又挖了鼻孔一下，坐在我的床上。剛坐下，「茶房！」茶房還是沒來。

看著自己的膝蓋，臉往下沉，沉到最長的限度，手指一挖鼻孔，臉好似刷的一下又縱回去了。然後，「你坐二等？」這是問我呢。我又毛了，我確是買的二等，難道上錯了車？

「你呢？」我問。

「二等。這是二等。二等有臥鋪。快開車了吧？茶房！」

我拿起報紙來。

他站起來，數他自己的行李，一共八件，全堆在另一臥鋪上——兩個上鋪都被他占了。數了兩次，又說了話，「你的行李呢？」我沒言語。原來我誤會了：他是善意，因為他跟著說，「可惡的茶房，怎麼不給你搬行李？」

我非說話不可了：「我沒有行李。」

「嘔?!」他確是嚇了一跳，好像坐車不帶行李是大逆不道似的。「早知道，我那四隻皮箱也可以不打行李票了！」

這回該輪著我了，「嘔?!」我心裡說，「幸而是如此，不然的話，把四隻皮箱也搬進來，還有睡覺的地方啊?!」

我對面的舖位也來了客人，他也沒有行李，除了手中提著個扁皮夾。

「嘔?!」馬褲先生又出了聲，「早知道你們都沒行李，那口棺材也可以不另起票了？」

我決定了。下次旅行一定帶行李；真要陪著棺材睡一夜，誰受得了！

茶房從門前走過。

「茶房！拿手巾把！」

「等等，」茶房似乎下了抵抗的決心。

馬褲先生把領帶解開，摘上領子來，分別掛在鐵鉤上：所有的鉤子都被占了，他的帽子，風衣，已占了兩個。

車開了，他登時想起買報，「茶房！」

茶房沒有來。我把我的報贈給他；我的耳鼓出的主意。

他爬上了上鋪，在我的頭上脫靴子，並且擊打靴底上的土。枕著個手提箱，用我的報紙蓋上臉，車還沒到永定門，他睡著了。

我心中安坦了許多。

到了豐台，車還沒停住，上面出了聲，「茶房！」沒等茶房答應，他又睡著了；大概這次是夢話。

過了豐台，茶房拿來兩壺熱茶。我和對面的客人——一位四十來歲平平無奇的人，臉上的肉還可觀——喫茶閒扯。大概還沒到廊房，上面又打了雷，「茶房！」

茶房來了，眉毛擰得好像要把誰吃了才痛快。

「幹嘛？先——生——」

「拿茶！」上面的雷聲響亮。

「這不是兩壺？」茶房指著小桌說。

「上邊另要一壺！」

「好吧！」茶房退出去。

「茶房！」

茶房的眉毛擰得直往下落毛。

「不要茶，要一壺開水！」

「好啦！」

「茶房！」

我直怕茶房的眉毛脫淨！

「拿毯子，拿枕頭，打手巾把，拿……」似乎沒想起拿什麼好。

「先生，您等一等。天津還上客人呢；過了天津我們一總收拾，也耽誤不了您睡覺！」茶房一氣說完，扭頭就走，好像永遠不想再回來。

待了會兒，開水到了，馬褲先生又入了夢鄉，呼聲只比「茶房」小一點。可是勻調而且是繼續的努力，有時呼聲稍低一點，用咬牙來補上。

「開水，先生！」

「茶房！」

「就在這兒，開水！」

「拿手紙！」

「廁所裡有。」

「茶房！廁所在哪邊？」

「哪邊都有。」

「茶房！」

「回頭見。」

「茶房！茶房！！茶房！！！」

沒有應聲。

「呼——呼呼——呼——」又睡了。

有趣！

到了天津。又上來些旅客。馬褲先生醒了，對著壺嘴喝了一氣水。又在我頭上擊打靴底。穿上靴子，出溜下來，食指挖了鼻孔一下，看了看外面。

「茶房！」

恰巧茶房在門前經過。

「拿毯子！」

「毯子就來。」

馬褲先生走出去，呆呆的立在走廊中間，專為阻礙來往的旅客與腳伕。忽然用力挖了鼻孔一下，走了。下了車，看看梨，沒買；看看報，沒買；看看腳伕的號衣，更沒作用。又上來了，向我招呼了聲，「天津，唉？」我沒言語。他向自己說，「問問茶房，」緊跟著一個雷，「茶房！」我後悔了，趕緊的說，「是天津，沒錯兒。」

「總得問問茶房；茶房！」

我笑了，沒法再忍住。

車好容易又從天津開走。

剛一開車，茶房給馬褲先生拿來頭一份毯子、枕頭和手巾把。馬褲先生用手巾把耳孔、鼻孔全鑽得到家，這一把手巾擦了至少有一刻鐘，最後用手巾擦了擦手提箱上的土。

我給他數著，從老站到總站的十來分鐘之間，他又喊了四五十聲茶房。

茶房只來了一次，他的問題是火車向哪面走呢？茶房的回答是不知道；於是又引起他的建議，車上總該有人知道，茶房應當負責去問。茶房說，連開車的也不曉得東西南北。於是他幾乎變了顏色，萬一車走迷了路?!茶房沒再回答，可是又掉了幾根眉毛。

他又睡了，這次是在頭上摔了摔襪子，可是一口痰並沒往下唾，而是照顧了車頂。

我睡不著是當然的，我早已看清，除非有一對「避呼耳套」，當然不能睡著。可憐的是別屋的人，他們並沒預備來熬夜，可是在這種帶鉤的呼聲下，還只好是白瞪眼一夜。

我的目的地是德州，天將亮就到了。謝天謝地！

車在此處停半點鐘，我僱好車，進了城，還清清楚楚的聽見，「茶房！」

一個多禮拜了，我還惦記著茶房的眉毛呢。

柳屯的

要計算我們村裡的人們，在頭幾個手指上你總得數到夏家，不管你對這一家子的感情怎麼樣。夏家有三百來畝地，這就足以說明了一大些，即使承認我們的村子不算是很小。

夏老者在庚子年前就信教。要說他藉著信教去橫行霸道，真是屈心的話；拿這個去得些小便宜，那倒有之。他的兒子夏廉也信教。

他們有三百來畝地，這倒比信教不信教還要緊：不過，他們父子絕不肯拋棄了宗教，正如不肯捨割一兩畝地。假如他們光信教而沒有這些產業，大概偶爾到鄉間巡視的洋牧師絕不會特意的記住他們的姓名。事實上他們有三百來畝地，而且信教，這便有了文章。

我說過了，他們不橫行霸道；可是他們的心裡頗有個數兒。要說為村裡的公益事兒拿個塊兒八毛的，夏家父子的錢袋好像天衣似的，沒有縫兒。「我們信教，不開發這個。」信教的利益，這還是消極的，在這裡等著你呢。全村裡的人沒有願公然說他們父子刻薄的，可也沒有人捧場誇獎他們厚道。他們不跳出圈去欺侮人，人們也不敢無故的找尋他們，彼此敬而遠之。

不過，有的時候，人們還非去找夏家父子不可；這可就沒的可說了。周瑜打黃蓋，願打願挨。「知道我們厲害呀，別找上門來！事情是事情！」他們父子雖不這麼明說，可確是這麼股子勁兒。無論買什麼，他們總比別人少花點兒；但是現錢交易，一手遞錢，一手交貨，他們管這個叫作教友派兒。至於偶爾被人家捉了大頭，就是說明了「概不退換」，也得退換；教友派兒在這種關節上更露出些力量。沒人敢惹他們，而他們又的確不是刺兒頭——從遠處看。找上門來挨刺，他們父子實在有些無形的硬刺兒。

要是由外表上看，他們離著精明還遠得很呢。夏老者身上最出色的是一對羅圈腿。成天拐拉拐拉的出來進去，出來進去，好像失落了點東西，找了六十多年還沒有找著。被羅圈腿鬧得身量也顯得特別的矮，雖然努力挺著胸口也不怎麼尊嚴。頭也不大，眉毛比鬍子似乎還長，因此那幾根鬍子老像怪委屈的；紅眼邊；眼珠不是黃的，也不是黑的，更說不上是藍的，就那麼灰不拉的，癟癟著；看人的時候永遠拿鼻子尖瞄準兒，小尖下巴頦也隨著翹起來。夏廉比父親體面些，個子也高些。長臉，笑的時候彷彿都不願臉上的肉動一動。眼睛老望著遠處，似乎心中永遠有點什麼問題。他最會發楞。父親要像個小顛蒜，兒子就像個楞青辣椒。

我和夏廉小時候同過學。我不知道他們父子的志願是什麼，他們不和別人談心，嘴能像實心的核桃那麼嚴。可是我曉得他們的產業越來越多。我也曉得，凡是他們要幹的，哪怕是經過三年五載，最後必達到目的。在我的記憶中，他們似乎沒有失敗過。他們會等：一回不行，再等；還不行，再等！堅忍戰敗了光陰，精明會抓住機會。往好裡說，他們確是有可佩服的地方。

很有幾個人，因為看夏家這樣一帆風順，也信了教；他們以為夏家所信的神必是真靈驗。這個想法的對不對是另一問題，夏家父子的成功是事實。

他們父子可並非沒遇過困難，也並非不怕遇上困難，但是當患難臨頭，他們不惜力：父親拐拉著腿，兒子板死了臉，幹！過蝗蟲，他們和蝗蟲開仗；下膩蟲，和膩蟲宣戰。方法好不好的，先幹點什麼再說。唱野台戲謝龍王或蟲神，他們連一個小錢也不拿：「我們信教，不開發這個。」

或者不僅是我一個人有時候這麼想：他們父子是不是有朝一日也會失敗呢？以我自己說，這不是出於忌妒，我並無意看他們的哈哈笑；這是一種好奇的推測。我以為個人究竟不能勝過一切，誰也得有消化不了的東西。拿人類全體說，我願意，希望，咱們能戰勝一切；就個人說，我不這麼希望，也沒有這種信仰。拿破崙碰了釘子，也該碰。

在思想上，我相信這個看法是不錯的。不錯，我是因看見夏家父子而想起這個來，但這並不是對他們的詛咒。誰知道這竟自像詛咒呢！我不喜歡他們的為人，真的；可也沒想他們果然會失敗。我並不是看見蒼蠅落在膠上，便又可憐牠了，不是；他們的失敗實在太難堪了，太奇怪了；這件「事」使我的感情與理智分道而馳了。

前五年吧，我離開了家鄉一些日子。等到回家的時候，我便聽說許多關於──也不大利於──我的老同學的話。把這些話湊在一處，合成這麼一句：

夏廉在柳屯──離我們那裡六里多地的一個小村子──弄了個「人兒」。

這種事要是擱在別人的身上，原來並沒什麼了不得的。夏廉，不行。第一，他是教友；打算弄人兒就得出教。據我們村裡的人看，無論是在白蓮教，耶穌教，只要一出教就得倒運。自然，夏廉要倒運，正是一些人所希望的，所以大家的耳朵都豎起來，心中也微微有點跳。至於以教會的觀點看這件事的合理與否的，也有幾位，可是他們的意見並沒引起多大的注意──太帶洋味兒。第二，夏廉，夏廉！居然弄人兒！把信教不信教放在一邊，單說這個「人」，他會弄人兒，太陽確是可以打西邊出來了，也許就是明天早晨！

夏家已有三輩是獨傳。夏廉有三個女兒，一個兒子。這個兒子活到十歲上就死了。夏嫂身體很弱，不見得再能生養。三輩子獨傳，到這兒眼看要斷根！這個事實是大家知道的，可是大家並不因此而使夏廉舒舒服服的弄人兒，他的人緣正站在「好」的反面兒。

「斷根也不能動洋錢」，誰看見那個楞辣椒也得這麼想，這自然也是大家所以這樣驚異的原因。弄人兒，他？他！還有呢，他要是討個小老婆，為是生兒子，大家也不會這麼見神見鬼的。

他是在柳屯搭上了個娘們。「怪不得他老往遠處看呢，柳屯！」大家笑著嘀咕，笑得好像都不願費力氣，只到嗓子那溜兒，把未完的那些意思交給眼睛擠咕出來。

除了夏廉自己明白他自己，別人都不過是瞎猜；他的嘴比蛤蜊還緊。可是比較的，我還算是他的熟人，自幼兒的同學。我不敢說是明白他，不過講猜測的話，我或者能猜個八九不離十。拿他那點宗教說，大概除了他願意偶爾有個洋牧師到家裡坐一坐，和洋牧師喜歡教會裡有幾家基本教友，別無作用。他當義和拳或教友恐怕沒有多少分別。上帝有一位還是有十位，對於他，完全沒關係。牧師講道他便聽著，聽完博愛他並不少佔便宜。可是他願作教友。他沒有朋友，所以要有個地方去——教會正是個好地方。「你們不理我呀，我還不愛交接你們呢；我自有地方去，我是教友！」這好像明明的在他那長臉上寫著呢。

他不能公然的娶小老婆，他不願出教。可是沒兒子又是了不得的事。他想偷偷的解決了這個問題。搭上個娘們，等到有了兒子再說。夏老者當然不反對，祖父盼孫子自有比父親盼兒子還盼得厲害的。教會呢，洋牧師不時常來，而本村的牧師還不就是那麼一回事，上帝本是洋人帶過來的。反正沒晴天大日頭的用敞車往家裡拉人，就不算是有意犯教規，大家閉閉眼，事情還有過不去的？

至於圖省錢，那倒未必。搭人兒不見得比娶小省錢。為得兒子，他這一回總算下了決心，不能不咬咬牙。「教友」雖不是官銜，卻自有作用，而兒子又是必不可少的，閉了眼啦，花點錢！

這是我的猜測，未免有點刻薄，我知道；但是不見得比別人的更刻薄。至於正確的程度，我相信我的是最優等。

在家沒住了幾天，我又到外邊去了兩個月。到年底下我回家來過年，夏家的事已發展到相當的地步：夏廉已經自動的脫離教會，那個柳屯的人兒已接到家裡來。我真沒想到這事兒會來得這麼快。但是我無須打聽，便能猜著：

村裡人的嘴要是都咬住一個地方，不過三天就能把長城咬塌了一大塊。柳屯那位娘們一定是被大家給咬出來了，好像獵狗掘兔子窩似的，非扒到底兒不拉倒。他們的死咬一口，教會便不肯再裝聾賣傻，於是……這個，我猜對了。

可是，我還有不知道的。我遇見了夏老者。他的紅眼邊底下有些笑紋，這是不多見的。那幾根怪委屈的鬍子直微微的動，似乎是要和我談一談。我明白了：村裡人們的嘴現在都咬著夏家，連夏老頭子也有點撐不住了；他也想為自己辯護幾句。我是剛由外邊回來的，好像是個第三者，他正好和我訴訴委屈。好吧，蛤蜊張了嘴，不容易的事，我不便錯過這個機會。

他的話是一派的誇獎那個娘們，他很巧妙的管她叫作「柳屯的」。這個老傢伙有兩下子，我心裡說。他不為這件「事」辯護，而替她在村子裡開道兒。村兒裡的事一向是這樣：有幾個人向左看，哪怕是原來大家都臉朝右呢，便慢慢的能把大家都引到左邊來。她既是來了，就得設法叫她算個數；這老頭子給她砸地基呢。「柳屯的」不卑不亢的簡直的有些詩味！

「太好了，『柳屯的』，」他的紅眼邊忙著眨巴。「比大嫂強多了，真潑辣，能洗能做，見了人那份和氣，公是公，婆是婆！多費一口子的糧食，可是咱們白用一個人呢！大嫂老有病，橫草不動，豎草不拿；『柳屯的』什麼都拿得起來！所以我就對廉兒說了，」老頭子抬著下巴頦看準了我的眼睛，我知道他是要給兒子掩飾了：「我就說了，廉兒呀，把她接來吧，咱們『要』這麼一把手！」說完，他向我眨巴眼，紅眼邊一勁的動，看著好像是孫猴子的父親。他是等著我的意見呢。

「那就很好，」我只說了這麼一句四面不靠邊的。

「實在是神的意思！」他點頭讚歎著。「你得來看看她；看見她，你就明白了。」

「好吧，大叔，明兒個去給你老拜年。」真的我想看看這位柳屯的賢婦。

第二天我到夏家去拜年，看見了「柳屯的」。

她有多大歲數，我說不清，也許三十，也許三十五，也許四十。大概說她在四十五以下準保沒錯。我心裡笑開了，好勁個「人兒」！高高的身量，長長的臉，臉下擦了一斤來的白粉，可是並不見得十分白；鬢角和眉毛都用墨刷得非常整齊：好像新砌的牆，白的地方還沒全乾，可是黑的地方真黑真齊。眼睛向外努著，故意的慢慢眨巴眼皮，恐怕碰了眼珠似的。頭上不少的黑髮，也用墨刷過，可是刷得不十分成功；戴著朵紅石榴花。一身新藍洋緞棉襖棉褲，腋下耷拉著一塊粉紅洋紗手絹。大紅新鞋，至多也不過一尺來得長。

我簡直的沒話可說，心裡頭一勁兒的要笑，又有點堵得慌。

「柳屯的」倒有的說。她好像也和我同過學，有模有樣的問我這個那個的。從她的話裡我看出來，她對於我家和村裡的事知道得很透澈。她的眼皮慢慢那麼向我眨巴了幾下，似乎已連我每天吃幾個饃饃都看了去！她的嘴可是甜甘，一邊張羅客人的茶水，一邊兒說；一邊兒說著，一邊兒用眼角掃著家裡的人；該叫什麼的便先叫出來，而後說話，叫得都那麼怪震心的。夏老者的紅眼邊上有點濕潤，夏老太太——一個癟嘴彎腰的小老太太——的眼睛隨著「柳屯的」轉；一聲爸爸一聲媽，大概給二位老者已叫迷糊了。

夏廉沒在家。我想看看夏大嫂去，因為聽說她還病著。夏家二位老人似乎沒什麼表示，可是眼睛都瞧著「柳屯的」，像是跟她要主意；大概他們已承認：交際來往，規矩禮行這些事，他們沒有「柳屯的」那樣在行，所以得問她。她忙著就去開門，往西屋裡讓。陪著我走到窗前。便交待了聲：「有人來了。」

然後向我一笑，「屋裡坐，我去看看水。」我獨自進了西屋。

夏大嫂是全家裡最老實可愛的人。她在炕上圍著被子坐著呢。見了我，她似乎非常的喜歡。可是臉上還沒笑俐落，淚就落下來了：「牛兒叔！牛兒叔！」她叫了我兩聲。我們村裡彼此稱呼總是帶著乳名的，孫子呼祖父也得掛上小名。她像是有許多的話，可是又不肯說，抹了抹淚，向窗外看了看，然後向屋外指了一下。我明白她的意思。

我問她的病狀，她嘆了口氣：「活不長了；死了也不能放心！」那個娘們實在是夏嫂心裡的一塊病，我看出來。即使我承認夏嫂是免不掉忌妒，我也不能說她的憂慮是完全為自己，她是個最老實可愛的人。我和她似乎都看出來點危險來，那個娘們！

由西屋出來，我遇上了「她」，在上房的簷下站著呢。很親熱的趕過來，讓我再坐一坐，我笑了笑，沒回答出什麼來。我知道這一笑使我和她結下仇。

這個娘們眼裡有活，她看清這一笑的意思，況且我是剛從西屋出來。出了大門，我吐了口氣，舒暢了許多；在她的面前，我也不怎麼覺著彆扭。我曾經作過一個惡夢，夢見一個母老虎，臉上擦著鉛粉。這個「柳屯的」又勾起這個惡夢所給的不快之感。我討厭這個娘們，雖然我對她並沒有絲毫地位的道德的成見。只是討厭她，那一對努出的眼睛！

年節過去，我又離開了故鄉，到次年的燈節回來。

似乎由我一進村口，我就聽到一種嘰嘰喳喳的聲音；在這聲音當中包著的是「柳屯的」。我一進家門，大家急於報告的也是她。

在我定了定神之後，我記得已聽見他們說：夏老頭子的鬍子已剩下很少，被「柳屯的」給扯去了多一半。夏老太太常給這個老婆跪著。夏大嫂已經分出去另過。夏廉的牙齒都被嘴巴搧了去……我懷疑我莫不是作夢呢！不是夢，因為我歇息了一會兒以後，他們繼續的告訴我：「柳屯的」把夏家完全拿下去了。他們你一言我一語的爭著說，我相信了這是真事，可是記不清他們說的都是什麼了。

我一向不大信《醒世姻緣》中的故事；這個更離奇。我得親眼去看看！眼見為真，不然我不能信這些話。

第二天，村裡唱戲，早九點就開鑼。我也隨著家裡的人去看熱鬧；其實我的眼睛專在找「她」。到了戲台的附近，台上已打了頭通。台下的人已不少，除了本村的還有不少由外村來的。因為地勢與戶口的關係，戲班老是先在我們這裡駐腳。二通鑼鼓又響了，我一眼看見了「她」。她還是穿著新年的漂亮衣服，臉上可沒有擦粉——不像一小塊新砌的牆了，可是頗似一大扇棒子麵的餅子。鄉下的戲台搭得並不矮，她抓住了台沿，只一悠便上去了。上了台，她一直撲過文場去，「打住！」她喝了一聲。鑼鼓立刻停了。我以為她是要票一齣什麼呢。《送親演禮》，或是《探親家》，她演，準保合適，據我想。不是，我沒猜對，她轉過身來，兩步就走到台邊，向台下的人一揮手。她的眼努得像一對小燈籠。說也奇怪，台下大眾立刻鴉雀無聲了。我的心涼了：在我離開家鄉這一年的工夫，她已把全村治服了。她用的是什麼方法，我還沒去調查，但大家都不敢惹她確是真的。

「老街坊們！」她的眼珠努得特別的厲害，台根底下立著的小孩們，被她嚇哭了兩三個。

「老街坊們！我娘們先給你們學學夏老王八的樣兒！」她的腿圈起來，眼睛拿鼻尖作準星，向上仰著臉，在台上拐拉了兩個圈。台下居然有人哈哈笑起來。

走完了場，她又在台邊站定，眼睛整掃了一圈，開始罵夏老王八。她的話，我沒法記錄下來，我腦中記得的那些字絕對不夠用的。況且在事實上，夏老頭兒並不那樣老與生殖器有密切的關係，像她所形容的。她足足罵了三刻鐘，一句跟著一句，流暢而又雄厚。設若不是她的嗓子有點不跟頭，大概罵兩三個鐘點是可以保險的。可奇怪的是大家聽著！

她下了台，台就開了，觀眾們高高興興的看劇，好像剛才那一幕，也是在程序之中的。我的腦子裡轉開了圈，這是啥事兒呢？本來不想聽戲，我就離開戲台，到「地」裡去蹓躂。

走出不遠，迎面松兒大爺撅撅著鬍子走來了。

「聽戲去，松兒大爺？新喜，多多發財！」我作了個揖。

「多多發財！」老頭子打量了我一番。「聽戲去？這個年頭的戲！」

「聽不聽不吃勁！」我迎合著說。老人都有這宗脾氣，什麼也是老年間的好；其實松兒大爺站在台底下，未必不聽得把飯也忘了吃。

「看怎麼不吃勁了！」老頭兒點頭咂嘴的說。

「松兒大爺，咱們爺兒倆找地方聊聊去，不比聽戲強？城裡頭買來的菸捲！」我掏出盒「美麗」來，給了老頭子一支。松兒大爺是村裡的聖人，我這盒菸捲值金子，假如我想打聽點有價值的消息；夏家的事，這會兒在我心中確是有些價值。怎會全村裡就沒有敢惹她的呢？這像塊石頭壓著我的心。

把菸點著，松兒大爺帶著響吸了兩口，然後翻著眼想了想：「走吧，家裡去！我有二百一包的，悶得钃钃的，咱們扯他半天，也不賴！」

隨著松兒大爺到了家。除了松兒大娘，別人都聽戲去了。給他們拜完了年，我就手也把大娘給攆出去：「大娘，聽戲去，我們看家！」她把茶——真是二百一包的——給我們沏好，癟著嘴聽戲去了。

等松兒大爺審過了我——我掙多少錢，國家大事如何……我開始審他。

「松兒大爺，夏家的那個娘們是怎回事？」

老頭子頭上的筋跳起來，彷彿有誰猛孤丁的揍了他的嘴巴。「臭狗屎！提她？」拍的往地上唾了一口。

「可是沒人敢惹她！」我用著激將法。

「新鞋不踩臭狗屎！」

我看出來村裡有一部分人是不屑於理她，或者是因為不屑援助夏家父子。不踩臭狗屎的另一方面便是由著她的性子，所以我把「就沒人敢出來管教管教她？」嚥了回去，換上「大概也有人以為她怪香的？」

「那還用說，一斗小米，一尺布，誰不向著她；夏家爺兒倆一輩子連個屁也不放在街上！」

這又對了，一部分人已經降服了她。她肯用一斗小米二尺布收買人，而夏家父子捨不得個屁。

「教會呢？」

「他爺們栽了，掛洋味的全不理他們了！」

他們父子的地位完了，這裡大概含著這麼點意思，我想：有的人或者寧自答理她，也不同情於他們；她是他們父子的懲罰；洋神仙保佑他們父子發了財，現在中國神仙藉著她給弄個底兒掉！也許有人還相信她會呼風喚雨呢！

「夏家現在怎樣了呢？」我問。

「怎麼樣？」松兒大爺一氣灌完一大碗濃茶，用手背擦了擦鬍子：「怎麼樣？我給他們算定了，出不去三四年，全完！咱這可不是血口噴人，盼著人家倒楣，大年燈節的！你看，夏大嫂分出去了，這是半年前的事了。那時候，柳屯這個娘們一天到晚挑唆：啊，沒病裝病，死吃一口，誰受得了？三個丫頭，哪個不是賠錢貨！夏老頭子的心活了，給了大嫂三十畝地，讓她帶著三個女兒去住西小院那三間小南屋。由那天起，夏廉沒到西院去過一次。他的大女兒是九月出的門子，他們全都過去吃了三天，可是一個子兒沒給大嫂。夏廉和他那個爸爸覺得這是個便宜——白吃兒媳婦三天！」

「大嫂的娘家自然幫助些了？」我問。

「那是自然；可有一層，他們都擦著黑兒來，不敢叫柳屯的娘們看見。她在西牆那邊老預備著個梯子，一天不定往西院瞭望多少回。沒關係的人去看夏大嫂，牆頭上有整車的村話打下來；有點關係的人，那更好了，那個娘們拿刀在門口堵著！」松兒大爺又唾了一口。

「沒人敢惹她？」

松兒大爺搖了搖頭。「夏大嫂是蝦蟆墊桌腿，死挨！」

「她死了，那個娘們好成為夏大嫂？」

「還用等她死了？現在誰敢不叫那個娘們『大嫂』呢？『二嫂』都不行！」

「松兒大爺你自己呢？」按說，我不應當這麼擠兌這個老頭子！

「我？」老頭子似乎掛了勁，可是事實又叫他泄了氣：「我不理她！」又似乎太洩氣，所以補上：「多咱她找到我的頭上來，叫她試試，她也得敢！我要跟夏老頭子換換地方，你看她敢扯我的鬍子不敢！夏老頭子是自找不自在。她給他們出壞道兒，怎麼占點便宜，他們聽她的；這就完了。既聽了她的，她就是老爺了！你聽著，還有呢：她和他們不是把夏大嫂收拾了嗎？不到一個月，臨到夏老兩口子了，她把他們也趕出去了。老兩口子分了五十畝地，去住場院外那兩間牛棚。夏老頭子可真急了，背起梢馬子就要進城，告狀去。他還沒走出村兒去，她追了上來，一把扯回他來，左右開弓就是幾個嘴巴子，跟著便把鬍子扯下半邊，臨完給他下身兩腳。夏老頭子半個月沒下地。現在，她住著上房，產業歸她拿著，看吧！」

「她還能謀害夏廉？」我插進一句去。

「那，誰敢說怎樣呢！反正有朝一日，夏家會連塊土坯也落不下，不是都被她拿了去，就是因為她鬧丟了。不知道別的，我知道這家子要玩完！沒見過這樣的事，我快七十歲的人了！」

我們倆都半天沒言語。後來還是我說了：「松兒大爺，他們老公母倆和夏大嫂不會聯合起來跟她幹嗎？」

「那不就好了嗎，我的傻大哥！」松兒大爺的眼睛擠出點不得已的笑意來。「那個老頭子混蛋哪。她一面欺侮他，一面又教給他去欺侮夏大嫂。他不敢惹她，可是敢惹大嫂呢。她終年病病歪歪的，還不好欺侮。他要不是這樣的人，怎能會落到這步田地？那個娘們算把他們爺倆的脈摸準了！夏廉也是這樣呀，他以為父親吃了虧，便是他自己的便宜。要不怎說沒法辦呢！」

「只苦了個老實的夏大嫂！」我低聲的說。

「就苦了她！好人掉在狼窩裡了！」

「我得看看夏大嫂去！」我好像是對自己說呢。

「趁早不必多那個事，我告訴你句好話！」他很「自己」的說。

「那個娘們敢捲我半句，我叫她滾著走！」我笑了笑。

松兒大爺想了會兒：「你叫她滾著走，又有什麼好處呢？」

我沒話可說。松兒大爺的哲理應當對「柳屯的」敢這樣橫行負一部分責任。同時，為個人計，這是我們村裡最好的見解。誰也不去踩臭狗屎，可是臭狗屎便更臭起來；自然還有說她是香的人！

辭別了松兒大爺，我想看看大嫂去；我不能怕那個「柳屯的」，不管她怎麼厲害——村裡也許有人相信她會妖術邪法呢！但是，繼而一想：假如我和她幹起來，即使我大獲全勝，對夏大嫂有什麼好處呢？我是不常在家裡的人！我離開家鄉，她豈不因此而更加倍的欺侮夏大嫂？除非我有徹底的辦法，還是不去為妙。

不久，我又出了外，也就把這件事忘了。

大概有三年我沒回家，直到去年夏天才有機會回去休息一兩個月。

到家那天，正趕上大雨之後。田中的玉米，高粱，穀子；村內外的樹，都綠得不能再綠。連樹影兒、牆根上，全是綠的。在都市中過了三年，乍到了這種淨綠的地方，好像是入了夢境；空氣太新鮮了，確是壓得我發睏。我強打著精神，不好意思去睡，跟家裡的人閒扯開了。扯來扯去，自然而然的扯到了「她」。我馬上不睏了，可是同時在覺出鄉村裡並非是一首綠的詩。

在大家的報告中，最有趣的是「她」現在正傳教！我一聽說，我想到了個理由：她是要把以前夏家父子那點地位恢復了來，可是放在她自己身上。不過，不管理由不理由吧，這件事太滑稽了。「柳屯的」傳教？誰傳不了教，單等著她！

據他們說，那是這麼回事：村裡來了一撥子教徒，有中國人，也有外國人。這群人是相信禱告足以治病，而一認罪便可以被赦免的。這群人與本地的教會無關，而且本地的教友也不參加他們的活動。可是他們鬧騰得挺歡：偷青的張二楞，醉鬼劉四，盜嫂的馮二頭，還有「柳屯的」，全認了罪。據來的那倆洋人看，這是最大的成功，已經把張二楞們的相片——對了，還有時常罵街的宋寡婦也認了罪，純粹因為白得一張相片；洋人帶來個照相機——寄到外國去。奇蹟！

這群人走了之後，「柳屯的」率領著劉四一干人等繼續宣傳福音，每天太陽壓山的時候在夏家的場院講道。

我得聽聽去！

有蹲著的，有坐著的，有立著的，夏家的場院上有二三十個人。我一眼看見了我家的長工趙五。

「你幹嘛來了？」我問他。

趙五的臉紅了，遲遲頓頓的說：「不來不行！來過一次，第二次要是不來，她捲祖宗三代！」

我也就不必再往下問了。她是這村的「霸王」。柳樹尖上還留著點金黃的陽光，蟬在剛來的涼風裡唱著，我正呆看著這些輕擺的柳樹，忽然大家都立起來，「她」來了！她比三年前胖了些，身上沒有什麼打扮修飾，可是很俐落。她的大腳走得輕而有力，努出的眼珠向平處看，好像全世界滿屬她管似的。她站住，眼珠不動，全身也全不動，只是嘴唇微張：「禱告！」大家全低下頭。她並不閉眼，直著脖頸唸唸有詞，彷彿是和神面對面的講話呢。

正在這時候，夏廉輕手躡腳的走來，立在她的後面，很虔敬的低下頭，閉上眼。我沒想到，他倒比從前胖了些。焉知我們以為難堪的，不是他的享受呢？豬八戒玩老雕，各好一路——我們村裡很有些聖明的俗語兒。

她的禱告大略是：「願上帝趕緊叫夏老頭子一個跟頭摔死。叫夏娘們一口氣不來，堵死，叫夏娘們的大丫頭讓野漢子操死。叫那個二丫頭下窯子，三丫頭半掩門……阿門！」

奇怪的是，沒有一個人覺著這個可笑，或是可惡；大家一齊隨著說「阿門」。莫非她真有妖術邪法？我真有點發鬍塗！

我很想和夏廉談一談。可是「柳屯的」看著我呢——用她的眼角。夏廉是她的貓，狗，或是個什麼別的玩藝。他也看見我了，只那麼一眼，就又低下頭去。他拿她當作屏風，在她後面，他覺得安全，雖然他的牙是被她打飛了的。我不十分明白他倆的真正關係，我只想起：從前村裡有個看香的婦人，頂著白狐大仙。她有個「童兒」，才四十多歲。這個童兒和夏廉是一對兒，我想不起更好的比擬。這個老童兒隨著白狐大仙的代表，整像耍猴子的身後隨著的那個沒有多少毛兒的羊。這個老童兒在晚上和白狐大仙的代表一個床上睡，所以他多少也有點仙氣。夏廉現在似乎也有點仙氣，他禱告得很虔誠。

我走開了，覺著「柳屯的」的眼隨著我呢。

夏老者還在地裡忙呢，我雖然看見他幾次，始終沒能談一談，他躲著我。

他已不像樣子了，紅眼邊好像要把夏天的太陽給比下去似的。可是他還是不惜力，彷彿他要把被「柳屯的」所奪去的都從地裡面補出來，他拿著鋤向地咬牙。

夏大嫂，據說，已病得快死了。她的二女兒也快出門子，給的是個當兵的，大概是個排長，可是村裡都說他是個軍官。

我們村裡的人，對於教會的人是敬而遠之；對於「縣」裡的人是手段與敬畏並用；大家最怕的，真怕的，是兵。「柳屯的」大概也有點怕兵，雖然她不說。她現在自己是傳教的、是鄉紳，雖然沒有「縣」裡的承認，也自己宣傳她在縣裡有人。她有了鄉間應有的一切勢力（這是她自創的，她是個天才，）只是沒有兵。

對於夏二姑娘的許給一個「軍官」，她認為這是夏大嫂誠心和她挑戰。她要不馬上翦除她們，必是個大患。她要是不動聲色的置之不理，總會不久就有人看出她的弱點。趙五和我研究這回事來著。據趙五說，無論「柳屯的」怎樣欺侮夏大嫂，村裡是不會有人管的。闊點的人願意看著夏家出醜，窮人全是「柳屯的」屬下。不過，「柳屯的」至今還沒動手，因為她對「兵」得思索一下。這幾天她特別的虔誠，禱告的特別勤，趙五知道。雲已佈滿，專等一聲雷呢，彷彿是。

不久，雷響了。夏家二姑娘，在夏大嫂的三個女兒中算是最能幹的。據「柳屯的」看，自然是最厲害的。有一天，三妞在門外買線，二妞在門內指導著——因為快出門子了，不好意思出來。這麼個工夫，「柳屯的」也出來買線，三妞沒買完就往裡走，臉已變了顏色。二妞在門內說了一句：「買你的！」

「柳屯的」好像一個閃似的，就撲到門前：「我操你夏家十三輩的祖宗！你要吃大兵的肉棍，就在太太眼前大模大樣的，我不把你臊豆子撕爛了！」

二妞三妞全跑進去了，「柳屯的」在後面追。我正在不遠的一棵柳樹下坐著呢。我也趕到，生怕她把二妞的臉抓壞了。可是這個娘們敢情知道先幹什麼，她奔了夏大嫂去。兩拳，夏大嫂就得沒了命。她死了，「柳屯的」便名正言順的是「大嫂」了；而後再從容的收拾二妞三妞。

把她們賣了也沒人管，夏老者是第一個不關心她們的，夏廉要不是為兒子還不弄來「柳屯的」呢，別人更提不到了。她已經進了屋門，我趕上了。在某種情形下，大概人人會掏點壞，我揪住了她，假意的勸解，可是我的眼睛盡了它們的責任。二妞明白我的眼睛，她上來了，三妞的膽子也壯起來。大概她們常夢到的快舉就是這個，今天有我給助點膽兒，居然實現了。

我嘴裡說著好的，手可是用足了力量；差點勁的男人還真弄不住她呢。

正在這麼個功夫，「柳屯的」改變了戰略——好厲害的娘們！「牛兒叔，我娘們不打架；」她笑著，頭往下一低，拿出一些媚勁，「我嚇噓著她們玩呢。小丫頭子，有了婆婆家就這麼揚氣，擱著你的！」說完，她撩了我一眼，扭著腰兒走了。

光棍不吃眼前虧，她真要被她們捶巴兩下子，豈不把威風掃盡——她覺出我的手是有些力氣。

不大會兒，夏廉來了。他的臉上很難看。他替她來管教女兒了，我心裡說。我沒理他。他瞪著二妞，可是說不出來什麼，或者因為我在一旁，他不知怎樣好了。二妞看著他，嘴動了幾動，沒說出什麼來。又楞了會兒，她往前湊了湊，對準了他的臉就是一口，呸！他真急了，可是他還沒動手，已經被我揪住。他跟我爭巴了兩下，不動了。看了我一眼，頭低下去：「哎——」嘆了口長氣，「誰叫你們都不是小子呢！」這個人是完全被「柳屯的」拿住，而還想為自己辯護。他已經逃不出她的手，所以更恨她們——誰叫她們都不是男孩子呢！

二姑娘啐了爸爸一個滿臉花，氣是出了，可是反倒哭起來。夏廉走到屋門口，又愣住了。他沒法回去交差。又嘆了口氣，慢慢的走出去。

我把二妞勸住。她剛住聲，東院那個娘們罵開了：「你個賊王八，兔小子，連你自己操出來的丫頭都管不了。……」

我心中打開了鼓，萬一我走後，她再回來呢？我不能走，我叫三妞把趙五喊來。把趙五安置在那兒，我才敢回家。趙五自然是不敢惹她的，可是我並沒叫他打前敵，他只是作會兒哨兵。

回到家中，我越想越不是滋味：我和她算是宣了戰，她不能就這麼完事。假如她結隊前來挑戰呢？打群架不是什麼稀罕的事。完不了，她多少是栽了跟頭。我不想打群架，哼，她未必不曉得這個！她在這幾年裡把什麼都拿到手，除了有幾家——我便是其中的一個——不肯理她，雖然也不肯故意得罪她；我得罪了她，這個娘們要是有機會，是滿可以作個「女拿破崙」，她一定跟我完不了。設若她會寫書，她必定會寫出頂好的農村小說，她真明白一切鄉人的心理。

果然不出我所料，當天的午後，她騎著匹黑驢，打著把雨傘——太陽毒得好像下火呢——由村子東頭到西頭，南頭到北頭，叫罵夏老王八、夏廉——賊兔子——和那兩個小窯姐。她是罵給我聽呢。她知道我必不肯把她拉下驢來揍一頓，那麼，全村還是她的，沒人敢來攔她嘛。

趙五頭一個吃不住勁了，他要求我換個人去保護二妞。他並非有意激動我，他是真怕；可是我的火上來了：「趙五，你看我會揍她一頓不會？」

趙五眨巴了半天眼睛：「行啊；可是好男不跟女鬥，是不是？」可就是，怎能一個男子去打女人家呢！我還得另想高明主意。

夏大嫂的病越來越沉重。我的心又移到她這邊來：先得叫二妞出門子，落了喪事可就不好辦了，逃出一個是一個。那個「軍官」是張店的人，離我們這兒有十二三里路。我派趙五去催快娶——自然是得了夏大嫂的同意。趙五願意走這個差，這個比給二妞保鏢強多了。

我是這麼想，假如二妞能被人家順順當當的娶走，「柳屯的」便算又栽了個跟頭——誰不知道她早就彆住和夏大嫂鬧呢？好，夏大嫂的女婿越多，便越難收拾，況且這回是個「軍官」！我也打定了主意，我要看著二妞上了轎。那個娘們敢鬧，我揍她。好在她有個鬧婚的罪名，我們便好上縣裡說去了。

據我們村裡的人看，人的運氣，無論誰，是有個年限的；沒人能走一輩子好運，連關老爺還掉了腦袋呢。我和「柳屯的」那一幕，已經傳遍了全村，我雖沒說，可是三妞是有嘴有腿的。大家似乎都以為這是一種先兆——「柳屯的」要玩完。人們不敢惹她，所以願意有個人敢惹她，看打擂台是最有趣的。

「柳屯的」大概也掃聽著這麼點風聲，所以加緊的打夏廉，作為一種間接的示威。夏廉的頭已腫起多高，被她往磨盤上撞的。

張店的那位排長原是個有名有姓的人，他是和家裡鬧氣而跑出去當了兵；他現在正在臨縣駐紮。趙五回來交差，很替二妞高興——「一大家子人呢，準保有吃有喝；二姑娘有點造化！」他們也答應了提早結婚。

「柳屯的」大概上十回梯子，總有八回看見我：我替夏大嫂辦理一切，她既下不了地，別人又不敢幫忙，我自然得賣點力氣了——一半也是為氣「柳屯的」。每逢她看見我，張口就罵夏廉，不但不罵我，連夏大嫂也摘乾淨了。

我心裡說，只要你不直接衝鋒，我便不接碴兒，咱們是心裡的勁！

夏廉有一天晚上找我來了；他頭上頂著好幾個大青包，很像塊長著綠苔的山子石。坐了半天，我們誰也沒說話。我心裡覺得非常的亂，不知思想什麼好；他大概也不甚好受。我為是打破僵局，沒想就說了句：「你怎能受她這個呢！」

「我沒法子！」他板著臉說，眉毛要皺上，可是不成功，因為那塊都腫著呢。

「我就不信一個男子漢……」

他沒等我說完，就接了下去：「她也有好處。」

「財產都被你們倆弄過來了，好處？」我沒好意的笑著。

他不出聲了，兩眼看著屋中的最遠處；不願再還口；可是十分不愛聽我的話；一個人有一個主意——他願挨揍而有財產。「柳屯的」，從一方面說，是他的寶貝。

「你幹什麼來了？」我不想再跟他多費話。

「我……」

「說你的？」

「我……，你是有意跟她頂到頭兒嗎？」

「夏大嫂是你的元配，二妞是你的女兒！」

他沒往下接碴；簡單的說了一句：「我怕鬧到縣裡去！」

我看出來了：「柳屯的」是絕不能善罷甘休，他管不了；所以來勸告我。

他怕鬧到縣裡去——錢！到了縣裡，沒錢是不用想出來的。他不能捨了「柳屯的」：沒有她，夏老者是頭一個必向兒子反攻的。夏廉有相當的厲害，可是打算大獲全勝非仗著「柳屯的」不可。真要鬧到縣裡去，而「柳屯的」被扣起來，他便進退兩難了：不設法弄出她來吧，他失去了靠山；弄出她來吧，得花錢；所以他來勸我。

「我不要求你幫助夏大嫂——你自己的妻子；你也不用管我怎樣對待『柳屯的』。咱們就說到這兒吧。」

第二天，「柳屯的」騎著驢，打著傘，到縣城裡罵去了：由東關罵到西關，還罵的是夏老王八與夏廉。她試試，試試城裡有人抓她或攔阻她沒有。

她始終不放心縣裡。沒人攔她，她打著得勝鼓回來了；當天晚上，她在場院召集佈道會，咒詛夏家，並報告她的探險。

戰事是必不可避免的，我看準了。只好預備打吧，有什麼法子呢？沒有大靡亂，是掃不清咱們這個世界的汙濁的；以大喻小，我們村裡這件事也是如此。

這幾天村裡的人都用一種特別的眼神看我，雖然我並沒想好如何作戰——不過是她來，我絕不退縮。謠言說我已和那位「軍官」勾好，也有人說我在縣裡打點妥當；這使我很不自在。其實我完全是「玩玩票」，不想勾結誰。

趙五都不肯幫助我，還用說別人？

村裡的人似乎永遠是聖明的。他們相信好運是有年限的，果然是這樣；即使我不信這個，也敵不過他們——他們只要一點偶合的事證明了天意。正在夏家二妞要出閣之前，「柳屯的」被縣裡拿了去。村裡的人知道底細，可是暗中都用手指著我。我真一點也不知道。

過了幾天，消息才傳到村中來：村裡的一位王姑娘，在城裡當看護。恰巧縣知事的太太生小孩，把王姑娘找了去。她當笑話似的把「柳屯的」一切告訴了知事太太，而知事太太最恨作小老婆的，因為知事頗有弄個「人兒」的願望與表示。知事太太下命令叫老爺「辦」那個娘們，於是「柳屯的」就被捉進去。

村裡人不十分相信這個，他們更願維持「柳屯的」交了五年旺運的說法，而她所以倒楣還是因為我。松兒大爺一半滿意，一半慨歎的說：「我說什麼來著？出不了三四年，夏家連塊土坯也落不下！應驗了吧？縣裡，二三百畝地還不是白填進去！」

夏廉決定了把她弄出來，楞把錢花在縣裡也不能叫別人得了去——他的爸爸也在內。

夏老者也沒閒著，沒有「柳屯的」，他便什麼也不怕了。

夏家父子的爭鬥，引起一部分人的注意——張二楞，劉四，馮二頭，和宋寡婦等全決定幫助夏廉。「柳屯的」是他們的首領與恩人。連趙五都還替她吹風——到了縣衙門，「柳屯的」還罵呢，硬到底！沒見她走的時候呢，叫四個啇役攙著她！四個呀，啇役！

夏二妞平平安安的被娶了走。暑天還沒過去，夏大嫂便死了；她笑著死的。三妞被她的大姐接了走。夏家父子把夏大嫂的東西給分了。宋寡婦說：「要是『柳屯的』在家，夏大嫂那份黃楊木梳一定會給了我！夏家那倆爺們一對死王八皮！」

「柳屯的」什麼時候能出來，沒人曉得。可是沒有人忘了她，連孩子們都這樣的玩耍：「我當『柳屯的』，你當夏老頭？」他們這樣商議：「我當『柳屯的』！我當『柳屯的』！我的眼會努著。」大家這麼爭論。

連我自己也覺得有點對不起她了，雖然我知道這是可笑的。

抱孫

難怪王老太太盼孫子呀；不為抱孫子，娶兒媳婦幹嘛？也不能怪兒媳婦成天著急；本來嘛，不是不努力生養呀，可是生下來不活，或是不活著生下來，有什麼法兒呢！就拿頭一胎說吧：自從一有孕，王老太太就禁止兒媳婦有任何操作，夜裡睡覺都不許翻身。難道這還算不小心？哪裡知道，到了五個多月，兒媳婦大概是因為多眨巴了兩次眼睛，小產了！還是個男胎；活該就結了！再說第二胎吧，兒媳婦連眨巴眼都拿著尺寸；打哈欠的時候有兩個丫鬟在左右扶著。果然小心謹慎沒錯處，生了個大白胖小子。可是沒活了五天，小孩不知為了什麼，竟自一聲沒出，神不知鬼不覺的與世長辭了。那是十一月天氣，產房裡大小放著四個火爐，窗戶連個針尖大的窟窿也沒有，不要說是風，就是風神，想進來是怪不容易的。況且小孩還蓋著四床被，五條毛毯，按說夠溫暖的了吧？哼，他竟自死了。命該如此！

現在，王少奶奶又有了喜，肚子大得驚人，看著頗像軋馬路的石碾。看著這個肚子，王老太太心裡彷彿長出兩隻小手，成天抓弄得自己怪要發笑的。這麼豐滿體面的肚子，要不是雙胞胎才怪呢！子孫娘娘有靈，賞給一對白胖小子吧！王老太太可不只是禱告燒香呀，兒媳婦要吃活人腦子，老太太也不駁回。半夜三更還給兒媳婦送肘子湯，雞絲掛麵……兒媳婦也真作臉，越躺著越餓，點心就能吃二斤翻毛月餅：吃得順著枕頭往下流油，被窩的深處能掃出一大碗什錦來。孕婦不多吃怎麼生胖小子呢？婆婆兒媳對於此點完全同意。婆婆這樣，娘家媽也不能落後啊。她是七趟八趟來「催生」，每次至少帶來八個食盒。兩親家，按著哲學上說，永遠應當是對仇人。娘家媽帶來的東西越多，婆婆越覺得這是有意羞辱人；婆婆越加緊張羅吃食，娘家媽越覺得女兒的嘴虧。這樣一競爭，少奶奶可得其所哉，連嘴犄角都吃爛了。收生婆已經守了七天七夜，壓根兒生不下來。偏方兒，丸藥，子孫娘娘的香灰，吃多了；全不靈驗。到第八天頭上，少奶奶連雞湯都顧不得喝了，疼得滿地打滾。王老太太急得給子孫娘娘跪了一股香，娘家媽把天仙庵的尼姑接來唸催生咒；還是不中用。一直鬧到半夜，小孩算是露出頭髮來。收生婆施展了絕技，除了把少奶奶的下部全抓破了別無成績。小孩一定不肯出來。長似一年的一分鐘，竟自過了五六十來分，還是只見頭髮不見孩子。有人說，少奶奶得上醫院。上醫院？王老太太不能這麼辦。好嗎，上醫院去開腸破肚不自自然然的產出來，硬由肚子裡往外掏！洋鬼子，二毛子，能那麼辦；王家要「養」下來的孫子，不要「掏」出來的。娘家媽也發了言，養小孩還能快了嗎？小雞生個蛋也得到了時候呀！況且催生咒還沒唸完，忙什麼？不敬尼姑就是看不起神仙！

又耗了一點鐘，孩子依然很固執。少奶奶直翻白眼。王老太太眼中含著老淚，心中打定了主意：保小的不保大人。媳婦死了，再娶一個；孩子更要緊。她翻白眼呀，正好一狠心把孩子拉出來。找奶媽養著一樣的好，假如媳婦死了的話。告訴了收生婆，拉！娘家媽可不幹了呢，眼看著女兒翻了兩點鐘的白眼！孫子算老幾，女兒是女兒。上醫院吧，別等唸完催生咒了；誰知道尼姑們唸的是什麼呢，假如不是催生咒，豈不壞了事？把尼姑打發了。婆婆還是不答應：「掏」，行不開！婆婆不贊成，娘家媽還真沒主意。嫁出的女兒潑出的水，活是王家的人，死是王家的鬼呀。兩親家彼此瞪著，恨不能咬下誰一塊肉才解氣。

又過了半點多鐘，孩子依然不動聲色，乾脆就是不肯出來。收生婆見事不好，抓了一個空兒溜了。她一溜，王老太太有點拿不住勁兒了。娘家媽的話立刻增加了許多份量：「收生婆都跑了，不上醫院還等什麼呢？等小孩死在胎裡哪！」「死」和「小孩」並舉，打動了王太太的心。可是「掏」到底是行不開的。

「上醫院去生產的多了，不是個個都掏。」娘家媽力爭，雖然不一定信自己的話。

王老太太當然不信這個；上醫院沒有不掏的。

幸而娘家爹也趕到了。娘家媽的聲勢立刻浩大起來。娘家爹也主張上醫院。他既然也這樣說，只好去吧。無論怎說，他到底是個男人。雖然生小孩是女人的事，可是在這生死關頭，男人的主意多少有些力量。

兩親家，王少奶奶，和只露著頭髮的孫子，一同坐汽車上了醫院。剛露了頭髮就坐汽車，真可憐的慌，兩親家不住的落淚。

一到醫院，王老太太就炸了煙。怎麼，還得掛號？什麼叫掛號呀？生小孩子來了，又不是買官米打粥，按哪門子號頭呀？王老太太氣壞了，孫子可以不要了，不能掛這個號。可是繼而一看，若是不掛號，人家大有不叫進去的意思。這口氣難嚥，可是還得嚥；為孫子什麼也得忍受。設若自己的老爺還活著，不立刻把醫院拆個土平才怪；寡婦不行，有錢也得受人家的欺侮。沒工夫細想心中的委屈，趕快把孫子請出來要緊。掛了號，人家要預收五十塊錢。王老太太可抓住了：「五十？五百也行，老太太有錢！乾脆要錢就結了，掛哪門子浪號，你當我的孫子是封信呢！」

醫生來了。一見面，王老太太就炸了煙，男大夫！男醫生當收生婆？我的兒媳婦不能叫男子大漢給接生。這一陣還沒炸完，又出來兩個大漢，抬起兒媳婦就往床上放。老太太連耳朵都哆嗦開了！這是要造反呀，人家一個年輕輕的孕婦，怎麼一群大漢來動手腳的？「放下，你們這兒有懂人事的沒有？要是有的話，叫幾個女的來！不然，我們走！」恰巧遇上個頂和氣的醫生，他發了話：「放下，叫她們走吧！」

王老太太嚥了口涼氣，嚥下去砸得心中怪熱的，要不是為孫子，至少得打大夫幾個最響的嘴巴！現官不如現管，誰叫孫子故意鬧脾氣呢。抬吧，不用說廢話。兩個大漢剛把兒媳婦放在帆布床上，看！大夫用兩隻手在她肚子上這一陣按！王老太太閉上了眼，心中罵親家母：你的女兒，叫男子這麼按，你連一聲也不發，德行！剛要罵出來，想起孫子；十來個月的沒受過一點委屈，現在被大夫用手亂杵，嫩皮嫩骨的，受得住嗎？她睜開了眼，想警告大夫。哪知道大夫反倒先問下來了：「孕婦淨吃什麼來著？這麼大的肚子！你們這些人沒辦法，什麼也給孕婦吃，吃得小孩這麼肥大。平日也不來檢驗，產不下來才找我們！」他沒等王老太太回答，向兩個大漢說：「抬走！」

王老太太一輩子沒受過這個。「老太太」到哪兒不是聖人，今天竟自聽了一頓教訓！這還不提，話總得說得近情近理呀；孕婦不多吃點滋養品，怎能生小孩呢，小孩怎會生長呢？難道大夫在胎裡的時候專喝西北風？西醫全是二毛子！不便和二毛子辯駁；拿娘家媽殺氣吧，瞪著她！娘家媽沒有意思挨蹬，跟著女兒就往裡走。王老太太一看，也忙趕上前去。那位和氣生財的大夫轉過身來：「這兒等著！」

兩親家的眼都紅了。怎麼著，不叫進去看看？我們知道你把兒媳婦抬到哪兒去啊？是殺了，還是剮了啊？大夫走了。王老太太把一肚子邪氣全照顧了娘家媽：「你說不掏，看，連進去看看都不行！掏？還許大切八塊呢！宰了你的女兒活該！萬一要把我的孫子……我的老命不要了。跟你拚了吧！」

娘家媽心中打了鼓，真要把女兒切了，可怎辦？大切八塊不是沒有的事呀，那回醫學堂開會不是大玻璃箱裡裝著人腿人腔子嗎？沒辦法！事已至此，跟女兒的婆婆幹吧！「你倒怨我？是誰一天到晚填我的女兒來著？沒聽大夫說嗎？老叫兒媳婦的嘴不閒著，吃出毛病來沒有？我見人見多了，就沒看見一個像你這樣的婆婆！」

「我給她吃？她在你們家的時候吃過飽飯嗎？」王太太反攻。

「在我們家裡沒吃過飽飯，所以每次看女兒去得帶八個食盒！」

「可是呀，八個食盒，我填她，你沒有？」

兩親家混戰一番，全不示弱，罵得也很具風格。

大夫又回來了。果不出王老太太所料，得用手術。手術二字雖聽著耳生，可是猜也猜著了，手要是豎起來，還不是開刀問斬？大夫說：用手術，大人小孩或者都能保全。不然，全有生命的危險。小孩已經誤了三小時，而且絕不能產下來，孩子太大。不過，要施手術，得有親族的簽字。王老太太一個字沒聽見。掏是行不開的。

「怎樣？快決定！」大夫十分的著急。

「掏是行不開的！」

「願意簽字不？快著！」大夫又緊了一板。

「我的孫子得養出來！」

娘家媽急了：「我簽字行不行？」

王老太太對親家母的話似乎特別的注意：「我的兒媳婦！你算哪道？」

大夫真急了，在王老太太的耳根子上扯開脖子喊：「這可是兩條人命的關係！」

「掏是不行的！」

「那麼你不要孫子了？」大夫想用孫子打動她。

果然有效，她半天沒言語。她的眼前來了許多鬼影，全似乎是向她說：「我們要個接續香煙的，掏出來的也行！」她投降了。祖宗當然是願要孫子；掏吧！「可有一樣，掏出來得是活的！」她既是聽了祖宗的話，允許大夫給掏孫子，當然得說明了——要活的。掏出個死的來幹嘛用？只要掏出活孫子來，兒媳婦就是死了也沒大關係。

娘家媽可是不放心女兒：「準能保大小都活著嗎？」

「少說話！」王老太太教訓親家太太。

「我相信沒危險，」大夫急得直流汗，「可是小孩已經耽誤了半天，難保沒個意外；要不然請你簽字幹嘛？」

「不保準呀？趁早不用費這道手續！」老太太對祖宗非常的負責任；好嗎，掏了半天都再不會活著，對得起誰！

「好吧，」大夫都氣暈了，「請把她拉回去吧！你可記住了，兩條人命！」

「兩條三條吧，你又不保準，這不是瞎扯！」

大夫一聲沒出，扭頭就走。

王老太太想起來了，試試也好。要不是大夫要走，她絕想不起這一招兒來。「大夫，大夫！你回來呀，試試吧！」

大夫氣得不知是哭好還是笑好。把單子唸給她聽，她畫了個十字兒。

兩親家等了不曉得多麼大的時候，眼看就天亮了，才掏了出來，好大的孫子，足份量十三磅！王老太太不曉得怎麼笑好了，拉住親家母的手一邊笑一邊刷刷的落淚。親家母已不是仇人了，變成了老姐姐。大夫也不是二毛子了，是王家的恩人，馬上賞給他一百塊錢才合適。假如不是這一掏，叫這麼胖的大孫子生生的憋死，怎對祖宗呀？恨不能跪下就磕一陣頭，可惜醫院裡沒供著子孫娘娘。

胖孫子已被洗好，放在小兒室內。兩位老太太要進去看看。不只是看看，要用一夜沒洗過的老手指去摸摸孫子的胖臉蛋。看護不准兩親家進去，只能隔著玻璃窗看著。眼看著自己的孫子在裡面，自己的孫子，連摸摸都不准！娘家媽摸出個紅封套來——本是預備賞給收生婆的

——遞給看護；給點運動費，還不准進去？事情都來得邪，看護居然不收。王老太太揉了揉眼，細端詳了看護一番，心裡說：「不像洋鬼子妞呀，怎麼給賞錢都不接著呢？也許是面生，不好意思的？有了，先跟她閒扯幾句，打開了生臉就好辦了。」指著屋裡的一排小籃說：「這些孩子都是掏出來的吧？」

「只是你們這個，其餘的都是好好養下來的。」

「沒那個事，」王老太太心裡說，「上醫院來的都得掏。」

「給孕婦大油大肉吃才掏呢，」看護有點愛說話。

「不吃，孩子怎能長這麼大呢！」娘家媽已和王老太太立在同一戰線上。

「掏出來的胖寶貝總比養下來的瘦猴兒強！」王老太太有點覺得不掏出來的孩子沒有住醫院的資格。「上醫院來『養』，脫了褲子放屁，費什麼兩道手續！」

無論怎說，兩親家乾瞪眼進不去。

王老太太有了主意，「丫鬟，」她叫那個看護，「把孩子給我，我們要回家去。還得趕緊去預備洗三[1]請客呢！」

「我既不是丫鬟，也不能把小孩給你，」看護也夠和氣的。

「我的孫子，你敢不給我嗎？醫院裡能請客辦事嗎？」

「用手術取出來的，大人一時不能給小孩奶吃，我們得給他奶吃。」

1. 洗三：舊時嬰兒出生後第三天，要舉行沐浴儀式，會集親友為嬰兒祝吉，叫「洗三」。

「你會，我們不會？我這快六十的人了，生過兒養過女，不比你懂得多；你養過小孩嗎？」老太太也說不清看護是姑娘，還是媳婦，誰知道這頭戴小白盔的是什麼呢。

「沒大夫的話，反正小孩不能交給你！」

「去把大夫叫來好了，我跟他說；還不願意跟你廢話呢！」

「大夫還沒完事呢，割開肚子還得縫上呢。」

看護說到這裡，娘家媽想起女兒來。王老太太似乎還想不起兒媳婦是誰。孫子沒生下來的時候，一想起孫子便也想到媳婦；孫子生下來了，似乎把媳婦忘了也沒什麼。娘家媽可是要看看女兒，誰知道女兒的肚子上開了多大一個洞呢？手術室不許閒人進去，沒法，只好陪著王老太太瞭望著胖小子吧。

好容易看見大夫出來了。王老太太趕緊去交涉。

「用手術取小孩，最好在院裡住一個月，」大夫說。

「那麼三天滿月怎麼辦呢？」王老太太問。

「是命要緊，還是辦三天要緊呢？產婦的肚子沒長上，怎能去應酬客人呢？」大夫反問。

王老太太確是以為辦三天比人命要緊，可是不便於說出來，因為娘家媽在旁邊聽著呢。至於肚子沒長好，怎能招待客人，那有辦法：「叫她躺著招待，不必起來就是了。」

大夫還是不答應。

王老太太悟出一條理來：「住院不是為要錢嗎？好，我給你錢，叫我們娘們走吧，這還不行？」

「你自己看看去，她能走不能？」大夫說。

兩親家反都不敢去了。萬一兒媳婦肚子上還有個盆大的洞，多麼嚇人？還是娘家媽愛女兒的心重，大著膽子想去看看。王老太太也不好意思不跟著。

到了病房，兒媳婦在床上放著的一張臥椅上躺著呢，臉就像一張白紙。娘家媽哭得放了聲，不知道女兒是活還是死。王老太太到底心硬，只落了一半個淚，緊跟著炸了煙：「怎麼不叫她平平正正的躺下呢？這是受什麼洋刑罰呢？」

「直著呀，肚子上縫的線就綳了，明白沒有？」大夫說。

「那麼不會用膠黏上點嗎？」王老太太總覺得大夫沒有什麼高明主意。

娘家媽想和女兒說幾句話，大夫也不允許。兩親家似乎看出來，大夫不定使了什麼壞招兒，把產婦弄成這個樣。無論怎說吧，大概一時是不能出院。好吧。先把孫子抱走，回家好辦三天呀。

大夫也不答應，王老太太急了。「醫院裡洗三不洗？要是洗的話，我把親友全請到這兒來；要是不洗的話，再叫我抱走；頭大的孫子，洗三不請客辦事，還有什麼臉得活著？」

「誰給小孩奶吃呢？」大夫問。

「僱奶媽子！」王老太太完全勝利。

到底把孫子抱出來了。王老太太抱著孫子上了汽車，一上車就打嚏噴，一直打到家，每個噎噴都是照準了孫子的臉射去的。到了家，趕緊派人去找奶媽子，孫子還在懷中抱著，以便接收噎噴。不錯，王老太太知道自己是著了涼；可是至死也不能放下孫子。到了晌午，孫子接了至少有二百多個噎噴，身上慢慢的熱起來。王老太太更不肯撒手了。到了下午三點來鐘，孫子燒得像塊火炭了。到了夜裡，奶媽子已僱妥了兩個，可是孫子死了，一口奶也沒有吃。

王老太太只哭了一大陣；哭完了，她的老眼瞪圓了：「掏出來的！掏出來的能活嗎？跟醫院打官司！那麼沉重的孫子會只活了一天，哪有的事？全是醫院的壞，二毛子們！」

王老太太約上親家母，上醫院去鬧。娘家媽也想把女兒趕緊接出來，醫院是靠不住的！把兒媳婦接出來了；不接出來怎好打官司呢？接出來不久，兒媳婦的肚子裂了縫，貼上「產後回春膏」也沒什麼用，她也不言不語的死了。好吧，兩案歸一，王老太太把醫院告了下來。老命不要了，不能不給孫子和媳婦報仇！

善人

汪太太最不喜歡人叫她汪太太；她自稱穆鳳貞女士，也願意別人這樣叫她。她的丈夫很有錢，她老實不客氣的花著；花完他的錢，而被人稱穆女士，她就覺得自己是個獨立的女子，並不專指著丈夫吃飯。

穆女士一天到晚不用提多麼忙了，又搭著長得富泰，簡直忙得喘不過氣來。不用提別的，就光拿上下汽車說，穆女士——也就是穆女士！——一天得上下多少次。哪個集會沒有她，哪件公益事情沒有她？換個人，那麼兩條胖腿就夠累個半死的。穆女士不怕，她的生命是獻給社會的；那兩條腿再胖上一圈，也得設法帶到汽車裡去。她永遠心疼著自己，可是更愛別人，她是為救世而來的。

穆女士還沒起床，ㄚ鬟自由就進來回話。她囑咐過自由不止一次了：她沒起來，不准進來回話。ㄚ鬟就是ㄚ鬟，叫她「自由」也沒用，天生來的不知好歹。她真想抄起床旁的小桌燈向自由扔了去，可是覺得自由還不如桌燈值錢，所以沒扔。

「自由，我囑咐你多少回了！」穆女士看了看鐘，已經快九點了，她消了點氣，不為別的，是喜歡自己能一氣睡到九點，身體定然是不錯；她得為社會而心疼自己，她需要長時間的睡眠。

「不是，太太，女士！」自由想解釋一下。

「說，有什麼事！別磨磨蹭蹭的！」

「方先生要見女士。」

「哪個方先生？方先生可多了，你還會說話呀！」

「老師方先生。」

「他又怎樣了？」

「他說他的太太死了！」自由似乎很替方先生難過。

「不用說，又是要錢！」穆女士從枕頭底下摸出小皮夾來：「去，給他這二十，叫他快走；告訴明白，我在吃早飯以前不見人。」

自由拿著錢要走，又被主人叫住：「叫博愛放好了洗澡水；回來你開這屋子的窗戶。什麼都得我現告訴，真勞人得慌！大少爺呢？」

「上學了，女士。」

「連個 kiss 都沒給我，就走，好的，」穆女士連連的點頭，腮上的胖肉直動。

「大少爺說了，放學吃午飯再給您一個 kiss。」自由都懂得什麼叫 kiss，pie 和 bath。

「快去，別廢話；這個勞人勁兒！」

自由輕快的走出去，穆女士想起來：方先生家裡落了喪事，二少爺怎麼辦呢？無緣無故的死哪門子人，又叫少爺得荒廢好幾天的學！穆女士是極注意子女們的教育的。

博愛敲門，「水好了，女士。」

穆女士穿著睡衣到浴室去。雪白的澡盆，放了多半盆不冷不熱的清水。凸花的玻璃，白磁磚的牆，圈著一些熱氣與香水味。一面大鏡子，幾塊大白毛巾；胰子盒，浴鹽瓶，都擦得放著光。她覺得痛快了點。把白胖腿放在水裡，她楞了一會兒；水給皮膚的那點刺激使她在舒適之中有點茫然。她想起點久已忘了的事。坐在盆中，她看著自己的白胖腿；腿在水中顯著更胖，她心中也更渺茫。用一點水，她輕輕的洗脖子；洗了兩把，又想起那久已忘了的事——自己的青春：二十年前，自己的身體是多麼苗條、好看！她彷彿不認識了自己。想到丈夫、兒女，都顯著不大清楚，他們似乎是些生人。她撩起許多水來，用力的洗，眼看著皮膚紅起來。她痛快了些，不茫然了。她不只是太太，母親；她是大家的母親，一切女同胞的導師。她在外國讀過書，知道世界大勢，她的天職是在救世。可是救世不容易！二年前，她想起來，她提倡沐浴，到處宣傳：「沒有澡盆，不算家庭！」有什麼結果？人類的愚蠢，把舌頭說掉了，他們也不瞭解！摸著她的腳踝，她想應當灰心，任憑世界變成個狗窩，沒澡盆，沒衛生！可是她灰心不得，要犧牲就得犧牲到底。她喊自由：「窗戶開五分鐘就得！」

「已經都關好了，女士！」自由回答。

穆女士回到臥室。五分鐘的工夫屋內已然完全換了新鮮空氣。她每天早上得作深呼吸。院內的空氣太涼，屋裡開了五分鐘的窗子就滿夠她呼吸用的了。先彎下腰，她得意她的手還搆得著腳尖，腿雖然彎著許多，可是到底手尖是碰了腳尖。俯仰了三次，她然後直立著餵了她的肺五六次。她馬上覺出全身的血換了顏色，鮮紅，和朝陽一樣的熱、艷。「自由，開飯！」

穆女士最恨一般人吃得太多，所以她的早飯很簡單：一大盤火腿蛋，兩塊黃油麵包，草莓果醬，一杯加乳咖啡。她曾提倡過儉食：不要吃五六個窩頭，或四大碗黑麵條，而多吃牛乳與黃油。沒人響應；好事是得不到響應的。她只好自己實行這個主張，自己單僱了個會作西餐的廚子。吃著火腿蛋，她想起方先生來。方先生教二少爺讀書，一月拿二十塊錢，不算少。她就怕寒苦的人有多掙錢的機會；錢在她手裡是錢，到了窮人手裡是禍。她不是不能多給方先生幾塊，而是不肯，一來為怕自己落個冤大頭的名兒，二來怕給方先生惹禍。連這麼著，剛教了幾個月的書，還把太太死了呢。不過，方先生到底是可憐的。她得設法安慰方先生：「自由，叫廚子把『我』的雞蛋給方先生送十個去；囑咐方先生不要煮老了，嫩著吃！」

穆女士咂摸著咖啡的回味，想像著方先生吃過嫩雞蛋必能健康起來，足以抵抗得住喪妻的悲苦。繼而一想呢，方先生既喪了妻，沒人給他做飯吃，以後最好是由她供給他兩頓飯。她總是給別人想得這樣周到；不由她，慣了。供給他兩頓飯呢，可就得少給他幾塊錢。他少得幾塊錢，可是吃得舒服呢。方先生應當感謝她這份體諒與憐愛。她永遠體諒人憐愛人，可是誰體諒她憐愛她呢？想到這兒，她覺得生命無非是個空虛的東西；她不能再和誰戀愛，不能再把青春喚回來；她只能去為別人服務，可是誰感激她，同情她呢？

她不敢再想這可怕的事，這足以使她發狂。她到書房去看這一天的工作；工作，只有工作使她充實，使她疲乏，使她睡得香甜，使她覺到快活與自己的價值。

她的祕書馮女士已經在書房裡等了一點多鐘了。馮女士才二十三歲，長得不算難看，一月掙十二塊錢。穆女士給她的名義是祕書，按說有這麼個名字，不給錢也滿下得去。穆女士的交際是多麼廣，做她的祕書當然能有機會遇上個闊人；假如嫁個闊人，一輩子有吃有喝，豈不比現在掙五六十塊錢強？穆女士為別人打算老是這麼周到，而且眼光很遠。見了馮女士，穆女士嘆了口氣：「哎！今兒個有什麼事？說吧！」她倒在個大椅子上。

馮女士把記事簿早已預備好了：「今兒個早上是，穆女士，盲啞學校展覽會，十時二十分開會：十一點十分，婦女協會，您主席：十二點，張家婚禮：下午……」

「先等等，」穆女士又嘆了口氣，「張家的賀禮送過去沒有？」

「已經送過去了，一對鮮花籃，二十八塊錢，很體面。」

「啊，二十八塊的禮物不太薄——」

「上次汪先生作壽，張家送的是一端壽幛，並不——」

「現在不同了，張先生的地位比原先高了；算了吧，以後再找補吧。下午一共有幾件事？」

「五個會呢！」

「哼！甭告訴我，我記不住。等我由張家回來再說吧。」穆女士點了根菸吸著，還想著張家的賀禮似乎太薄了些。「馮女士，你記下來，下星期五或星期六請張家新夫婦吃飯，到星期三你再提醒我一聲。」馮女士很快的記下來。

「別忘了問我張家擺的什麼酒席，別忘了。」「是，穆女士。」

穆女士不想上盲啞學校去，可是又怕展覽會照像，相片上沒有自己，怪不合適。她決定晚去一會兒，最好是正趕上照像才好。這麼決定了，她很想和馮女士再說幾句，倒不是因為馮女士有什麼可愛的地方，而是她自己覺得空虛，願意說點什麼……解解悶兒。她想起方先生來：

「馮，方先生的妻子過去了，我給他送了二十塊錢去，和十個雞子，怪可憐的方先生！」穆女士的眼圈真的有點發濕了。

馮女士早知道方先生是自己來見汪太太，她不見，而給了二十塊錢，可是她曉得主人的脾氣：「方先生真可憐！可也是遇見女士這樣的人，趕著給他送了錢去！」

穆女士臉上有點笑意，「我永遠這樣待人；連這麼著還討不出好兒來，人世是無情的！」

「誰不知道女士的慈善與熱心呢！」

「哎！也許！」穆女士臉上的笑意擴展得更寬心了些。

「二少爺的書又得荒廢幾天！」馮女士很關心似的。

「可不是，老不叫我心靜一會兒！」

「要不我先好歹的教著他？我可是不很行呀！」

「你怎麼不行！我還真忘了這個辦法呢！你先教著他得了，我白不了你！」

「您別又給我報酬，反正就是幾天的事，方先生事完了還叫方先生教。」

穆女士想了會兒，「馮，簡直這麼辦好不好？你就教下去，我每月一共給你二十五塊錢，豈不整重[1]？」

「就是有點對不起方先生！」

「那沒什麼，反正他喪了妻，家中的嚼穀小了；遇機會我再給他弄個十頭八塊的事；那沒什麼！我可該走了，哎！一天一天的，真累死人！」

1. 整重：扎實；牢靠。

開市大吉

我、老王，和老邱，湊了點錢，開了個小醫院。老王的夫人作護士主任，她本是由看護而高昇為醫生太太的。老邱的岳父是庶務兼會計。我和老王是這麼打算好，假如老丈人報花賬或是攜款潛逃的話，我們倆就揍老邱；合著老邱是老丈人的保證金。我和老王是一黨，老邱是我們後約的，我們倆總得防備他一下。辦什麼事，不拘多少人，總得分個黨派，留個心眼。不然，看著便不大像回事兒。加上王太太，我們是三個打一個，假如必須打老邱的話。老丈人自然是幫助老邱嘍，可是他年歲大了，有王太太一個人就可把他的鬍子扯淨了。老邱的本事可真是不錯，不說屈心的話。他是專門割痔瘡，手術非常的漂亮，所以請他合作。不過他要是找揍的話，我們也不便太厚道了。

我治內科，老王花柳，老邱專門痔漏兼外科，王太太是看護士主任兼產科，合著我們一共有四科。我們內科，老老實實的講，是地道二五八[1]。一分錢一分貨，我們的內科收費可少呢。要敲是敲花柳與痔瘡，老王和老邱是我們的希望。我和王太太不過是配搭，她就根本不是大夫，對於生產的經驗她有一些，因為她自己生過兩個小孩。至於接生的手術，反正我有太太絕不叫她接生。可是我們得設產科，產科是最有利的。只要順順當當的產下來，至少也得住十天半月的；稀粥爛飯的對付著，住一天拿一天的錢。要是不順順當當的生產呢，那看事做事，臨時再想主意。活人還能叫尿憋死？我們開了張。「大眾醫院」四個字在大小報紙已登了一個半月。名字起得好——辦什麼賺錢的事兒，在這個年月，就是別忘了「大眾」。不賺大眾的錢，

1. 二五八：指自我感覺良好。

賺誰的？這不是真情實理嗎？自然在廣告上我們沒這麼說，因為大眾不愛聽實話的；我們說的是：「為大眾而犧牲，為同胞謀幸福。一切科學化，一切平民化，溝通中西醫術，打破階級思想。」真花了不少廣告費，本錢是得下一些的。把大眾招來以後，再慢慢收拾他們。專就廣告上看，誰也不知道我們的醫院有多麼大。院圖是三層大樓，那是借用近鄰轉運公司的相片，我們一共只有六間平房。

我們開張了。門診施診一個星期，人來得不少，還真是「大眾」，我挑著那稍像點樣子的都給了點各色的蘇打水，不管害的是什麼病。這樣，延遲過一星期好正式收費呀；那真正老號的大眾就乾脆連蘇打水也不給，我告訴他們回家洗洗臉再來，一臉的滋泥，吃藥也是白搭。

忙了一天，晚上我們開了緊急會議，專替大眾不行啊，得設法找「二眾」。我們都後悔了，不該叫「大眾醫院」。有大眾而沒貴族，由哪兒發財去？醫院不是煤油公司啊，早知道還不如乾脆叫「貴族醫院」呢。老邱把刀子沾了多少回消毒水，一個割痔瘡的也沒來！長痔瘡的闊老誰能上「大眾醫院」來割？

老王出了主意：明天包一輛能駛的汽車，我們輪流的跑幾趟，把二外婆接來也好，把三舅母裝來也行。一到門口看護趕緊往裡攙，接上這麼三四十趟，四鄰的人們當然得佩服我們。

我們都很佩服老王。

「再賃幾輛不能駛的，」老王接著說。

「幹嘛？」我問。

「和汽車行商量借給咱們幾輛正在修理的車，在醫院門口放一天。一會兒叫咕嘟一陣。上咱們這兒看病的人老聽外面咕嘟咕嘟的響，不知道咱們又來了多少坐汽車的。外面的人呢，老看著咱們的門口有一隊汽車，還不唬住？」

我們照計而行，第二天把親戚們接了來，給他們碗茶喝，又給送走。兩個女看護是見一個攙一個，出來進去，一天沒住腳。那幾輛不能活動而能咕嘟的車由天亮就運來了，五分鐘一陣，輪流的咕嘟，剛一出太陽就圍上一群小孩。我們給汽車隊照了個像，託人給登晚報。老邱的丈人作了篇八股，形容汽車往來的盛況。當天晚上我們都沒能吃飯，車咕嘟得太厲害了，大家都有點頭暈。

不能不佩服老王，第三天剛一開門，汽車，進來位軍官。老王急於出去迎接，忘了屋門是那麼矮，頭上碰了個大包。花柳；老王顧不得頭上的包了，臉笑得一朵玫瑰似的，似乎再碰它七八個包也沒大關係。三言五語，賣了一針六〇六。我們的兩位女看護給軍官解開制服，然後四隻白手扶著他的胳臂，王太太過來先用小胖食指在針穴輕輕點了兩下，然後老王才給用針。軍官不知道東西南北了，看著看護一個勁兒說：「得勁！得勁！得勁！」我在旁邊說了話，再給他一針。老邱也是福至心靈，早預備好了——香片茶加了點鹽。老王叫看護扶著軍官的胳臂，王太太又過來用小胖食指點了點，一針香片下去了。軍官還說得勁，老王這回是自動的又給了他一針龍井。我們的醫院裡喫茶是講究的，老是香片龍井兩著沏。兩針茶，一針六〇六，我們收了他二十五塊錢。本來應當是十元一針，因為三針，減收五元。我們告訴他還得接著來，有十次管保除根。反正我們有得是茶，我心裡說。把錢交了，軍官還捨不得走，老王和我開始跟他瞎扯，我就誇獎他的不瞞著病——有花柳，趕快治，到我們這裡來治，準保沒危險。花柳是偉人病，正大光明，有病就治，幾針六〇六，完了，什麼事也沒有。就怕像鋪子裡的小夥計，或是中學的學生，得了要藏藏掩掩，偷偷的去找老虎大夫，或是袖口來袖口去買私藥——廣告專貼在公共廁所裡，非糟不可。軍官非常贊同我的話，告訴我他已上過二十多次醫院。不過哪一回也沒有這一回舒服。我沒往下接碴兒。

老王接過去，花柳根本就不算病，自要勤扎點六〇六。軍官非常贊同老王的話，並且有事實為證——他老是不等完全好了便又接著去逛；反正再扎幾針就是了。老王非常贊同軍官的話，並且願拉個主顧，軍官要是長期扎扎的話，他願減收一半藥費：五塊錢一針。包月也行，一月一百塊錢，不論扎多少針。軍官非常贊同這個主意，可是每次得照著今天的樣子辦，我們都沒言語，可是笑著點了點頭。

軍官汽車剛開走，迎頭來了一輛，四個丫鬟攙下一位太太來。一下車，五張嘴一齊問：有特別房沒有？我推開一個丫鬟，輕輕的托住太太的手腕，攙到小院中。我指著轉運公司的樓房說，「那邊的特別室都住滿了。您還算得湊巧，這裡——我指著我們的幾間小房說——還有兩間頭等房，您暫時將就一下吧。其實這兩間比樓上還舒服，省得樓上樓下的跑，是不是，老太太？」

老太太的第一句話就叫我心中開了一朵花，「唉，這還像個大夫——病人不為舒服，上醫院來幹嘛？東生醫院那群大夫，簡直的不是人！」

「老太太，您上過東生醫院？」我非常驚異的問。

「剛由那裡來，那群王八羔子！」

趁著她罵東生醫院——憑良心說，這是我們這裡最大最好的醫院——我把她攙到小屋裡，我知道，我要是不引著她罵東生醫院，她絕不會住這間小屋，「您在那兒住了幾天？」我問。

「兩天；兩天就差點要了我的命！」老太太坐在小床上。我直用腿頂著床沿，我們的病床都好，就是上了點年紀，愛倒。「怎麼上那兒去了呢？」我的嘴不敢閒著，不然，老太太一定會注意到我的腿的。

「別提了！一提就氣我個倒仰——。你看，大夫，我害的是胃病，他們不給我東西吃！」老太太的淚直要落下來。

「不給您東西吃？」我的眼都瞪圓了。「有胃病不給東西吃？蒙古大夫！就憑您這個年紀？老太太您有八十了吧？」

老太太的淚立刻收回去許多，微微的笑著：「還小呢。剛五十八歲。」

「和我的母親同歲，她也是有時候害胃口疼！」我抹了抹眼睛。「老太太，您就在這兒住吧，我準把那點病治好了。這個病全仗著好保養，想吃什麼就吃：吃下去，心裡一舒服，病就減去幾分，是不是，老太太？」

老太太的淚又回來了，這回是因為感激我。「大夫，你看，我專愛吃點硬的，他們偏叫我喝粥，這不是故意氣我嗎？」

「您的牙口好，正應當吃口硬的呀！」我鄭重的說。

「我是一會兒一餓，他們非到時候不准我吃！」

「糊塗東西們！」

「半夜裡我剛睡好，他們把小玻璃棍放在我嘴裡，試什麼度。」

「不知好歹！」

「我要便盆，那些看護說，等一等，大夫就來，等大夫查過病去再說！」

「該死的玩藝兒！」

「我剛掙扎著坐起來，看護說，躺下。」

「討厭的東西！」

我和老太太越說越投緣，就是我們的屋子再小一點，大概她也不走了。爽性我也不再用腿頂著床了，即使床倒了，她也能原諒。

「你們這裡也有看護呀？」老太太問。

「有，可是沒關係，」我笑著說。「您不是帶來自個丫鬟嗎？叫她們也都住院就結了。您自己的人當然伺候得周到；我乾脆不叫看護們過來，好不好？」

「那敢情好啦，有地方呀？」老太太好像有點過意不去了。

「有地方，您乾脆包了這個小院吧。四個丫鬟之外，不妨再叫個廚子來，您愛吃什麼吃什麼。我只算您一個人的錢，丫鬟廚子都白住，就算您五十塊錢一天。」

老太太嘆了口氣：「錢多少的沒有關係，就這麼辦吧。春香，你回家去把廚子叫來，告訴他就手兒帶兩隻鴨子來。」我後悔了：怎麼才要五十塊錢呢？真想抽自己一頓嘴巴！幸而我沒說藥費在內；好吧，在藥費上找齊兒就是了；反正看這個派頭，這位老太太至少有一個兒子當過師長。況且，她要是天天吃火燒夾烤鴨，大概不會三五天就出院，事情也得往長裡看。

醫院很有個樣子了：四個丫鬟穿梭似的跑出跑入，廚師傅在院中牆根砌起一座爐灶，好像是要辦喜事似的。我們也不客氣，老太太的果子隨便拿起就嘗，全鴨子也吃它幾塊。始終就沒人想起給她看病，因為注意力全用在看她買來什麼好吃食。

老王和我總算開了張，老邱可有點掛不住了。他手裡老拿著刀子。我都直躲他，恐怕他拿我試試手。老王直勸他不要著急，可是他太好勝，非也給醫院弄個幾十塊不甘心。我佩服他這種精神。

吃過午飯，來了！割痔瘡的！四十多歲，胖胖的，肚子很大。王太太以為他是來生小孩，後來看清他是男性，才把他讓給老邱。老邱的眼睛都紅了。三言五語，老邱的刀子便下去了。四十多歲的小胖子疼得直叫喚，央告老邱用點麻藥。老邱可有了話：

「咱們沒講不用麻藥哇！用也行，外加十塊錢。用不用？快著！」

小胖子連頭也沒敢搖。老邱給他上了麻藥。又是一刀，又停住了：「我說，你這可有管子，剛才咱們可沒講下割管子。還往下割不割？往下割的話，外加三十塊錢。不的話，這就算完了。」

我在一旁，暗伸大拇指，真有老邱的！拿住了往下敲，是個辦法！

四十多歲的小胖子沒有駁回，我算計著他也不能駁回。老邱的手術漂亮，話也說得脆，一邊割管子一邊宣傳：「我告訴你，這點事兒值得你二百塊錢；不過，我們不敲人；治好了只求你給傳傳名。趕明天你有工夫的時候，不妨來看看。我這些傢伙用四萬五千倍的顯微鏡照，照不出半點微生物！」胖子一聲也沒出，也許是氣糊塗了。

老邱又弄了五十塊。當天晚上我們打了點酒，託老太太的廚子給作了幾樣菜。菜的材料多一半是利用老太太的。一邊吃一邊討論我們的事業，我們決定添設打胎和戒菸。老王主張暗中宣傳檢查身體，凡是要考學校或保壽險的，哪怕已經作下壽衣，預備下棺材，我們也把體格表填寫得好好的；只要交五元的檢查費就行。這一案也沒費事就通過了。老邱的老丈人最後建議，我們匀出幾塊錢，自己掛塊匾。老人出老辦法。可是總算有心愛護我們的醫院，我們也就沒反對。老丈人已把匾文擬好——仁心仁術。陳腐一點，不過也還恰當。我們議決，第二天早晨由老丈人上早市去找塊舊匾。王太太說，把匾油飾好，等門口有過娶媳婦的，藉著人家的樂隊吹打的時候，我們就掛匾。到底婦女的心細，老王特別顯著驕傲。

大悲寺外

黃先生已死去二十多年了。這些年中，只要我在北平，我總忘不了去祭他的墓。自然我不能永遠在北平；別處的秋風使我倍加悲苦：祭黃先生的時節是重陽的前後，他是那時候死的。去祭他是我自己加在身上的責任；他是我最欽佩敬愛的一位老師，雖然他待我未必與待別的同學有什麼分別；他愛我們全體的學生。可是，我年年願看看他的矮墓，在一株紅葉的楓樹下，離大悲寺不遠。

已經三年沒去了，生命不由自主的東奔西走，三年中的北平只在我的夢中！去年，也不記得為了什麼事，我跑回去一次，只住了三天。雖然才過了中秋，可是我不能不上西山去；誰知道什麼時候才再有機會回去呢。自然上西山是專為看黃先生的墓。為這件事，旁的事都可以擱在一邊；說真的，誰在北平三天能不想辦一萬樣事呢。

這種祭墓是極簡單的：只是我自己到了那裡而已，沒有紙錢，也沒有香與酒。黃先生不是個迷信的人，我也沒見他飲過酒。

從城裡到山上的途中，黃先生的一切顯現在我的心上。在我有口氣的時候，他是永生的。真的；停在我心中，他是在死裡活著。每逢遇上個穿灰布大褂，胖胖的人，我總要細細看一眼。是的，胖胖的而穿灰布大衫，因黃先生而成了對我個人的一種什麼象徵。甚至於有的時候與同學們聚餐，「黃先生呢？」常在我的舌尖上；我總以為他是還活著。還不是這麼說，我應當說：我總以為他不會死，不應該死，即使我知道他確是死了。

他為什麼作學監呢？胖胖的，老穿著灰布大衫！他作什麼不比當學監強呢？可是，他竟自作了我們的學監；似乎是天命，不作學監他怎能在四十多歲便死了呢！

胖胖的，腦後折著三道肉印；我常想，理髮師一定要費不少的事，才能把那三道彎上的短髮推淨。臉像個大肉葫蘆，就是我這樣敬愛他，也就沒法否認他的臉不是招笑的。可是，那雙眼！上眼皮受著「胖」的影響，鬆鬆的下垂，把原是一對大眼睛變成了倆螳螂卵包似的，留個極小的縫兒射出無限度的黑亮。好像這兩道黑光，假如你單單的看著它們，把「胖」的一切注腳全勾銷了。那是一個胖人射給一個活動、靈敏、快樂的世界的兩道神光。他看著你的時候，這一點點黑珠就像是釘在你的心靈上，而後把你像條上了鉤的小白魚，釣起在他自己發射出的慈祥寬厚光朗的空氣中。然後他笑了，極天真的一笑，你落在他的懷中，失去了你自己。那件鬆鬆裹著胖黃先生的灰布大衫，在這時節，變成了一件仙衣。在你沒看見這雙眼之前，假如你看他從遠處來了，他不過是團蠕蠕而動的灰色什麼東西。

無論是哪個同學想出去玩玩，而造個不十二分有傷於誠實的謊，去到黃先生那裡請假，黃先生先那麼一笑，不等你說完你的謊——好像唯恐你自己說漏了似的——便極用心的用蘇字給填好「准假證」。但是，你必須去請假。私自離校是絕對不行的。凡關乎人情的，以人情的辦法辦；凡關乎校規的，校規是校規；這個胖胖的學監！

他沒有什麼學問，雖然他每晚必和學生們一同在自修室讀書；他讀的都是大本的書，他的筆記本也是龐大的，大概他的胖手指是不肯甘心傷損小巧精緻的書頁。他讀起書來，無論冬夏，頭上永遠冒著熱汗，他決不是聰明人。有時我偷眼看看他，他的眉，眼，嘴，好像都被書的神秘給迷住；看得出，他的牙是咬得很緊，因為他的腮上與太陽穴全微微的動彈，微微的，可是緊張。忽然，他那麼天真的一笑，歎一口氣，用塊像小床單似的白手絹抹抹頭上的汗。

先不用說別的，就是這人情的不苟且與傻用功已足使我敬愛他——多數的同學也因此愛他。稍有些心與腦的人，即使是個十五六歲的學生，像那時候的我與我的學友們，還能看不出：他的溫和誠懇是出於天性的純厚，而同時又能絲毫不苟的負責是足以表示他是溫厚，不是懦弱？還覺不出他是「我們」中的一個，不是「先生」們中的一個；因為他那種努力讀書，為讀書而著急，而出汗，而歎氣，還不是正和我們一樣？

到了我們有了什麼學生們的小困難——在我們看是大而不易解決的——黃先生是第一個來安慰我們，假如他不幫助我們；自然，他能幫忙的地方便在來安慰之前已經自動的作了。二十多年前的中學學監也不過是挣六十塊錢，他每月是拿出三分之一來，預備著幫助同學，即使我們都沒有經濟上的困難，他這三分之一的薪水也不會剩下。假如我們生了病，黃先生不但是殷勤的看顧，而且必拿來些水果、點心，或是小說，幾乎是偷偷的放在病學生的床上。

但是，這位困苦中的天使也是平安中的君王——他管束我們。宿舍不清潔，課後不去運動……都要挨他的雷，雖然他的雷是伴著以淚作的雨點。

世界上，不，就說一個學校吧，哪能都是明白人呢。我們的同學裡很有些個厭惡黃先生的。這並不因為他的愛心不普遍，也不是被誰看出他是不真誠，而是偉大與藐小的相觸，結果總是偉大的失敗，好似不如此不足以成其偉大。這些同學們一樣的受過他的好處，知道他的偉大，但是他們不能愛他。他們受了他十樣的好處後而被他申斥了一陣，黃先生便變成頂可惡的。我一點也沒有因此而輕視他們的意思，我不過是說世上確有許多這樣的人。他們並不是不曉得好歹，而是他們的愛只限於愛自己；愛自己是溺愛，他們不肯受任何的責備。設若你救了他的命，而同時責勸了他幾句，他從此便永遠記著你的責備——為是恨你——而忘了救命的恩惠。黃先生的大錯處是根本不應來作學監，不負責的學監是有的，可是黃先生與不負責永遠不能聯結在一處。不論他怎樣真誠，怎樣厚道、管束。

他初來到學校，差不多沒有一個人不喜愛他，因為他與別位先生是那樣的不同。別位先生們至多不過是比書本多著張嘴的，我們佩服他們和佩服書籍差不多。即使他們是活潑有趣的，在我們眼中也是另一種世界的活潑有趣，與我們並沒有多麼大的關係。黃先生是個「人」，他與別位先生幾乎完全不相同。他與我們在一處吃、一處睡、一處讀書。

半年之後，已經有些同學對他不滿意了，其中有的，受了他的規戒，有的是出於立異——人家說好，自己就偏說壞，表示自己有頭腦，別人是順竿兒爬的笨貨。

經過一次小風潮，愛他的與厭惡他的已各一半了。風潮的起始，與他完全無關。學生要在上課的時間開會了，他才出來勸止，而落了個無理的干涉。他是個天真的人——自信心居然使他要求投票表決，是否該在上課時間開會！幸而投與他意見相同的票的多著三張！風潮雖然不久便平靜無事了，可是他的威信已減了一半。

因此，要頂他的人看出時機已到：再有一次風潮，他管保得滾。謀著以教師兼學監的人至少有三位。其中最活動的是我們的手工教師，一個用嘴與舌活著的人，除了也是胖子，他和黃先生是人中的南北極。在教室上他曾說過，有人給他每月八百圓，就是提夜壺也是美差。有許多學生喜歡他，因為上他的課時就是睡覺也能得八十幾分。他要是作學監，大家豈不是入了天國！每天晚上，自從那次小風潮後，他的屋中有小的會議。不久，在這小會議中種的子粒便開了花。校長處有人控告黃先生，黑板上常見「胖牛」，「老山藥蛋」……同時，有的學生也向黃先生報告這些消息。忽然黃先生請了一天的假。可是那天晚上自修的時候，校長來了，對大家訓話，說黃先生向他辭職，但是沒有准他。末後，校長說，「有不喜歡這位好學監的，請退學；大家都不喜歡他呢，我與他一同辭職。」大家誰也沒說什麼。可是校長前腳出去，後腳一群同學便到手工教員室中去開緊急會議。

第三天上黃先生又照常辦事了，臉上可是好像瘦減了一圈。在下午課後他召集全體學生訓話，到會的也就是半數。他好像是要說許多許多的話似的，及至到了台上，他第一個微笑就沒笑出來，楞了半天，他極低細的說了一句：「咱們彼此原諒吧！」沒說第二句。

暑假後，廢除月考的運動一天擴大一天。在重陽前，炸彈爆發了。英文教員要考，學生們不考；教員下了班，後面追隨著極不好聽的話。及至事情鬧到校長那裡去，問題便由罷考改為撤換英文教員，因為校長無論如何也要維持月考的制度。雖然有幾位主張連校長一齊推倒的，可是多數人願意先由撤換教員作起。既不向校長作戰，自然罷考須暫放在一邊。這個時節，已經有人警告了黃先生：「別往自己身上攏！」

可是誰叫黃先生是學監呢？他必得維持學校的秩序。況且，有人設法使風潮往他身上轉來呢。

校長不答應撤換教員。有人傳出來，在職教員會議時，黃先生主張嚴辦學生，黃先生勸告教員合作以便抵抗學生，黃學監……

風潮又轉了方向，黃學監，已經不是英文教員，是炮火的目標。

黃先生還終日與學生們來往、勸告、解說，笑與淚交替的揭露著天真與誠意。有什麼用呢？學生中不反對月考的不敢發言。依違兩可的是與其說和平的話不如說激烈的，以便得同學的歡心與讚揚。這樣，就是敬愛黃先生的連暗中警告他也不敢了：風潮像個魔咒捆住了全校。

我在街上遇見了他。

「黃先生，請你小心點，」我說。

「當然的，」他那麼一笑。

「你知道風潮已轉了方向？」

他點了點頭，又那麼一笑，「我是學監！」

「今天晚上大概又開全體大會，先生最好不用去。」

「可是，我是學監！」

「他們也許動武呢！」

「打『我』？」他的顏色變了。

我看得出，他沒想到學生要打他；他的自信力太大。可是同時他並不是不怕危險。他是個「人」，不是鐵石作的英雄——因此我愛他。

「為什麼呢？」他好似是詰問著他自己的良心呢。

「有人在後面指揮。」

「嘔！」可是他並沒有明白我的意思，據我看；他緊跟著問：「假如我去勸告他們，也打我？」

我的淚幾乎落下來。他問得那麼天真，幾乎是兒氣的；始終以為善意待人是不會錯的。他想不到世界上會有手工教員那樣的人。

「頂好是不到會場去，無論怎樣！」

「可是，我是學監！我去勸告他們就是了；勸告是惹不出事來的。謝謝你！」

我楞在那兒了。眼看著一個人因責任而犧牲，可是一點也沒覺到他是去犧牲——一聽見「打」字便變了顏色，而仍然不退縮！我看得出，此刻他決不想辭職了，因為他不能在學校正極紊亂時候抽身一走。「我是學監！」我至今忘不了這一句話，和那四個字的聲調。

果然晚間開了大會。我與四五個最敬愛黃先生的同學，故意坐在離講台最近的地方，我們計議好：真要是打起來，我們可以設法保護他。

開會五分鐘後，黃先生推門進來了。屋中連個大氣也聽不見了。主席正在報告由手工教員傳來的消息——就是宣佈學監的罪案——學監進來了！我知道我的呼吸是停止了一會兒。

黃先生的眼好似被燈光照得一時不能睜開了，他低著頭，像盲人似的輕輕關好了門。他的眼睜開了，用那對慈善與寬厚作成的黑眼珠看著大眾。他的面色是，也許因為燈光太強，有些灰白。他向講台那邊挪了兩步，一腳登著台沿，微笑了一下。

「諸位同學，我是以一個朋友，不是學監的地位，來和大家說幾句話！」

「假冒為善！」

「漢奸！」

後邊有人喊。

黃先生的頭低下去，他萬也想不到被人這樣罵他。他決不是恨這樣罵他的人，而是懷疑了自己，自己到底是不真誠，不然……

這一低頭要了他的命。

他一進來的時候，大家居然能那樣靜寂，我心裡說，到底大家還是敬畏他；他沒危險了。這一低頭，完了，大家以為他是被罵對了，羞愧了。

「打他！」這是一個與手工教員最親近的學友喊的，我記得。跟著，「打！」「打！」後面的全立起來。

我們四五個人彼此按了按膝，「不要動」的暗號；我們一動，可就全亂了。我喊了一句：「出去！」故意的喊得很難聽，其實是個善意的暗示。他要是出去——他離門只有兩三步遠——管保沒有事了，因為我們四五個人至少可以把後面的人堵住一會兒。

可是黃先生沒動！好像蓄足了力量，他猛然抬起頭來。他的眼神極可怕了。可是不到半分鐘，他又低下頭去，似乎用極大的懺悔，矯正他的要發脾氣。他是個「人」，可是要拿人力把自己提到超人的地步。

我明白他那心中的變動：冷不防的被人罵了，自己懷疑自己是否正道；他的心告訴他——無愧；在這個時節，後面喊「打！」，他怒了；不應發怒，他們是些青年的學生——又低下頭去。

隨著說第二次低頭，「打！」成了一片暴雨。

假如他真怒起來，誰也不敢先下手；可是他又低下頭去——就是這麼著，也還只聽見喊打，而並沒有人向前。這倒不是大家不勇敢，實在是因為多數——大多數——人心中有一句：「憑什麼打這個老實人呢？」自然，主席的報告是足以使些人相信的，可是究竟大家不能忘了黃先生以前的一切；況且還有些人知道報告是由一派人造出來的。

我又喊了聲，「出去！」我知道「滾」是更合適的，在這種場面上，但怎忍得出口呢！

黃先生還是沒動。他的頭又抬起來：臉上有點笑意，眼中微濕，就像個忠厚的小兒看著一個老虎，又愛又有點怕憂。

忽然由窗外飛進一塊磚，帶著碎玻璃碴兒，像顆橫飛的彗星，打在他的太陽穴上。登時見了血。他一手扶住了講桌。後面的人全往外跑。我們幾個攙住了他。

「不要緊，不要緊，」他還勉強的笑著，血已幾乎蓋滿他的臉。

找校長，不在；找校醫，不在；找教務長，不在；我們決定送他到醫院去。

「到我屋裡去！」他的嘴已經似乎不得力了。

我們都是沒經驗的，聽他說到屋中去，我們就攙扶著他走。到了屋中，他擺了兩擺，似乎要到洗臉盆處去，可是一頭倒在床上，血還一勁的流。

老校役張福進來看了一眼，跟我們說，「扶起先生來，我接校醫去。」

校醫來了，給他洗乾淨，綁好了布，叫他上醫院。他喝了口白蘭地，心中似乎有了點力量，閉著眼歎了口氣。校醫說，他如不上醫院，便有極大的危險。他笑了。低聲的說：「死，死在這裡；我是學監！我怎能走呢——校長們都沒在這裡！」

老張福自薦伴著「先生」過夜。我們雖然極願守著他，可是我們知道門外有許多人用輕鄙的眼神看著我們；少年是最怕被人說「苟事」的——同情與見義勇為往往被人解釋作「苟事」，或是「狗事」；有許多青年的血是能極熱，同時又極冷的。我們只好離開他。連這樣，當我們出來的時候還聽見了：「美呀！黃牛的乾兒子！」

第二天早晨，老張福告訴我們，「先生」已經說胡話了。

校長來了，不管黃先生依不依，決定把他送到醫院去。

可是這時候，他清醒過來。我們都在門外聽著呢。那位手工教員也在那裡，看著學監室的白牌子微笑，可是對我們皺著眉，好像他是最關心黃先生的苦痛的。我們聽見了黃先生說：

「好吧，上醫院；可是，容我見學生一面。」

「在哪兒？」校長問。

「禮堂；只說兩句話。不然，我不走！」

鐘響了。幾乎全體學生都到了。

老張福與校長攙著黃先生。血已透過繃布，像一條毒花蛇在頭上盤著。他的臉完全不像他的了。剛一進禮堂門，他便不走了，從繃布下設法睜開他的眼，好像是尋找自己的兒女，把我們全看到了。他低下頭去，似乎已支持不住，就是那麼低著頭，他低聲——可是很清楚的——說：「無論是誰打我來著，我決不，決不計較！」

他出去了，學生沒有一個動彈的。大概有兩分鐘吧。忽然大家全往外跑，追上他，看他上了車。

過了三天，他死在醫院。

誰打死他的呢？

丁庚。

可是在那時節，誰也不知道丁庚扔磚頭來著。在平日他是「小姐」，沒人想到「小姐」敢飛磚頭。

那時的丁庚，也不過是十七歲。老穿著小藍布衫，臉上長著小紅疙瘩，眼睛永遠有點水銹，像敷著些眼藥。老實，不好說話，有時候跟他好，有時候又跟你好，有時候自動的收拾宿室，有時候一天不洗臉。所以是小姐——有點忽東忽西的小性。

風潮過去了，手工教員兼任了學監。校長因為黃先生已死，也就沒深究誰扔的那塊磚。說真的，確是沒人知道。

可是，不到半年的工夫，大家猜出誰了——丁庚變成另一個人，完全不是「小姐」了。他也愛說話了，而且永遠是不好聽的話。他永遠與那些不用功的同學在一起了，吸上了香煙——自然也因為學監不干涉——每晚上必出去，有時候嘴裡噴著酒味。他還作了學生會的主席。

由「那」一晚上，黃先生死去，丁庚變了樣。沒人能想到「小姐」會打人。可是現在他已不是「小姐」了，自然大家能想到他是會打人的。變動的快出乎意料之外，那麼，什麼事都是可能的了；所以是「他」！

過了半年，他自己承認了——多半是出於自誇，因為他已經變成個「刺兒頭」。最怕這位「刺兒頭」的是手工兼學監那位先生。學監既變成他的部下，他承認了什麼也當然是沒危險的。自從黃先生離開了學監室，我們的學校已經不是學校。

為什麼扔那塊磚？據丁庚自己說，差不多有五六十個理由，他自己也不知道哪一個最好，自然也沒人能斷定哪個最可靠。

據我看，真正的原因是「小姐」忽然犯了「小姐性」。他最初是在大家開會的時候，連進去也不敢，而在外面看風勢。忽然他的那個勁兒來了，也許是黃先生責備過他，也許是他看黃先生的胖臉好玩而試試打得破與否，也許……不論怎麼著吧，一個十七歲的孩子，天性本來是變鬼變神的，加以臉上正發紅泡兒的那股忽人忽獸的鬱悶，他滿可以作出些無意作而作了的事。從多方面看，他確是那樣的人。在黃先生活著的時候，他便是千變萬化的，有時候很喜歡人叫他「黛玉」。黃先生死後，他便不知道他是怎回事了。有時候，他聽了幾句好話，能老實一天，趴在桌上寫小楷，寫得非常秀潤。第二天，一天不上課！

這種觀察還不只限於學生時代，我與他畢業後恰巧在一塊作了半年的事，拿這半年中的情形看，他確是我剛說過的那樣的人。

拿一件事說吧。我與他全作了小學教師，在一個學校裡，我教初四。已教過兩個月，他忽然想換班，唯一的原因是我比他少著三個學生。可是他和校長並沒這樣說——為少看三本卷子似乎不大好出口。他說，四年級級任比三年級的地位高，他不甘居人下。這雖然不很像一句話，可究竟是更精神一些的爭執。他也告訴校長：他在讀書時是作學生會主席的，主席當然是大眾的領袖，所以他教書時也得教第一班。

校長與我談論這件事，我是無可無不可，全憑校長調動。校長反倒以為已經教了快半個學期，不便於變動。這件事便這麼過去了。到了快放年假的時候，校長有要事須請兩個禮拜的假，他打算求我代理幾天。丁庚又答應了。可是這次他直接的向我發作了，因為他親自請求校長叫他代理是不好意思的。我不記得我的話了，可是大意是我應著去代他向校長說說：我根本不願意代理。

及至我已經和校長說了，他又不願意，而且忽然的辭職，連維持到年假都不幹。校長還沒走，他卷舖蓋走了。誰勸也無用，非走不可。

從此我們倆沒再會過面。

看見了黃先生的墳，也想起自己在過去二十年中的苦痛。墳頭更矮了些，那麼些土上還長著點野花，「美」使悲酸的味兒更強烈了些。太陽已斜掛在大悲寺的竹林上，我只想不起動身。深願黃先生，胖胖的，穿著灰布大衫，來與我談一談。

遠處來了個人。沒戴著帽，頭髮很長，穿著青短衣，還看不出他的模樣來，過路的，我想；也沒大注意。可是他沒順著小路走去，而是捨了小道朝我來了。又一個上墳的？

他好像走到墳前才看見我，猛然的站住了。或者從遠處是不容易看見我的，我是倚著那株楓樹坐著呢。「你，」他叫著我的名字。

我楞住了，想不起他是誰。

「不記得我了？丁——」

沒等他說完我想起來了，丁庚。除了他還保存著點「小姐」氣——說不清是在他身上哪處——他絕對不是二十年前的丁庚了。頭髮很長，而且很亂。臉上烏黑，眼睛上的水銹很厚，眼窩深陷進去，眼珠上許多血絲。牙已半黑，我不由的看了看他的手，左右手的食指與中指全黃了一半。他一邊看著我，一邊從袋裡摸出一盒「大長城」來。

不知道為什麼我覺得一陣悲慘。我與他是沒有什麼感情的，可是幼時的同學……我過去握住他的手；他的手顫得很厲害。我們彼此看了一眼，眼中全濕了；然後不約而同的看著那個矮矮的墓。

「你也來上墳？」這話已到我的唇邊，被我壓回去了。他點一枝煙，向藍天吹了一口，看看我，看看墳，笑了。

「我也來看他，可笑，是不是？」他隨說隨坐在地上。我不曉得說什麼好，只好順口搭音的笑了聲，也坐下了。他半天沒言語，低著頭吸他的煙，似乎是思想什麼呢。煙已燒去半截，他抬起頭來，極有姿式的彈著煙灰。先笑了笑，然後說：

「二十多年了！他還沒饒了我呢！」

「誰？」

他用煙卷指了指墳頭：「他！」

「怎麼？」我覺得不大得勁；深怕他是有點瘋魔。

「你記得他最後的那句？決——不——計——較，是不是？」

我點點頭。

「你也記得咱們在小學教書的時候，我忽然不幹了？我找你去叫你不要代理校長？好，記得你說的是什麼？」

「我不記得。」

「決不計較！你說的。那回我要和你換班次，你也是給了我這麼一句。你或者出於無意，可是對於我，這句話是種報復、懲罰。它的顏色是紅的一條布，像條毒蛇；它確是有顏色的。它使我把生命變成一陣顫抖；志願、事業，全隨顫抖化為——秋風中的落葉。像這棵楓樹的葉子。你大概也知道，我那次要代理校長的原因？我已運動好久，叫他不能回任。可是你說了那麼一句——」

「無心中說的，」我表示歉意。

「我知道。離開小學，我在河務局謀了個差事。很清閒，錢也不少。半年之後，出了個較好的缺。我和一個姓李的爭這個地位。我運動，他也運動，力量差不多是相等，所以命令多日沒能下來。在這個期間，我們倆有一次在局長家裡遇上了，一塊打了幾圈牌。局長，在打牌的時候，露出點我們倆競爭很使他為難的口話。我沒說什麼，可是姓李的一邊打出一個紅中，一邊說：『紅的！我讓了，決不計較！』紅的！不計較！黃學監又立在我眼前，頭上圍著那條用血浸透的紅布！我用盡力量打完了那圈牌，我的汗濕透了全身。我不能再見那個姓李的，他是黃學監第二，他用殺人不見血的咒詛在我魂靈上作祟：假如世上真有妖術邪法，這個便是其中的一種。我不幹了。不幹了！」他的頭上出了汗。

「或者是你身體不大好，精神有點過敏。」我的話一半是為安慰他，一半是不信這種見神見鬼的故事。

「我起誓，我一點病沒有。黃學監確是跟著我呢。他是假冒為善的人，所以他會說假冒為善的惡咒。還是用事實說明吧。我從河務局出來不久便成婚，」

這一句還沒說全，他的眼神變得像失了雛兒的惡鷹似的，瞪著地上一顆半黃的雞爪草，半天，他好像神不附體了。我輕嗽了聲，他一哆嗦，抹了抹頭上的汗，說：「很美，她很美。可是——不貞。在第一夜，洞房便變成地獄，可是沒有血，你明白我的意思？沒有血的洞房是地獄，自然這是老思想，可是我的婚事老式的，當然感情也是老式的。她都說了，只求我，央告我，叫我饒恕她。

「按說，美是可以博得一切赦免的。可是我那時鐵了心；我下了不戴綠帽的決心。她越哭，我越狠，說真的，折磨她給我一些愉快。末後，她的淚已乾，她的話已盡，她說出最後的一句：『請用我心中的血代替吧，』她打開了胸，『給這兒一刀吧；你有一切的理由，我死，決不計較你！』我完了，黃學監在洞房門口笑我呢。我連動一動也不能了。第二天，我離開了家，變成一個有家室的漂流者，家中放著一個沒有血的女人，和一個帶著血的鬼！但是我不能自殺，我跟他幹到底，他劫去我一切的快樂，不能再叫他奪去這條命！」

「丁：我還以為你是不健康。你看，當年你打死他，實在不是有意的。況且黃先生的死也一半是因為耽誤了，假如他登時上醫院去，一定不會有性命的危險。」我這樣勸解；我準知道，設若我說黃先生是好人，決不能死後作祟，丁庚一定更要發怒的。

「不錯。我是出於無心，可是他是故意的對我發出假慈悲的原諒，而其實是種惡毒的詛咒。不然，一個人死在眼前，為什麼還到禮堂上去說那個呢？好吧，我還是說事實吧。我既是個沒家的人，自然可以隨意的去玩了。我大概走了至少也有十二三省。最後，我在廣東加入了革命軍。打到南京，我已是團長。設若我繼續工作，現在來至少也作了軍長。可是，在清黨的時節，我又不幹了。

「是這麼回事，一個好朋友姓王，他是左傾的。他比我職分高。設若我能推倒他，我登時便能取得他的地位。陷害他，是極容易的事，我有許多對他不利的證據，但是我不忍下手。我們倆出死入生的在一處已一年多，一同入醫院就有兩次。可是我又不能拋棄這個機會；志願使英雄無論如何也得辣些。我不是個十足的英雄，所以我想個不太激進的辦法來。我托了一個人向他去說，他的危險怎樣的大，不如及早逃走，把一切事務交給我，我自會代他籌畫將來的安全。他不聽。我火了。不能不下毒手。

「我正在想主意，這個不知死的鬼找我來了，沒帶著一個人。有些人是這樣：至死總假裝寬厚大方，一點不為自己的命想一想，好像死是最便宜的事，可笑。這個人也是這樣，還在和我嘻嘻哈哈。我不等想好主意了，反正他的命是在我手心裡，我對他直接的說了——我的手摸著手槍。

「他，他聽完了，向我笑了笑。『要是你願殺我，』他說，還是笑著，『請，我決不計較。』這能是他說的嗎？怎能那麼巧呢？我知道，我早就知道了，凡是我要成功的時候，『他』老借著個笑臉來報仇，假冒為善的鬼會拿柔軟的方法來毀人。我的手連抬也抬不起來了，不要說還要拿槍打人。

「姓王的笑著，笑著，走了。他走了，能有我的好處嗎？他的地位比我高。拿證據去告發他恐怕已來不及了，他能不馬上想對待我的法子嗎？結果，我得跑！到現在，我手下的小卒都有作團長的了，我呢？我只是個有妻室而沒家，不當和尚而住在廟裡的——我也說不清我是什麼！」

乘他喘氣，我問了一句：「哪個廟事？」

「眼前的大悲寺！為是離著他近，」他指著墳頭。

看我沒往下問，他自動的說明：「離他近，我好天天來詛咒他！」

不記得我又和他說了什麼，還是什麼也沒說，無論怎樣吧！我是踏著金黃的秋色下了山，斜陽在我的背後。我沒敢回頭，我怕那株楓樹，葉子不知怎麼紅得似血！

老舍作品精選：5

月牙兒【經典新版】

作者：老舍
發行人：陳曉林
出版所：風雲時代出版股份有限公司
地址：10576台北市民生東路五段178號7樓之3
電話：(02) 2756-0949
傳真：(02) 2765-3799
執行主編：劉宇青
美術設計：吳宗潔
行銷企劃：林安莉
業務總監：張瑋鳳

初版日期：2021年6月
ISBN：978-986-352-967-5

風雲書網：http://www.eastbooks.com.tw
官方部落格：http://eastbooks.pixnet.net/blog
Facebook：http://www.facebook.com/h7560949
E-mail：h7560949@ms15.hinet.net
劃撥帳號：12043291
戶名：風雲時代出版股份有限公司

風雲發行所：33373桃園市龜山區公西村2鄰復興街304巷96號
電話：(03) 318-1378
傳真：(03) 318-1378
法律顧問：永然法律事務所 李永然律師
北辰著作權事務所 蕭雄淋律師

行政院新聞局局版台業字第3595號 營利事業統一編號22759935

定價：300元

國家圖書館出版品預行編目資料

老舍作品精選. 5：月牙兒 / 老舍著. -- 臺北市：風雲時代出版股份有限公司, 2021.03 面； 公分

ISBN 978-986-352-967-5 (平裝)

857.7 109021931